ことのは文庫

あやかし屋敷のまやかし夫婦

家守と謎めく花盗人

住本 優

MICRO MAGAZINE

目次

あやかし屋敷のまやかし夫婦

家守と謎めく花盗人

序章

久しぶりに手紙を書くが、元気にしているだろうか？

五年前の冬にそちらへ行ったきり、ろくに連絡も寄越(よこ)さずにすまなかった。

実はあまり時間がないので、乱筆(らんぴつ)を許して欲しい。

突然で驚くかもしれないが、もしかしたら俺はもう君に会えないかもしれない。

身支度は調(ととの)えたんだが、最後の最後、どうしても君に伝えたいことがあったのを思い出し、こうして筆を執(と)っている。

あの冬、君と一緒に雪山へ入った日のこと、今でも昨日のことのように目に浮かぶ。

君はご家族のことで深く悩んでいたね。俺は俺なりの考えを話したが、君の心が晴れたかどうかは分からなかった。

優しくて意地っ張りな君のことだ、今はもう大人になって気にしていないという素振(そぶ)りで、けれどその繊細な心に傷を抱えているに違いないと愚考(ぐこう)する。

もしそうでなかったらこの手紙は破り捨てて欲しい。

そしてどうか、君が君の思う道を行けることを。

それだけは君の『兄』として切に願っている。

本当に申し訳ないが、もう発たねばならない。

最後になってしまったが、いつでも君の幸福を祈っている。

――君の兄、幸壱より。


『親友・千尋へ。もし俺の身に何かあったら、この手紙を渡して欲しい』――。

そんな一言が添えられた付箋と茶封筒の中身が――近頃、俺の悩みの種だった。

早朝の書斎はしんとした静寂に包まれている。窓辺にいると、秋の澄んだ気配が感じられた。まだ淡い朝日が便せんの文字を透かす。あぐらをかいて、文机に肘をつき、手紙を持っていないもう片方の手で、俺は眼鏡の弦を忙しなくいじっていた。

……さて、どうしたものか。

そう思案していると、デニムをざりっと小さな爪にひっかかれた。

――なにゃあ、と鼻に掛かったような鳴き声が俺を呼ぶ。

ちらりと目線を向けると、三毛猫が円らな瞳で俺を見ていた。

艶やかな毛並みに、小柄な体躯。取り立てて特徴もない猫だが、一つだけ違和感がある。

猫の背後で尾が二つ、ゆらゆらと揺れていた。

猫又というあやかしで、ある日を境にこの屋敷に棲み着いた。名前はたま。俺が適当につけた。実はとんでもない秘密を隠し持っていたのだが、とりあえず今は――ただの猫又だ。

たまは尚も『なぁ、なぁ』としきりに鳴いて、今度はシャツの袖をひっかこうとした。デニムは丈夫でもシャツは破かれかねない。俺は小さな爪を避けながら、溜息交じりに呟いた。

「こんなもの、どこから持ってきたんだ、お前は……」

遠原が残した謎の手紙は、このたまが一週間ほど前に急に持ってきたものだった。器用に口にくわえた見知らぬ茶封筒、そしてその中身を見て、俺は頭を抱えた。

遠原は良い奴だが、抜けているところがあった。よく物をなくしたし、道に迷ったりしていた。そして今回もやらかしてくれたわけだ。

——手紙をしたためたはいいものの、宛先を失念している。

これでは頼まれても届けようがない。唯一の手がかりは『兄』という言葉だけだ。俺は一応、遠原の遺族を当たってみた。だが遠原に兄弟はいなかった。以前、遠原が住んでいた西多摩の実家の近辺に、便宜上『兄』と呼ぶような、そうした仲の友人だか知り合いだかがいるのかとも思ったが、すでに彼の両親も他界しているため、調べようがない。

一応、遺言——ということになる。それも遠原が大切に想う人物への。

「まったく、あいつは……」

そうして俺は毎回、深い嘆息と共に、文机の引き出しに手紙を仕舞い込むのだった。

立ち上がって窓を開けると、鎌倉の山の上に朝の空が広がっていた。柔らかい朝日に照らされて、清廉な青い色が視界一杯に広がる。

二階にある書斎の窓からふと階下に目を落とす。一階の台所からうっすらと湯気が漏れていた。かぐわしい出汁(だし)の匂いがここまで届く。

胃がきゅうっと収縮するのを感じる。俺は目を細めて、窓を閉めた。たまがとことこと書斎を出て行こうとしている。もうすぐ朝食にありつけるとあって、その足取りは軽やかだ。

「現金なやつ」

俺は苦笑交じりに呟いて、たまの二つの尾を追いかけるように書斎を出た。自分もこの猫のことをとやかく言えないことを自覚しながら。

第一話　花盗人は謎めくように

台所の窓の磨り硝子（すりガラス）から淡い朝日が差し込んで、包丁を握る私の両手を包んでいる。

とんとん、とまな板の上で分葱（わけぎ）を刻む音が響く。ガスコンロにかけられた雪平鍋（ゆきひらなべ）の中で、春菊とさつまいものお味噌汁がくつくつと揺れている。香（かぐわ）しい味噌の香りを纏（まと）った蒸気に、肌寒い十一月の空気がほんのりと温まる。私は包丁から手を放して、鍋の蓋を取った。

「どうかな……」

味見をしてみる。味噌と出汁の風味がいい。さつまいもにもちゃんと火が通っており、後から入れた春菊はしゃきしゃき感が残っている。私は満足して、うんうんと頷（うなず）いた。

「よしっ、と」

火を止めて、二人分のお椀にお味噌汁を入れる。軽く水切りした冷や奴に、小口切りにした分葱を載せる。メインは鯖（さば）のみりん干し。きのこの煮物を小鉢に盛れば、本日の朝食の完成だ。

ちょうど階段を降りる足音が聞こえてきた。ほどなくして台所の戸が開き、若い男性が姿を現す。

「おはようございます、真琴さん」

「あっ。おはようございます、千尋さん」

この家の主はゆっくりとした足取りでこちらに歩み寄り、高い背を屈めて私の手元を覗き込む。目が少し充血しているのが気にかかった。

「昨日は夜遅くまでお仕事されてたんですか？」

「あぁ……。ええ、近々発売する新刊のプルーフを確認していて」

彼——英千尋さんは人気の作家さんだ。いつも二階の自室で淡々とお仕事をしている。

プルーフってどういう意味だろう？　と思っていると、千尋さんが眼鏡の奥で目を細めた。

「朝食、美味しそうです」

何気ない一言は柔らかかった。私の胸の奥でとん、と鼓動が弾む音がする。口元が緩むのを隠しきれず、私は少し俯いた。すると千尋さんの足元に、小さな三毛猫がいることに気づく。私はさっきの動揺を誤魔化すように、しゃがみこんで猫に視線を合わせる。

「たまちゃんもおはよう。今、ご飯用意するからね」

なぁ、と満足げな声が返ってくる。私は思わず微笑んだ。

と、そこへ、

「——おはよう。まこと、ちひろ」

音もなく、白いワンピースの裾が視界の端で翻った。長い髪の幼い女の子が、ふわふわと空中に浮かんでいる。ともすればびっくりするような光景だけれど、私は自然に答えた。

「おはよう、さとりちゃん」

たまちゃんとさとりちゃん。この子たちは——あやかしだ。

普通の人には視ることすら叶わない、不思議な力を持った人ならざる者たちである。

さとりちゃんは私に向かってにっこりと笑んだ。

「あさごはん、ほめられてよかったね、まこと」

「えっ、あ、うん」

ぴたりと心情を言い当てられ、私は頬が赤くなるのを自覚しながら、俯いた。さとりとは漢字で『覚』と書く。彼女は人の心を読むことができるあやかしなのだ。

「真琴さん？」

黙りこくってしまった私を、千尋さんが不思議そうに覗き込む。穴があったら入りたい気分になっていると、玄関からかりかりと何かをひっかくような音が聞こえてきた。

「あっ……木霊（こだま）さんかも」

これ幸いと、私は逃げるように小走りで台所へ向かった。廊下を経て、玄関へ出ると、引き戸の磨り硝子にふわふわの影が映っていた。

私が扉を開けると、白い老犬が家の中に飛び込んでくる。

「おはようございます、木霊さん。どうしました？」

「真琴どの、真琴どのっ、大変なのです。乾燥肌なのですっ」

「か、かんそうはだ……？」

騒ぎを聞きつけて、千尋さんとさとりちゃんも遅れて玄関へ現れた。白い犬の姿をしたあやかし——木霊さんはわたわたと古い土間を駆け回る。

「ほれ、最近、途端に冬めいて参りましたでしょう。木の皮が乾いて乾いてしょうがないのです。ああ、かゆいっ」

白いしっぽがぱたぱたと忙しなく揺れている。私は木霊さん自身の体に手を伸ばしそうになってやめた。木霊さんは庭にある桜の樹の精霊だ。本人が言うとおり、乾燥しているのは本体である『樹』の方だろう。

「じゃあ、今すぐ水遣りにいきますね」

「ああ、それなら俺が」

千尋さんがたたきに降りて、外履きに足を入れようとする。すると木霊さんは「きゃあッ」とうら若き乙女のような悲鳴を上げて、

「ご、ごごごご、ご主人は、けけけけ、結構です……！」

と、震えながら庭の方へ戻っていってしまった。

しばしの沈黙が落ちる。千尋さんは短く溜息をつき、居心地悪そうに眼鏡の弦をいじった。

「まぁ……ここまで嫌われると諦めもつきます」

私とさとりちゃんは一瞬顔を見合わせて、困ったように苦笑した。

「木霊さんのところには、やっぱり私が行ってきますね」

「では、俺が朝食の準備をしておきます」

「あ、でも……」

遠慮する間もあればこそ、千尋さんはさっさと台所へ取って返した。

ここはお言葉に甘えることにしよう。私は靴を履いて、玄関を出る。隣にはふわふわと浮かぶさとりちゃんがついてきていた。

玄関を出て振り返ると、私たちが住むお屋敷の全貌が見えた。

場所は鎌倉市極楽寺という、鎌倉駅から江ノ島電鉄で四駅の閑静な住宅街だ。

二百坪は下らない広大な敷地は常緑の生け垣で囲まれている。庭には木霊さんが宿る桜を始め、金木犀に百日紅、木蓮や椿が植えられていた。

山の森を背景に、瓦葺きの古民家がある。私がさっき出てきた玄関、その西側に長い縁側が延びていた。一部が居間に通じていて、障子戸の向こうに朝食を食卓に並べてくれているであろう、千尋さんらしき人影が映り込んでいた。母屋の向こうには裏庭があり、いつも私はそちらで洗濯物を干したりしている。

ここはたまちゃんやさとりちゃん、木霊さんのようなあやかしが集う、不思議なお屋敷だ。千尋さんが親友の遠原さんという方から譲り受け、今は私たち——夫婦、が住んでいる。

「真琴どのぉ……」

門の近くにある桜の陰から、弱々しい呼び声が聞こえ、私は急いでそちらへ向かった。

「木霊さん、お待たせしました」

ひょこっと木の幹から顔を出している木霊さんに一声かけてから、私は庭の地面に備えつけられている水道にホースを繋ぎ、桜の樹の根元にたっぷり水を遣った。木霊さんは「はぁ……」とうっとりしている。根が水を吸い上げれば、桜の樹も潤うだろう。

「真琴どの、ありがとうございました」

「いえいえ。冬はどうしても渇いちゃいますよね」

「はい。しかし、さきほどはその……お見苦しいところを」

木霊さんが言っているのは、千尋さんから逃げ出した場面だろうか。苦笑いを返すしかない私をよそに、さとりちゃんが抑揚のない口調で言う。

「おじいちゃんがちひろからにげだすのは、いまにはじまったことじゃないとおもう」

「そ、それはそうだが……。どうにも『退魔士』という存在は恐ろしくてのう」

千尋さんの表向きの職業は小説家。しかし元々は『英家』という『退魔士』の名家の生まれだ。退魔士というのは文字通り、悪さをするあやかしを祓う人達のこと。もちろん千尋さんは人に害のないあやかしを闇雲に祓うことはしない。けれど木霊さんみたいな気の弱いあやかしからすれば、そこにいるだけで畏怖の対象なのだろう。そういうあやかしはこの家でも珍しくなく、千尋さんはあやかしが集い、憩う家を守る――という、家を譲り受けると同時に親友に託された責務を、自分一人では全うできないのではないかと感じていたらしい。

そこで白羽の矢が立ったのが――。

「ええと……千尋さんは優しい方ですよ？」

「真琴どのにはそう見えるのでしょう。いやはや、夫婦とはいいものですな」

木霊さんがしみじみと言うのに、私は困り笑いを浮かべるしかない。

私と千尋さんは、いわゆるお見合い結婚だ。

――両親を亡くした私は、十二歳から叔父の家で育てられた。けど、叔父達家族は突然やってきた私を疎んでいて、今思えば、小間使いも同然の扱いを受けていた。高校はなんとか卒業させてもらえたけど、大学進学は許されなかった。それどころか、千尋さんとのお見合いが成立しなければ、即座に家を追い出され、住むところを失う瀬戸際に立たされた。

そんな私を助けてくれたのが千尋さんだった。今でもあの時のことは鮮明に思い出せる。

『――契約として、結婚しませんか』

『七瀬さんには一緒に家を守ってほしいのです』

幼い頃から、私には普通の人には視えざるもの――あやかしが視えた。

母方の血筋が『九慈川家』という、千尋さんの実家『英家』と同じ退魔士の大家だったから――という理由があったのは最近知ったことだ。

母は実家を出て、父と駆け落ち同然で結婚したらしい。だから母は私に退魔士のことは何一つ教えてくれなかった。それでも自然に発現したあやかしを視る能力――『見鬼の才』を使ってあやかしのことを話す私を、ただ温かく見守ってくれた。

けど叔父さんたちのような普通の人には、視えない存在に言及する私は気味悪かったようだ。元々、渋々引き取った親戚の子である私は、叔父さんの家でさらに疎まれる存在となっていった。仕方ないけれど「気持ちが悪い」と蔑まれるのは辛かった。

そんな私は――あやかしに恐れられがちな退魔士の千尋さんにとって、自分とあやかしとの潤滑油的存在としてうってつけだった。私は私で千尋さんに生活を保障してもらうことができる。

故に――私と千尋さんは『契約結婚』をした。それが事の真相だ。

「私も一度は心を許せる伴侶を得たいものですなぁ……」

純粋に結婚に憧れている木霊さんに、そんな事情を話すわけにもいかない。

「ええと、木霊さんならきっと素敵な方が見つかりますよ」

「ですが、探そうにも、ほれ。樹の精霊は依り代からあまり遠くには行けませんからな」

「だいじょうぶだよ、ここにはあやかしがたくさんくるもん」

そうやってさとりちゃんと励ましているうちに、しょんぼりしていた木霊さんも立ち直ったようだった。水遣りのお礼を言うと、木霊さんはすうっと溶けるように樹と同化した。

「あ、そろそろ『がく』がとうこうするじかんだ。わたしもいくね」

「うん、気をつけていってらっしゃい、さとりちゃん」

さとりちゃんは天高く舞い上がると、住宅街の通りの方へ飛んでいった。通りからは小学生達の元気な声が聞こえてくる。その中に岳くんという――さとりちゃんの大切な人間のお友達がいる。今はもう岳くんはさとりちゃんのことが見えないけれど、さとりちゃんはいつもこうして岳くんを見守っていた。

私はさとりちゃんを見送ると、踵を返して、屋敷の方に戻ろうとした。

すると——門のそばに小さな人影がいるのに気づいた。

そちらから、きらり、と太陽光がかすかに反射する。

「え……？」

肩越しに振り返って確認するも、影は姿を消していた。おかしいな、確かに誰かいたような気がしたのに。そうして私がしきりに首を傾（かし）げていた、その時だった。

上空から叩きつけるような強風が巻き起こった。「きゃっ」と声を上げて、とっさに髪とスカートを押さえる。恐る恐る瞼（まぶた）を開けると、目の前にスーツ姿の若い女性が立っていた。

「おはよう、真琴くん！」

「あ……！　狭霧（さぎり）さん、おはようございます」

背が高く、すらりとしたスタイルにグレーのパンツスーツがよく似合っている。黒いビジネスバッグを肩から掛け、エナメルのパンプスを履きこなす姿も様になっていた。狭霧さんはつやつやのボブヘアをさらりと片手で払い、颯爽（さっそう）とした足取りで私に歩み寄った。

「今日も可愛らしいね、若奥様。ところで——」

「ふふ、朝ご飯ならすぐご用意できますよ」

「ひゃっほい！」

クールな美女が無邪気に喜んでいるギャップが愛らしい。私は思わずくすりと笑った。

「ちょうど良かった、私たちもこれから食べるんです」

「そうなのかい？　いやぁ、いつもいつも悪いね、ご相伴（しょうばん）にあずかっちゃって」

私と狭霧さんは連れ立って、玄関から母屋に入り、居間に向かう。

「何せほら、ご近所だし？　そして私こと狭霧天音は千尋の担当編集だからして、あれを監督する義務がある。故に、こうしてしばしば様子を見に来る必要があるというわけさ！」

狭霧さんは『翠碧舎』という出版社に勤めている編集者だ。担当さんという以上に、千尋さんの後見人を自負しているのだとか。

私が目を細めて狭霧さんの弁舌を聞いていると、目の前の居間の襖がすらりと開いた。

「――単に、タダ飯を喰らいに来ているだけでしょう」

話が聞こえていたのだろう、そこには仏頂面の千尋さんがいた。湿気を含んだ視線で狭霧さんを睨んでいる。けれど当の狭霧さんはどこ吹く風だった。

「おおっ、今日もまた美味しそうなおかずが並んでいるね！」

「都合の悪いことを黙殺しないでください」

「そうやって新妻の手料理を独占しようとして。いけないいんだぞ、千尋。つんつんっ」

「ちょ、鼻を……ああもう、突くなっ」

千尋さんが怯んだ隙を突いて、狭霧さんは踊るような足取りで居間に入っていく。二人のこうしたやりとりは日常茶飯事だけれど、いくら見ても飽きない。

「相変わらず仲がいいんですね」

「……いくら真琴さんといえど、それは断固否定させてもらいます」

肩を落とし、大きな溜息をつく千尋さん。そんなことはないと思うけどなぁ。

「まぁ、いいです。それより冷めないうちに食べましょう」

「はい。準備してくださってありがとうございます、千尋さん」

「いえ、これぐらい……」

「なーにいちゃこらしてるんだい？　はやくはやくぅ」

狭霧さんに急か（せ）されて、私と千尋さんは食卓についた。

――いただきます、と手を合わせて、私たちはそろって箸（はし）を取る。

毎朝、土鍋で炊いているご飯は一粒一粒が立っていて、噛（か）み締めるとほんのり甘い。鯖（さば）のみりん干しの甘塩（あまじょ）っぱさと絶妙に合う。その分、きのこの煮物の味付けは薄め。その分、しめじやひらたけの本来の旨味（うまみ）が存分に味わえる。やっぱり秋のきのこは格別だ。

「うーん、相変わらず真琴くんの味噌汁はいい味だ。さつまいもがほくほくしてて最高だし、春菊の風味も効いてる。春菊って冬にも出回っているんだねぇ」

「この間、校閲（こうえつ）から指摘されたじゃないですか。春菊の旬は冬ですよ」

つっけんどんな千尋さんの言い草に、狭霧さんはむぅっと唇を尖（とが）らせた。

「まったく、この家主にはお客様を歓待しようって気がなくて困る。一回ぐらい『ウェルカーム！』とか言ってハグしてくれてもいいようなものだけどね」

「死んでもしませんが……。まぁ、実はちょうど狭霧さんに来てもらおうと思ってたんです」

……食卓に、形容しがたい沈黙が落ちた。

黙々と冷や奴を食べていた千尋さんは、一拍遅れてその異様さに気づき、顔を上げる。

「え……なんですか？」

「わ、私に？　来てもらおうと？　千尋から？　な、ななん、なんで？」

「折り入って相談があるんです。狭霧さんにお話しするのが一番かと思いまして」

もちろん言外には信頼しているんだろうけれど……こんなあけすけに千尋さんが狭霧さんを頼るのは珍しい。目を丸くする私以上に、狭霧さんは混乱しているようだった。

「あれ？　槍？　今日、槍が降る？」

「馬鹿にしてるでしょう、完全に……」

千尋さんは食べる手を休め、改めて口を開いた。

「実は出版社から妙な連絡があったんです」

「出版社って……翠碧舎からかい？」

「いえ、それが――」

千尋さんが言いかけた、その時だった。

インターホンの呼び出し音が響いた。私はお話の邪魔にならないよう、即座に立ち上がる。

「あっ、私、出てきます」

居間を出て、玄関から外へ。木霊さんの樹の脇を抜け、門を開ける。

「はい、お待たせしまし――」

「――はじめまして。こちら、英千尋先生のお宅で間違いないですか？」

耳を打つ朗らかな声に、思わず視線を上げる。

私より頭一つ分上に、爽やかな笑顔があった。

見覚えのない若い男性だった。千尋さんと同じぐらい背が高く、細身のスーツをぱりっと着こなしている。くりっとした大きな茶の瞳、筋の通った鼻梁、そして弧を描く唇が整然と収まっていた。髪はパーマなのか元々なのか分からないけれど、おしゃれな巻き毛だ。

初対面の人をまじまじと観察していたことに気づき、私は慌てて返事をした。

「は、はい。千尋さ……千尋は、ここにおりますが」

「あー、良かった。間違えてたらどうしようかと。大きいお宅って伺ってたんで、こちらだとは思いましたけど」

人好きのする笑みを浮かべた後、彼は私の顔を覗き込んだ。

「もしかして先生の奥様ですか？」

「えっ、あ、いえ……その、は、はい」

「それはそれは。申し遅れました。俺……じゃなかった、私、こういう者です」

懐から取り出された名刺には、彼の名前が書かれていた。

――高旗遵平。

そして、横にある肩書きは……。

「――あーっ、そこの君だな！　千尋に執筆依頼をしたとかいう、不埒な出版社の手先は！」

背後から狭霧さんの大声がして、私は驚き、名刺を受け取り損ねる。

地面に落ちた名刺には――『株式会社天馬書房（てんましょぼう）　第四編集部』と書いてあった。

「この家の敷居をまたぐべからず！　千尋、敷地の結界を最大出力まであげろー！」

「結界に出力とかそういうのないです」

どたばたと駆け寄ってくる狭霧さんの後を、千尋さんが急ぎ足でついてくる。狭霧さんは私と来訪者――高旗さんの間にすぐさま割り入った。

「英千尋、デビュー以来の敏腕（びんわん）担当編集・狭霧天音、ただいま参上仕（つかまつ）ったー！」

「ということは翠碧舎の。はじめまして、私、こういうものです」

高旗さんが差し出した名刺をひったくると、狭霧さんはふん、と鼻息を荒くした。

「ご丁寧にありがとうございますぅー！　生憎（あいにく）、ただいま名刺を切らしておりましてー！」

「あ、じゃあ、後で郵送しといてください」

「厚かましいなこのやろう！」

「ちょっと狭霧さん、落ち着いてください……！」

荒ぶる狭霧さんをなんとか押しのける千尋さんを見て、高旗さんは表情を華やがせた。

「英先生ですね、はじめまして。先日ご連絡差し上げた、天馬書房の高旗と申します」

差し出された名刺を受け取りこそすれ、千尋さんは困惑顔だった。

「高旗さん。先日いただいた電話でもお話しした通りなのですが、今はスケジュールに余裕がなく、御社で本を執筆するのが難しい状況で――」

「はい。ただ、そこをなんとかしてもらえないかと、こうして直接伺った次第です」

「いや、だからと言って、急に押しかけられても……」

「お願いします、先生。話だけでも！」

高旗さんは頭を下げ、ぱちんと両手を合わせた。そこに再び狭霧さんが体を滑り込ませる。

「っていうか、弊社には話通してるんか!? 知っての通り、千尋はうちの新人賞出身作家ぞ？ うちで育てた売れっ子ぞ？ そこを横からかっさらおうなんて不届千万ッ！」

「あれ？ 御社の編集長がオッケー出したって聞きましたけど」

「……あんの、へっぽこ上司ー！ ほう・れん・そうもできんのかー！」

しばしの間の後、狭霧さんが地団駄を踏む。悔しがりはすれど異論を唱えないところを見ると、どうやら狭霧さんと上司の間で、そうした行き違いは日常的に起きているらしかった。

狭霧さんをやりこめたところで、高旗さんは千尋さんに笑顔で向き直る。

「というわけで無事、翠碧舎の許可も下りたことですし。英先生、ちょっとだけお話をさせてもらえませんか。スケジュールは先生に合わせますから！」

「ざーんねんでした！ 千尋は百年先まで空いてませーん！」

再び立ちはだかる狭霧さんの言葉に、高旗さんは胡乱な目を差し向けた。

「……ちょっと。さっきから聞いていれば、あんたの都合ばかり。さっきも言った通り、こっちはちゃんと上同士で話ついてるんですよ？」

「知らないよ、そんなのは。大体、君、随分若いがしっかり仕事できるのかい？」

「はぁ？　なんですか、それ。こう見えても俺はヒット作ばかり担当してきたんです。英先生の担当編集もしっかりできる自信があります」

「あーはいはい、運が良かっただけの若造か。天下の天馬書房も落ちたものだね」

「御社こそ最近、売り上げ下降気味ですもんねぇ」

「あぁ!?　やんのかこら！」

息巻く狭霧さんと、一歩も退かない高旗さん。両者を見て、千尋さんがうんざりしている。

「あの、喧嘩は一向に構いませんが、どこか余所でやってもらえませんか？」

「じゃ、先生の家にお邪魔してもいいですか？」

「そういうことを言ってるんじゃありません」

「そーだそーだ帰れえ！」

「もーうるさいなぁ！」

まさに場は混沌とし、三人は喧々囂々の言い合いを続けている。

一方、私は徐々に血の気が引いていくのを感じていた。

思い出すのは――叔父さんの家で過ごした日々だ。

叔父さんと叔母さんはよく夫婦喧嘩をしていた。時や場所を選ばずお互いを罵り合い、その矛先が私に向くこともあった。お前が来てから家庭がめちゃくちゃになった。あんたみたいな邪魔者さえいなければ。そのたびに私は泣きながら謝った。

誰かの怒りや苛立ちは容赦なく私の胸を突き刺す。もちろん三人の言葉は、叔父さん夫婦の喧嘩よりもよほどましだったけれど、それでも目の前の光景にかつての辛い日々が浮かぶ。

止めなきゃ。止めなきゃ、止めなきゃ……。

そんな衝動に突き動かされて、気がつけば口を開いていた。

「あ――朝ご飯！」

黙っていた私が急に大声を出したので、三者の言葉がぴたっと止まる。同時にきょとんとした表情と視線が私へ一斉に突き刺さった。うっ、と一瞬だけ喉が支えたけれど、言ってしまったものは取り消せない。私は両手を振り上げ、勢い良く続けた。

「ここはみんなで――朝ご飯を食べましょーうっ！」

その場にいた私以外の人達が「え」と短く声を漏らした。


すっかり冷めてしまった朝食を温め直し、高旗さんの分を追加して、食卓に並べる。居間にはなんともいえない空気が横たわっていた。

「いやぁ、奥さん、お料理上手ですね！」

唯一、上機嫌なのは高旗さんだった。家に上がるという第一関門を突破したからだろう。

私は「ありがとうございます……」と小さく返しながら、どうしてあんな素っ頓狂な提案をしてしまったのだろう――と深い自己嫌悪に陥っていた。

「はぁ……。とにかく、高旗さん――」

残りの朝食を食べきった千尋さんは、ゆっくり箸を置いた。その声音から色よい返事は期待できないと察したのか、高旗さんは先んじて口を開く。

「スケジュールはほんと、先生の自由にしてもらっていいです。一年先だろうが、二年先だろうが待ちます。それからジャンルなんですけど、翠碧舎さんでは主に歴史ものを書かれているので、こちらでは現代ものなんてどうかなーって思ってます。それなら翠碧舎さんと刊行物の差別化もできますし、先生の作品の新しい切り口にもなりますし！」

「いえ、あの」

「確かに俺は若輩ですが、おまかせください。担当作が単行本で十万部いったこともあります。メディア化も経験済みです。ドラマでしょ、映画でしょ。あ、最近は舞台化なんてのも」

「えっ、うそ」

と、狭霧さんが驚きの声を上げる。高旗さんは得意満面で続けた。

「天馬書房はメディアミックス強いんで」

ぐぬぅ、と狭霧さんは悔しそうに呻くと、きゅうりのぬか漬けをばりぼりと貪った。

私はドラマや映画と聞いて思わず想像を巡らせる。千尋さんの書く物語が映像になったらどんなに素敵だろう。けれど、当の千尋さんは渋い顔で首を横に振る。

「──すみませんが。一つしかない体で、軽率にお仕事を受けることはできません」

にべもない返答に、高旗さんは形の良い眉を寄せた。

「……こっちだって、編集部の肝いりなんですよ。簡単に引き下がることなんてできません」

千尋さんがわずかに目を見開く。狭霧さんが聞こえよがしに溜息を吐いた。

「それを言ったらお終いだろう。編集者が軽々しく口にすることじゃあないな」

今までとは違い、諭すような口調だった。高旗さんは我に返ったように口を手で押さえる。作家さん本人にはあまり言うべきではないであろうことは、素人の私にも分かった。

「ともかく……俺は引き下がりませんから。仕事を受けてもらえるまでここを動きません」

「あのですね……」

てこでも諦めない高旗さんに、さしもの千尋さんも厳しい表情になる。にわかに漂う不穏な空気に、私は条件反射的に肩を縮めた。そこへ狭霧さんの大きな溜息が割り込んだ。

「……ところで、高旗くん。君自身はどうなんだい？」

「は？　何がです？」

「千尋と仕事をしたいかどうか、だよ。編集部の肝いりだかなんだか知らないが――ここまで来たからには君自身が、心の底から千尋と作品を作りたいと思って相違ないんだろうな？」

高旗さんは狭霧さんのまっすぐな視線を受けて、一瞬たじろいだ。

「も……もちろんです」

「ふうん？」

疑わしげに目を眇めながらも、狭霧さんはお味噌汁を啜った。

私は食卓に漂うぎすぎすとした雰囲気に耐えきれず、慌てて立ち上がる。

「あの……みなさん、食べ終わられたようなので、食器下げますね」

「あぁ、すみません、真琴さん。あまり面白くない話ばかりして……」

千尋さんがそう気遣ってくれる。私は緩く首を振り、空の食器を集め始めた。すると、

「俺、手伝いますよ」

と高旗さんも立ち上がって、食器をお盆に載せ始めた。私が戸惑っているうちに手早く食卓を片付け、大きなお盆を持ち上げてしまう。

「えっ、あの」

「皿洗いも任せてください。これでも自炊派なんです」

有無を言わさぬ口調に気圧される。すると、千尋さんがとっさに腰を浮かせた。

「真琴さ――その……うちの妻が、困っています。やめてください」

「いやだなぁ、そう怒らないでください。食事のお礼をするまでですから。ね、奥さん」

それを言われるとちょっと弱る。何せ朝食に誘って、家の中に高旗さんを上げてしまったのは私なのだ。強く出ることができずにいる私に、高旗さんは畳みかける。

「台所、どこです？　行きましょ」

「あ、えっと……はい……」

私が案内するべく先を行くと、軽い足取りで高旗さんがついてくる。とにもかくにも押しが強い人だ。私は高旗さんに気取られないよう、胸の中でこっそり嘆息した。

蛇口から流れ出る水が、台所の窓から差し込む光をきらきらと弾いている。お皿の上を滑る泡からはかすかに柑橘系の匂いがした。高旗さんの握っているスポンジが汚れを丁寧に取り除いていく。本人の申告通り、手際が良い。

泡のついた角皿が横から手渡される。

「テンポ、速くないです？」

「あ、はい、大丈夫です」

私は手から滑り落ちないよう、慎重に角皿を受け取る。泡を水で流すと、鯖の油分が取り除かれ、ぴかぴかのお皿が姿を現した。

作業分担しつつ、私と高旗さんはシンクの前に並んで、食器を洗い続ける。初対面の人とこうして肩が触れ合うほど近い距離にいると、どうしても体が強張る。まだ目の前にやることがあるから、いいけれど――私にとっては息が詰まる時間だった。

「あ」

そんな私の緊張を知ってか知らずか、高旗さんが小さく声を上げる。

「俺、漬物残しちゃってたか。いだましいことしたなぁ……」

「いだましい……？」

聞き慣れない言葉を思わず復唱する。すると高旗さんは訝しげに首を捻った。

「あれ、関東では言わないんでしたっけ？　もったいない、とかそういう意味です」

「高旗さんはこちらの方じゃないんですか？　てっきり東京のご出身かと……」

「あはは、そう見えるんなら、俺も少しは垢抜けたってことですかね。地元は秋田ですよ」

「きりたんぽとか、なまはげとかの……？」

「そうそう。つっても、俺の地元は県南の横手ってところなんですけど」

「横手……やきそば！」

「……ぶっ、奥さん、食いしん坊なんですか？」

高旗さんはわずかに肩を揺らす。私はかあっと頬を染め、手元に目を落とした。

「す、すみません。お恥ずかしい……」

「全然。美味いですよ、横手のやきそば」

食器を全て洗い終え、高旗さんはスポンジの泡を水で流している。その横顔は千尋さんや狭霧さんと話していた時とは違い、幾分穏やかだった。

体から力が抜けるのを感じる。思ったよりも……親しみやすい人なのかもしれない。

濡れた手を拭いた後、下の戸棚にしまってあった新しいタオルを高旗さんに手渡す。

「お手伝いしてくださって、ありがとうございました」

「いえいえ。さぁ、次は何をしましょうか。何でも言ってください」

「えっ？　えっともしかして、千尋さんに仕事を受けてもらうまで……？」

「はい、絶対帰りません」

固い決意だ。私が乾いた愛想笑いを返していると——視界の端できらりと何かが光った。

「え……？」

玄関へ通じる扉の方からだった。振り返ると、見慣れない——小さな男の子が立っていた。目が覚めるような浅葱色の着物と赤い牡丹柄の羽織を着ている。坊ちゃん刈りの髪と、子供らしく丸みを帯びた頬が、なんとも可愛らしい。男の子は大きな丸い鏡を両腕に抱えていた。鏡が窓から入り込む陽光を反射している。

「あ、もしかして……」

私は思い出す。今朝、庭できらりと閃いた同じ光を。あれは……この子だったのか。

男の子は私たちににこりと笑いかける。その無邪気な表情に絆されて、私は話しかけた。

「こんにちは」

この子はおそらく、あやかしだ。初めて見る顔だけど、悪意や敵意は感じない。

そこまで考えて——私は、はたと気づいた。

あやかし……ということは、高旗さんにはこの男の子は視えていない。

慌てて振り返ると、高旗さんは不思議そうな眼差しで私を見つめている。しまった……！

「あっ、あの、これは」

「……お子さん、ですか？」

「へ？」

思わず素っ頓狂な声を上げてしまう。高旗さんはまっすぐ男の子の方を見て——あごに手を当て、しきりに首を捻っている。

「でも二人のお子さんにしては、結構大きいですよね。五歳、くらい……？　それに着物なんか着て……今日、家族写真でも撮りに行くんですか？」

私はぱちぱちと大きく瞬きを繰り返した。そして思わず尋ねてしまった。

「高旗さん、この子が視えるんですか？」

「えっ？」

今度は高旗さんが驚きの声を上げる。が、すぐ思い直したように愛想笑いが返ってきた。

「あはは、奥さん、真面目そうに見えてそういう冗談も言うんですね。申し訳ないんですけど、俺、怖い話系、結構いけるクチですよ」

すぐに話を合わせれば良かったのかもしれない。けれど悲しいかな、私はそんな器用さを持ち合わせておらず、ますますしどろもどろになった。

「えっと、その……この子がその……本当に、視え……て」

「……ん？　え？」

高旗さんの顔が、困惑の色を帯びていく。私は自分がさらに失敗を重ねたことに気がついた。いきなり「視えるんですか？」なんて聞かれたら、それこそ怪談話みたいだ。

「あっ、いえ、ちが……ええと、でも視えて……うう、その、視えてるんですよね……？」

高旗さんは私とあやかしの子を見比べて、目を白黒させた後、口元を手で覆った。

「あー……えーと、もしかしてマジの、視えちゃいけないもの、だったり……？」

高旗さんの顔が青ざめていく。これはもう……本当のことを言うより他ない。

「決して悪いものではないんです。安心してください！」

口端を痙攣させている高旗さんに、私は懇切丁寧に説明する。

実は、この世には普通の人には視えない『あやかし』という存在がいること。

この家は古くから『あやかし』が集い、憩う場所だということを――。

私が話している間、高旗さんは口を半開きにしていた。そしてあやかしの男の子はというと、私たちのそばでゆらゆらと体を揺らしながら、お利口さんで待っていてくれた。

「――と、いうわけなんです」

「は、はぁ……」

納得したような、していないような返事をしながら、高旗さんはひたすら戸惑っていた。かく言う私もまさか高旗さんが『視える』とは思わず、どうしようかと眉を下げる。

そうこうしているうちに、高旗さんはやおら思案顔になった。あごに手を当てて、何かを考え込んでいる。私はかつての叔父さんたちのように、軽蔑されるのだと思い、身構えた。

「奥さん、一個いいですか？　もしかして先生も視える……とか？」

しかし意外な質問がとんできて、私は動揺した。

「ええと、千尋さんは……その、あの」

本当のことを言ってもいいものか、と考えあぐねて口ごもる。ただ、それは肯定しているも同然だったので、勘の良さそうな高旗さんには即座に伝わってしまった。

「視えるんですか……マジか……」

高旗さんは額に手を当てて、天井を仰いでいる。一方、私は高旗さんがあやかしの存在をすんなり受け入れていることに驚いた。

「……あの、あやかしのこと、信じてくださるんですか？」

「まぁ、現に視えてるし……。この子も、屋敷の雰囲気も、なんだかそれっぽいですし」

敬遠されることも覚悟していた私は拍子抜けしてしまう。高旗さんはへらりと笑った。

「ああ、俺、結構フレキシブルな方なんで」

「はぁ……」

何はともあれ、私は変人扱いされずに済んだらしい。

ふとあやかしの男の子が動いた。高旗さんを覗き込み、持っていた大きな鏡を差し向ける。

「――鏡をごらんよ」

鏡が光を反射する。高旗さんは思わず「眩しっ」と顔を背けた。

「ごらんよ。鏡、ごらんよう」

「いや、向けんなって。眩しいから！」

嫌がられても、構わずあやかしの子は鏡を向け続ける。私は慌てて止めに入った。

「あの、私たち、忙しくて……。後で話を聞くから、今はごめんなさい」

「……そう」

男の子はようやく鏡を下ろした。そして踵を返し、たたたっと台所から出て行った。

「な、なんなんですか、今の」

高旗さんはあやかしの子が去っていった扉を呆然と見つめている。

やっぱり――高旗さんがあやかしを視えることは、疑いようがない。

これは千尋さんに報告した方がいいだろうな……一応。私は千尋さんが高旗さんに向けていた心底迷惑そうな顔を思い出し、肩が重くなるのを感じた。


二階の廊下の窓から昼日が差している。細かい埃が粉雪のように舞っていた。鎌倉は海も近く、温暖な気候だ。けれど真冬になれば、雪が積もることもあるのだろうか――と、まだ見ぬ季節に思いを馳せる。

私はお茶とお菓子を載せたお盆を運んでいた。書斎の前で立ち止まり、静かに声を掛ける。

「千尋さん、失礼します。お茶をお持ちしたんですが……」

「あぁ、どうぞ」

襖越しにくぐもった声が聞こえた。ゆっくり襖を開くと、座布団の上で胡座をかいている千尋さんの背中が見えた。窓辺に置かれた古めかしい文机の上にノートパソコンが置いてある。千尋さんは文字で埋まったモニターとにらめっこしていた。八畳ほどの書斎ががらんとして見えるのは、文机以外に家具の類が一切ないからだ。

千尋さんは入ってきた私を、肩越しに振り返った。私はお盆を置きながら、頭を下げる。

「ごめんなさい。お仕事の邪魔をしてしまって……」

「いえ、ちょうど一息入れようかと思っていたところです」

千尋さんは体ごと私に向き直ると、私にぺこりと頭を下げてから、熱い緑茶を啜った。ほうっと吐き出される息が白い。書斎は冬の兆しを思わせる寒さに包まれている。

「千尋さん、そろそろ暖房を出しましょうか？」

「あぁ、そうですね……。ところであの人は大人しく帰りましたか？」

あの人、とは間違いなく高旗さんのことだ。私はぎくりと背筋を強張(こわば)らせる。

「それが、その。今は庭の草むしりをしてもらっていて……」

「……申し訳ないです、俺のせいで真琴さんにまでご迷惑を」

「そんな。元はと言えば、私が朝ご飯に誘っちゃったので……」

「あれは……場を収めようとしてくださったんですよね。大人げなく言い争ってしまって、面目ありません」

深々と頭を下げられると、どうしていいか分からなくなる。私はとっさに話題を変えた。

「あっ……そういえば高旗さんのことで一つご相談したいことが」

私は事のあらましを千尋さんに話した。大きな鏡を持つあやかしの子に会ったこと。その子を高旗さんが視えていたこと。高旗さんに鏡を覗くよう言い続けていたこと――。

千尋さんは湯呑みをお盆に置き、少しの間、黙考(もっこう)していた。やがて、

「まず、そのあやかしですが。『雲外鏡(うんがいきょう)』と呼ばれるものでしょう」

「うんがいきょう……？」

「ええ。化けた妖魔の類を映して真実の姿を暴く、照魔鏡(しょうまきょう)という伝説が元になったあやかし

です。似たような題材は伝説や創作問わずあちこちで見られますが、特に有名なのは――古代中国・殷王朝の紂王を堕落させた悪女・妲己の正体を見破ったとされる話ですね」

「ははあ……」

作家であり、かつ本物の退魔士である千尋さんは博識だ。私は精一杯うんうんと頷く。

「真琴さんと高旗さんが出くわした雲外鏡が持っていたのは、その照魔鏡に似た性質を持つものかもしれません。照魔鏡は――人が持っている魔性をも暴くと言われています」

人の魔性。穏やかではない言葉にごくりと固唾を呑む。千尋さんは湯呑みを持ち上げて、お茶を飲んだ。菓子皿の栗羊羹はまだ手つかずだ。

「それから高旗さんのことですが――彼は元々、見鬼の才を持っていたのかもしれません」

「でも、あやかしを視るのは初めてみたいでした……」

「見鬼の才は修行で伸ばす必要がありますから。確か、真琴さんはお母様から指導を受けていたのでしたよね?」

物心ついた時には、ふわふわとした光のようなものが視えていた。空に浮かんでいたり、曲がり角の向こうから姿を覗かせていたり。けれど友達に言っても、誰も何も視えないという。母に相談すると「それはあなたの特別なお友達よ」と教えてくれた。

「指導、という大層なものではありませんでしたけれど……。あやかしがいるって教えたら、一緒によく視たりしていました」

「真琴さんの才能はそうして自然と伸ばされていったはずです。しかし才を持っているだけの人は……俗に言う『霊感がある』といった程度に収まります。高旗さんが急に視えるようになったのは、おそらくはこの家の地下にある『龍穴』の影響かと」

龍穴――その言葉の意味を記憶の底から引っ張り出す。

あやかしや退魔士の不思議な力、その源は『霊力』と呼ばれる。

霊力は本来、大地の下で絶えず川のように流れている。それを『龍脈』という。けれど、なんらかの理由で貯留してしまった場所、それが『龍穴』だ。言ってしまえば、霊力の池であり――それを求めて、あやかしたちはこの屋敷に集まってくる。

「龍穴の膨大な霊力に刺激され、眠っていた見鬼の才が目覚めたのでしょう」

千尋さんはさらに深く考え込むようにして、俯いた。

「――ところで、雲外鏡は高旗さんに鏡を向けていたんですよね？」

「あ、はい。私に、ではなく、高旗さんに何度も」

千尋さんはしばらくじっと黙り込んでいた。何か良くないことでもあるのだろうか……。

不安げな視線を送る私に気づいたのか、千尋さんははっと顔を上げた。

「とりあえず、雲外鏡がまた現れたら教えてください。――それより真琴さん、本当にすみません。高旗さんもそうですが、狭霧さんも毎度のように食事をたかりにくるし……」

再度、頭を下げられ、私は勢いよく首を横に振った。

「いえ、迷惑だなんて。狭霧さんが来てくださると賑やかで楽しいですし。高旗さんもなんだか色々お手伝いしてくれて……」

次は草むしりをする、と言い出されて、私は最初遠慮した。けれど高旗さんは「気にしないでください、英先生に気に入られようとしてるだけですから」と冗談交じりに言って、白い歯を零した。私はまたも押し切られてしまったのだ。でも——。

「千尋さんは……新しいお仕事を受けるつもりはないんですよね」

「え？」

「す、すみません、千尋さんのお仕事に口を出すつもりじゃないんです。けど……高旗さんがあまりにも一所懸命なので、その——」

語尾が尻すぼみになっていく。黙ってしまった私を見て、千尋さんは眼鏡の弦を上げた。

「そうですね……。実際のところスケジュールはなんとかしようと思えばできるんです。ただ、俺自身が余裕をもって仕事に臨みたい性質なだけで。あと……現代を舞台にした作品の構想もないことはないですし、挑戦したい気持ちは正直あります」

「そうだったんですか？」

高旗さんの前ではかなり頑な態度だったので、私は千尋さんの本音に驚いた。千尋さんは少し眉を下げて、困ったように微笑んだ。

「高旗さん本人には言わないでください。圧が強くなりそうなので。——ただ、こんな言い方はあまり良くないのですが……あの人はなんだか信用ならない気がして」

「高旗さんがですか？」

「人として、という話ではありません。けれど、なんというか……狭霧さんとは違って、仕事に対する『意思』が定まっていないような……。そんな気がするんです」

千尋さんの話を聞いて、ふと脳裏に過る光景があった。

ついさっき、朝食を食べ終えた後、居間で狭霧さんが高旗さんを詰問していた様子だ。

『ところで、高旗くん。君自身はどうなんだい？』

『千尋と仕事をしたいかどうか、だよ』

――もちろんだ、と答える高旗さんの口調はしかし、明らかに精彩を欠いていた。

「……会社に言われたから仕方なく来た、ということでしょうか？」

「まぁ、そう考えるのが自然でしょう」

「そう、ですよね。でも……私、なんだかそれだけじゃないような気がしていて……」

自分の直感のようなものをそのまま口にしてしまう。すると千尋さんはきょとんと私を見つめた。しまった、また余計なことを――。

「ごめんなさい、千尋さんの意見に反対するわけじゃ……！」

「いえ。そんなに慌てないでください。実際……遺憾ながら、高旗さんと接する時間は真琴さんの方が長くなってしまっている状況ですし、思うところもある……かと……」

千尋さんは不自然に言葉を途切れさせた。気になって千尋さんの顔を覗き込むと、眉根に深い皺が刻まれていた。唇も固く引き結ばれていて、明らかに居心地が悪そうだった。

「どうしたんですか、千尋さん……？」

「いや……何故、俺が仕事を必死にしている最中、今日来たばかりのあの人が静かな朝食の時間を邪魔したあげく、真琴さんとずっと一緒にいるのかと、単純で純粋な疑問が――」

「え、えっと……。ずっと一緒ではないですよ？」

というか、一体、それはどういう……。千尋さん自身、しばらく腑に落ちないという表情を浮かべていたが、やがて考えることを諦めたようにお茶を一口飲んだ。

「すみません。とにかく、何か困ったことがあったら俺に言ってください。対処します」

「あ……いえ、そんな。でも、ありがとうございます」

眼鏡の奥にある瞳が柔らかく細められた。それだけで私はほっと安心する。

話に区切りをつけるように、千尋さんは菓子皿に視線を落とした。

「栗羊羹ですか」

つやつやとした黄金色の羊羹が二切れ、菓子皿に載っている。断面には大振りの栗の実があった。羊羹の中に栗が入っているのではなく、白こし餡に栗の蜜煮を混ぜ、寒天で固めるという製法らしい。栗の味を楽しめるよう、贅沢に分厚く切ってみた。

「はい。鎌倉駅の近くにある和菓子屋さんのものです。そこのお店の和菓子は基本、電話予約しないと買えないんです。それぐらい人気で、美味しいものだと思います……！」

狭霧さんに教えてもらった老舗店だった。季節の変わり目で、疲れが出る頃だろうし――少しでも千尋さんの息抜きになればいいな、と買ってきた。

すると、千尋さんは菓子楊枝に伸ばしていた手を止めた。

「思います――ということは、もしかして真琴さんはまだ食べてないんですか？」

「はい。なんだか自分で食べるのがもったいなくて。せっかく千尋さんのために買ってきたものだから一番に食べて欲しかったんです」

「……なるほど……」

千尋さんは忙しなく眼鏡のフレームをいじっていたが、やがて菓子楊枝を手に取る。私は千尋さんが羊羹を食べる瞬間を、今か今かと待ち望んだ。

楊枝はずっしりとした羊羹を切り分けた。……何故か、二口分。

「どうぞ」

目の前に栗羊羹が差し出される。表面の蜜が誘うようにてらてらと光っているのを見て、はた、と気づく。千尋さんが気遣ってくれたのだと。

「えっ、あ、私、その」

「せっかくだから一番は一緒に食べましょう。……ほら、せーの」

その軽いかけ声に、私は反射的にぱくりと栗羊羹を口にした。

口の中に品の良い甘さが広がる。中に入っていた栗を噛むと、しっとりとした食感と栗本来の甘さに感動を隠せない。疲れた心まで解けるような、そんなお菓子だった。

「美味いですね」

楊枝がないので、指でつまんだのだろう。千尋さんは親指と人差し指をちろっと舐めながら、一つ頷く。その弾むような声を聞いて、何故かどきりと心臓が跳ねる。

「はい、とても美味しかったです。あの、分けてくださってありがとうございました。私、お手拭きと替えの楊枝を持ってきますね」

「あぁ、すみません。助かります」

私は立ち上がって、千尋さんの書斎を出た。襖を閉めて、ふうっと息を吐く。それでも脈拍は速いまま収まってくれない。私は心を落ち着けるのを諦めて、一階へと降りる階段の方へ足早に向かった。


気がつけば午前十一時を回っていた。私は千尋さんの書斎にお手拭きと楊枝を届けた後、足早に玄関を出た。染み入るような静けさと冷たさが内包された空気が、庭に流れている。

「あ、高旗さ――」

私は求めていた人影を見つけた。高旗さんは庭の隅にしゃがみこんで、黙々と草むしりをしていた。動いていると暑いのだろう、背広を木霊さんの樹の枝にかけ、ワイシャツの袖をまくっている。足元には抜いた雑草が堆く積まれ、その手指は土に汚れていた。

今までずっと作業していたのだろうか。私は慌てて高旗さんに駆け寄った。

「高旗さん、ごめんなさい。ずっとお任せしてしまっていて」

「……ん？　ああ、奥さん。お疲れ様です」

立ち上がった高旗さんに、私は気になっていたことを尋ねた。

「そういえば、雲外鏡――あの、鏡を持った子にあれから会いましたか？」

「ああ、あやかし、っていうやつですか？　いえ、会ってませんけど」

私はほっと胸を撫で下ろした。あの子は悪いものには見えなかったけれど、どんなに愛らしいあやかしにも本性というものがある。――人ならざるもの、その一面が。

「なんか、他のそれっぽいやつはちらほら視ましたけど……。別に何もしてこなかったですよ。先生も奥さんも、難儀なお屋敷に住んでますよね」

「あ、あはは……。もう慣れましたから」

「こういうのっていつ頃から視えるもんなんです？」

手についた土を払いながら、高旗さんが小首を傾げる。

「私は幼い頃から、自然と。母が同じように視えていた人なんです。千尋さん曰く、母に視方を教えてもらったから、そういう才能が伸ばされていったらしいです」

「へえ、お母様も。奥さんに似て、お母様もさぞ美人なんでしょうね。会ってみたいな」

「あ、はは……お上手なのはいいんですけど……。私を持ち上げても、あまりお仕事のお役には立てないと思います。それに……母はもう亡くなってしまって」

言わないわけにもいかなかったので、私は静かな口調でそう告げた。当然だが、場の空気は凍り付いてしまう。相手の反応に身を固くしていると、高旗さんは短く溜息をついた。

「……すみません。俺、失礼なこと言って」

「き、気にしないでください。こちらこそすみません」

「いえ。なんていうか……気持ちは分かります。俺も母親がいないので」

驚いて、すうっと吸い込んだ空気の冷たさに、鼻腔がつんと痛む。

高旗さんは傍にある桜の樹をゆっくりと見上げた。

「うちの母親、蒸発してるんです。俺が中学三年の頃、ある日突然いなくなりました。今はどこにいるんだか、いくら捜しても見つかりゃしません」

「そう、だったんですか……」

高旗さんの横顔は黄色く色づいた桜の葉をじっと眺めている。その茶色がかった瞳に本当は何が映っているのかは——分からなかった。

「こんなんでも、思春期には一応色々悩んだりしてたんですよ。グレなかったのは、一人、頼りになる人がいたからです。あの人には随分、助けられました。……良い人だった」

その言い方がどこか引っかかった。けれど深く考える前に、話題が切り替わる。

「あと……そうだな、家に一人でいる時はよく本を読んでました。親父が読書好きだったから、棚に本がびっしり並んでて……それをかたっぱしから」

「本が好きだから編集者さんになられたんですか？」

思わずそう尋ねると、高旗さんは少しの間の後、小さく首を振った。

「……やだなぁ、そういうわけじゃありません。たまたま出版社に入社して、編集部に配属されただけです。仕事なんてただ食ってくためのものだし、なんだって良いでしょ」

そう言って笑う高旗さんの様子に、私は言いようのない違和感を覚えた。これが——千尋さんの言っていた「仕事に対する『意思』が定まっていない」ということなんだろうか。でも当の高旗さん本人は、そう言いながらもどこか寂しげで、苦しげで、まるで感情のやり場が分からず泣くに泣けない子供のような痛々しさがあった。

「そんなことより見てくださいよ。ここらへん、結構綺麗になったでしょ？」

私は傍にある桜の樹の根本を見た。雑草がなくなってすっかり綺麗になっている。

「はい、本当に。きっと木霊さんも喜んでいると思います」

「こだまさん？」

「あ、その、えっと――」

あやかしが視える人だからか、つい口を滑らせてしまう。私が説明しようとしたその時、

「わしのことじゃーッ！」

「うわ！」

高旗さんがびくりと肩を竦める。木霊さんはたしたしっ、と足音を響かせながら走り寄ってきた。きっと庭をお散歩していたのだろう。木霊さんは私の横にぴたりとつくと、白い毛の隙間から円らな瞳で高旗さんを睨み付けている。

「おい、おぬし！　枝が傷むであろう、背広をかけるな！」

「え？　え？　何？　喋る、犬……？」

「あっ、こちらは木霊さん。この桜の樹の精霊……つまりあやかしです」

高旗さんが言外に「またか」という表情を浮かべる。一方の木霊さんは頭から湯気が噴き出さんばかりの勢いで怒っていた。

「いますぐ取れ！　即刻取れ！　えいえいっ」

「わっ、うわ、やめろって！」

木霊さんに後ろ足で砂をかけられ、高旗さんは急いで枝から背広を取った。木霊さんは勢いよく鼻息を放つ。

「小童め、次はないと思えよ！　ふーんだ！」

「小童ってなんだよ、俺はこう見えても二十三だぞ」

「へえ、いがいとわかいんだね」

ふわりと白いワンピースが翻った。いつのまにかさとりちゃんが頭上から降りてくる。

「うわっ、なんだ？　女の子が飛んでる……」

「んーと、たかはたじゅんぺい？　わたし、さとり。よろしくね」

「え、なんで、俺の名前……」

「さとりちゃんは人の心を読めるあやかしなんですよ」

「こ、心を……!?」

途端に高旗さんは警戒心を露わにした。さとりちゃんはぷうっと頬を膨らませる。

「むやみやたらによまないよ、さっきはなまえだけ」

「あ、そ、そう……」

高旗さんは尚も表情を引きつらせている。さとりちゃんはぷいっと顔を背けた。

「ふーんだ。いこ、おじいちゃん」

「そうじゃの。ふーんだ」

少女と老犬が空気に溶けていなくなるのを見た瞬間、高旗さんは毒気を抜かれたように肩を落とす。

「あやかしって妙な連中ばっかりですね」

「あ、あはは……」

私が乾いた笑いを返していると、庭に突風が勢いよく吹き下ろした。思わず目を瞑(つぶ)って、髪を押さえる。次に瞼を開けた瞬間には、目の前にスーツ姿の狭霧さんがいた。

「その『妙な連中』に私も入っているのかな、若手編集者くん？」

狭霧さんは空中に浮かび、手足を組んだまま私たちを見下ろしていた。背中には朱から白へのグラデーションを描く、立派な翼が一対生えている。

「え――。あ、あんた……あやかしだったんですか!?」

「ご明察(めいさつ)、なかなか鋭いじゃないか。いかにも、私は建長寺(けんちょうじ)の半僧坊(はんそうぼう)におわす天狗(てんぐ)の子孫さ」

「いや、明らかにアピールしに来てるじゃん……」

高旗さんの指摘にしかし、狭霧さんはそしらぬ顔でふわりと地面に降り立った。

そう、狭霧さんもまたあやかしだ。こうしていつも風と共に突然現れるのはそのためだ。

「天狗……にしては、鼻、長くないっすね」

「あ、それ、私も最初同じ事思いましたっ」

「……君たち、先入観がすぎるぞ。真琴くんはいいとして、そちらさんは小説編集としてそんな固定観念に囚われていていいのかな？」

「つーか、天狗が会社勤めで編集者ってのもどうなんですか？」

「ふふん。こうして人の前に姿を現し、世間に紛れているあやかしは結構いるんだぜ？」

得意気に鼻を鳴らすと、狭霧さんは値踏みするように高旗さんを覗き込んだ。

「にしても、君が見鬼の才を持っているとはねぇ……」

「どうやらそうらしいです。けどあやかしが視えるとなれば、ただの編集者よりも先生の覚えはいいでしょ。このお屋敷にいてもあやかし関係で役に立てるかもしれないですし？」

狭霧さんの正体に押されがちだった高旗さんが調子を取り戻す。狭霧さんは高旗さんの脇をすり抜けると、私の背後に回った。そしてそっと私の両肩を抱く。

「残念でした、あやかしのお世話をする子は間に合っていますぅー。そもそも君はさっき、さとりや木霊と喧嘩してたじゃないか。とても役に立つとは思えないけどね」

「そんなの先生に聞いてみなきゃ分からないじゃないですか」

「いーや分かるね。何せ千尋とはデビューからの付き合いだから。六年も！　前からの！」

「うるさいな、そんな強調しなくても聞こえてますよ！」

「あ、なんだその態度は。勤める会社こそ違えど、私は君の先輩編集者だぞぅー!?」

「あ、あのう……お二人とも……」

段々とヒートアップしていく二人の言い合いを、なんとか制止しようとする。が、しかし私のか細い声はあっけなくかき消されていった。

「――二人とも、何をやってるんですか、さっきから！」

そこへ怒鳴り声が響いた。肩越しに振り返ると、千尋さんが目をつり上げ、玄関から大股でこちらへ歩いてくるのが見える。

千尋さんは間に挟まれた私をまず救出した。手を引かれるがまま、後ろに庇われる。

ほっとしたのも束の間、今度は千尋さんが両者の間に割って入った。

「二階まで聞こえてましたよ。近所迷惑でしょう。あと真琴さんを困らせないでください」

頭ごなしに怒鳴られて、狭霧さんが唇を尖らせる。

「だっててえー、こいつがぁー」

「ちょっと、こいつってなんですか。あんたが最初にふっかけてきたんでしょうに」

責任をなすりつけ合う狭霧さんと高旗さんに、千尋さんは聞こえよがしに嘆息した。

「……狭霧さん、あなたもいい大人でしょう。むきにならないでください」

「はあー!?　なんで千尋がそっちの味方をするんだー！」

「べ、別に味方してるわけじゃ」

「ほーら、先生の気持ちも段々天馬書房に傾いてきてるんですよ」

「高旗さんは調子に乗らないでください」

「言われてやんのー！」

「先生、先生。聞いてください。俺、あやかしが視えるんです。このお屋敷や小説の資料とか……何かのお役に立てます、絶対！」

「それは真琴さんから聞きましたけど……特にお願いすることはないです」

「フラれてやんのー！」

「さっきからうるさいなあんた！」

「なにおう、やるか!?」

「だーかーら、近所迷惑ですッ！」

　千尋さんのこめかみに青筋が浮かんでいる。私はさっきからどきどきと嫌な音を立てる心臓の鼓動を持て余していた。ああ、これじゃ今朝みたいになる。この穏やかなお家が、私の居場所が――昔いた、叔父さんの家のように……！

「お――お昼ご飯！」

　黙って見守っていた私が急に大声を出したので、三者の言葉がぴたっと止まる。

　私は両手を振り上げ、勢い良く続けた。

「ここはみんなで――お昼ご飯を食べましょーうっ！」


　食卓についている誰もが、強烈な既視感に襲われていたことだろう。千尋さんたち三人は互いに視線を交差させたり、逸(そ)らしたりしている。私は後悔に苛(さいな)まれながら、黙々とお昼ご飯を並べていた。あまり用意する時間がなくて、メニューは朝の残り物がほとんどだ。

　メインだけがブリの照り焼きに変わっていた。厚いブリの身は飴色(あめいろ)のたれがかかっていて、甘辛い匂いが食欲をそそる。添え物は焼きネギだった。冬のネギは太くて食べ応えがあり、また寒さに耐えているので甘味が強い。筋に沿って香ばしい焼き目がついていた。

「あの、お、お待たせしました」

食卓に揃った昼食を見て、誰からともなく「いただきます」と手を合わせる。ブリの照り焼きを一口食べた高旗さんが殊更、上機嫌な声を上げた。

「うわ、美味い。奥さん、ほんとお料理上手ですね。魚の身がふわふわっていうか。いやぁ、いつもコンビニ飯なんで、あったかいご飯が沁みます」

「君なぁ。真琴くんの料理が美味いのは本当だが、奥方を持ち上げても千尋はなびかないぜ？」

「はぁ……よくないですよ、そういう穿った見方は。性格悪いのはそっちじゃないんですか」

「よーし表出ろ。こうなったらもはや拳の他に語る術なし！」

「受けて立ちますよ。天狗だかなんだか知らないけど、こう見えても俺は少林寺黒帯――」

「――二人とも、それ以上やったら本当に叩き出しますよ」

千尋さんの鶴の一声で、二人はたちまち静かになった。しばらく箸と食器が擦れる音だけが響く。それは叔父さんの家の食卓を彷彿とさせる、気まずい沈黙だった。叔父さんの教育方針で食事中は静かにするよう厳命されていたのだ。再びどきどきと胸が嫌な音を立てる。

せっかくの冬ネギの味もなんだか分からなくなってきた頃、ふと隣で千尋さんが呟いた。

「はぁ……。いつものように真琴さんとのんびり食べたい……」

思わず千尋さんの方を見やる。私と視線が合うなり、千尋さんは我に返ったように目を瞬いた。

「な、んでもないです」

忙しない手つきで口にご飯を詰め込む仕草が、なんだか可愛らしく見えてしまう。私は知らず知らずのうちに緊張していた肩から力を抜く。もちろん喧嘩しなければ、人数が多い食卓も楽しい。けれど……うん、私も——千尋さんとゆったりとした会話をしながら囲む食卓が好きだ。そう改めて思った瞬間、口の中のネギが急に甘みを増したような気がした。

「——私は一旦、社に帰るけど、この若造が迷惑かけたら遠慮なく呼ぶんだぞ」

そう言い残して、狭霧さんは極楽寺の坂を下りていった。隣で高旗さんが「やった」と呟いた。狭霧さんは猛禽のような目で高旗さんを睨んだ後、肩を怒らせてのしのしと歩いて駅に向かった。相変わらずの二人を見て、千尋さんは海よりも深い溜息をつくのだった。

「一旦、っていうことは夜にでもまた来るんでしょうか……」

「そうかもしれませんね。狭霧さんの分もお夕飯の準備しなくちゃ」

「いや、しなくていいですから……」

空の天辺にあった太陽が、わずかに西の方角へ傾き始めている。狭霧さんを見送った後、当然のように屋敷の中へついてくる高旗さんに千尋さんが苦言を呈した。

「あの……ところで、まだ帰らないんですか？」

「編集長に是が非でも先生との仕事をもぎ取ってこいと言われましたから」

「ああ、そうですか……」

もはや諦めに似た境地なのだろうか、千尋さんは力なくそう返した。玄関を上がって、千尋さんは二階の書斎へ向かおうとするが、肩越しにこちらを振り返る。

「とりあえず、真琴さ――妻につきまとうのはやめてくれませんか」

妻、と呼ばれて、胸の奥がきゅっと縮まる。それを誤魔化すように私は言い募った。

「ち、千尋さん。私は大丈夫です。男の人の手があって助かることもたくさんありますから」

愛想半分、本音半分だ。にっこり微笑んで見せると、千尋さんは少し驚いたように瞬きを数度繰り返し、私と高旗さんを交互に見やる。

「そう、ですか……？」

「はい」

「ほら、奥さんもこう言ってますし」

高旗さんが我が意を得たりとばかりに追撃する。千尋さんは眉を寄せて、高旗さんをじっと見つめている。私は千尋さんを安心させるべく、念を押した。

「私なら大丈夫です。千尋さん、お仕事頑張ってください」

「……分かりました、真琴さんがそう言うなら」

不承不承といった様子ではあったけれど、千尋さんはようやく階段を昇っていった。

「さ、奥様。次は何をいたしましょう？」

冗談めかした口調で尋ねられ、私は密かに苦笑した。

「ええと、じゃあ……納屋のお掃除を手伝ってくれますか？」

「かしこまりました」

納屋はちょうど屋敷の裏側、いつもは洗濯物を干している裏庭の一角にあった。四畳ほどの広さで、納屋というよりは外にある物置といった方が正しいのかもしれない。

扉を引くと、木と金属の軋（きし）む音がした。私は壁に手を這（は）わせて照明のスイッチを探る。天井からぶら下がっていた裸電球がぱちっと音を立てて点灯し、納屋の中を照らした。

納屋には備え付けの棚があり、園芸用品や古い本が置いてある。あとは庭用の竹箒やちりとり、高枝切り鋏（ばさみ）、などなど。

「ふぅん、結構がらんとしてますね。物も少ないし、床も綺麗だし――あれ？」

しげしげと納屋を見回していた高旗さんが、ふとしゃがみこんだ。

「……ここ、床に扉がついてるんですね」

「え？」

言われて覗き込むと、置物と化していた高枝切り鋏の下、古びた床板に四角い金属の区切りがあって、埋め込み式の持ち手が見えた。一メートル四方以上はありそうだ。

「床下収納でしょうか。初めて気づきました……」

「へえ。じゃあ、ここは長らく掃除してないってことですね。開けてみますか」

高旗さんが持ち手を浮き上がらせ、ぐっと引っ張った。しかし蓋はびくともしない。

「……って、よく見たら持ち手に鍵穴みたいなのがありますね。施錠されてるのかも」

確かにその通りだった。開かずの床下を高旗さんは尚もしげしげと観察する。

「しっかし大きい扉ですね。大人でも楽々入れそうですよ。収納じゃなくて、秘密の地下室への入り口とかだったりして」

「どうなんでしょう……。千尋さんが何かご存知かもしれません。後で聞いてみます。とりあえず床下は後回しにして、掃除しちゃいましょう」

「……ええ」

高旗さんはまだ気になるようだったが、やがて諦めたように立ち上がった。

私は園芸用品が入った箱を棚から下ろした。

「一度、棚の物を全部外に出して、棚を拭きたいんです」

「了解です。……あー、この本、虫干しした方がよくないですか？」

立てかけてあった園芸関連の書物を、高旗さんが取り出した。それはこの家の元の主だった遠原さんのお祖母様が使っていたと思しき本だ。納屋に置かれていたにしては、綺麗に保管されている。本の虫干しというと、聞いたことはあるけど……。

「すみません、言葉は知っているんですが、どうやったらいいのか分からなくて」

「ああ、別に大したことないですよ。風通しのいい日陰に三時間ぐらい置いておくとか、一冊一冊ぱらぱらページをめくって空気に触れさせるとか……みたいな感じです」

「なるほど……。さすが編集者さん、お詳しいんですね」

「いえ……その、親父がたまにやってただけですよ」

高旗さんは私が持っていた園芸用品を受け取り、他の物も全て外に出してから、最後に納屋にあった本、十冊程度を持ち出した。

「あの縁側のある部屋借りていいですか？　虫干ししておきます」

高旗さんが本を持つ手つきはどこか優しかった。とりたてて特別というわけではなく、自然と丁寧に扱っているといった様子だ。

「ありがとうございます。……高旗さんはやっぱり、本がお好きなんですね」

「え、なんですか急に」

「だってその本もとても大事に扱ってくださるから」

私はたまにお祖母様のその本を読んだりする。そこに書いてあった手順を参考に、花を植えてみたりもした。亡きお祖母様にとっても、今は私にとっても大切なものだ。

だが高旗さんは眉を曇らせて、足元に視線を落とした。

「別にそんなことないです。――奥さん、俺はね」

本を抱え直しながら、高旗さんは私を振り返った。傾きかけた日が、高旗さんの頬に黄昏色の影を落としている。

「俺は、何事にも執着がないんです。本だって、仕事だって……家族だって、同じだ。ほとんどのことがどうだっていい、そういう人間なんですよ」

先ほどまでとは打って変わって冷めた口調に、私は息を呑んだ。それから千尋さんが語っていた高旗さんへの印象を思い出し、意を決して口を開く。

「やっぱり、千尋さんとお仕事がしたいっていうのも……？」

「もちろん、それが『仕事』だからです。だってサラリーマンが上司の命令に逆らえます？」

あ、先生には秘密にしてくださいね──と釘を差す声色も、なんとなく空々しい。

私は高旗さんの態度に、何度目かの違和感を覚える。だがそれをうまく言葉にできず、唇を擦り合わせるしかなかった。

「……じゃ、虫干ししてきますね」

「た、高旗さん。あの、待って──」

踵を返す高旗さんを、私は思わず追いかけて、一緒に納屋から外へ出た。

その時、裏庭の隅から小さな足音が聞こえて来た。

私が気配に気づいて振り返ると、そこにはあの鏡を持ったあやかしの子──雲外鏡がいた。

雲外鏡は相変わらずにこにこと無邪気な笑みを浮かべながら、私たちに歩み寄ってくる。

「鏡をごらんよ」

「またお前か……」

うんざりしたように高旗さんが言う傍らで、私はハッと気づく。雲外鏡はやはり高旗さんに鏡を向けている。今度は夕日を背に、光が反射しない角度で。

「鏡をごらんよ」

私は雲外鏡の双眸(そうぼう)を見て、驚愕(きょうがく)した。うっすらとだが、黒かった瞳がかすかに赤みを帯びている。それは日が西へ沈むにつれ、深く濃くなっていくようだった。

黄昏時(たそがれどき)。

別名を、逢魔(おうま)が時。

千尋さん曰く、あやかしの本性が――もっとも顕著(けんちょ)になる時間帯だ。

「――鏡を、ごらんよ」

三度目の誘いは――愛らしい子供の声なのに、どこか有無を言わさぬ力を感じる。すると、

「え――」

高旗さんがぎくりと体を強張らせた。持っていた本が床に落ちて、ばさばさと音を立てる。

「か、らだ、が……」

高旗さんは何かに逆らうように、歯を食いしばった。雲外鏡の瞳がいよいよ紅く染まり、きらりと光る。私はさあっと血の気が引くのを感じた。

「まさか、体が操られてるんですか……?」

その疑問に返事はない。高旗さんは操り人形のような、ぎこちない動作で雲外鏡の方に向き直る。高旗さんの顔が青ざめているのを見て、私は自分の予想が正しいことを確信する。

「ま、待って、雲外鏡さん――!」

嫌な予感に、慌てて止めに入ろうとするものの時すでに遅し。高旗さんは身を屈めて、雲

外鏡の持つ鏡を覗き込まされる。雲外鏡は赤い眼を細めて、微笑んだ。

「鏡をごらんよ」

高旗さんが両目を大きく見開いた。当然ながら高旗さん自身が鏡に映っている。

なんの変哲もない鏡だ。

ただし——鏡に映った虚像が、勝手に喋り出したりしなければ。

『……母さん、どうして』

鏡の中の高旗さんは苦しげに、悲しげに——言葉を吐き出す。

『どうして突然、何も言わずいなくなったんだ。どうして俺を置いていったんだよ』

「は……？」

同じ高旗さんの声が重なる。鏡の中の虚像は尚も嘆く。

『なんで——俺を、裏切ったんだ』

『あんな思いはたくさんだ』

『もう、何にも縛られてたまるものか』

高旗さんは息をするのも忘れて、鏡に釘付けになっている。

『何にも入れ込んだりしない、何も大切にしたりはしない』

『そう決めたのに——なのに……』

消え入りそうな声で、虚像は血を吐くように言う。

『本が好きだ。本を読むと、どうしようもなく心が躍る。表紙から装丁、ページの紙や文字の一つ一つまで、愛おしく感じる』

『仕事が好きだ。一冊の本を作り上げるたびに、宝物が増えていく。上司や同僚に認められれば、ここにいていいんだと心からそう思える』

高旗さんが、は、と短い息を吐いた。

「違う、やめろ……」

『英千尋の担当に、と言われた時は嬉しかった。当たり前だ、一番好きな作家なんだから』

「違う！　俺は――」

声を荒らげる高旗さんを、雲外鏡が穏やかに諭す。

「どうして怒るの？」

「でたらめだ、こんなの……！」

「そんなことないよ。鏡をごらん。ごらんよ」

鏡の虚像は再び喋り出す。切なさを滲(にじ)ませた口調で。

『――でも、怖いんだ。母さんの時みたいに、裏切られるのが怖い』

『英先生に、裏切られるのが怖い――』

その言葉は切実な音を帯びている。

『だから、入れ込まない。ずっと知らないふりをしていれば、裏切られることはないから』

『俺は、絶対に、英先生を信じたりしない。心を預けたりしない』

『それを虚(むな)しくなんて、思ったりしない――』

弱々しい声が消え入りそうになった頃、高旗さんが拳を固く握りしめた。雲外鏡の力に抗い、徐々に腕を上げる。

「やめろ……やめろやめろ！」

高旗さんは拳を振り上げ、鏡を叩き割ろうとした。しかし雲外鏡は微動だにしない。

――高旗さんの拳が鏡に吸い込まれていくのを、あらかじめ知っていたように。

「え――」

高旗さんの腕はとぷり、と鏡の中に沈む。水面に波紋が広がるように鏡の表面が波打ち、ずぶずぶと高旗さんの腕は鏡の中に消えていく。

「高旗さん！」

私は悲鳴に近い声を上げた。あやかしの超常的な力であることは明白だ。このままでは恐ろしいことが起きてしまう気がして、私は高旗さんの腕に飛びついた。けれど二人がかりで腕を引き戻そうとしても、雲外鏡の力に太刀打ちできない。

このまま鏡の中に体ごと吸い込まれたら、高旗さんはどうなってしまうのか。

未知の恐怖に焦燥感ばかりが募る。私は必死に雲外鏡へ訴えた。

「やめて、お願い、お願いッ……！」

刹那。

――ばりん、と鋭い音が裏庭に響いた。

私も高旗さんも雲外鏡も、弾かれたように顔を上げる。急に現実に戻された気分だった。

庭に長い影が伸びていた。いつの間にか縁側に千尋さんが立っていて、足元には割れた湯呑みの破片が散らばっていた。

「……認めた方がいいです、高旗さん」

千尋さんの低く、耳に心地のいい声がその場に響く。

「雲外鏡は人の本性を映し出す。鏡に映っているのは『本当の自分』です。それを認めなければ、やがて雲外鏡の力で鏡に映る自分と一体化する。取り込まれるんです、鏡の中に」

「ッ、でも、俺は……！」

肘まで鏡に沈めながらも、高旗さんは首を縦に振ろうとしない。

私は高旗さんのワイシャツの袖を掴み、声を荒らげた。

「高旗さん、ずっと無理してるような気がしてました。笑ってる時も、そうでない時も、ずっと自分を騙して、偽って……！」

それはとりもなおさず、私自身にも重なった。

叔父さん一家にどれだけぞんざいに扱われても、どれだけ辛い目に遭わされても、私は耐え続けた。叔父さんは私を引き取ってくれた。だから恩を返すのは当たり前だ、それを辛いと思う私が悪いんだ――時には、そう自分に偽りの言葉を言い聞かせて。

傷つきたくないから。――真実を、見たくないから。

「でも、それじゃ、いつか自分が壊れてしまいます。だから……！」

高旗さんはゆっくりと私を見た。私もまたじっと高旗さんの目を見つめ返す。

鏡から、か細い声が聞こえてくる。

『本当はいやなんだ。このまま——空っぽにはなりたくないんだ』

目の前の唇が歯がゆそうに歪んだ。

高旗さんはきつく目を瞑り——それから、長く大きな息を吐いた。

「ああ、もう、分かったよ！　認める、認めますッ！」

途端、先ほどまでの苦労が嘘のように、高旗さんの腕が鏡から抜ける。自由を得た高旗さんはそのまま千尋さんに向き直り、子供のように喚き散らした。

「そうですよ！　本当は編集長に俺から提案したんです。あんたにうちで作品書いてほしいって。あんたの担当になりたいって！　そりゃ成績だって欲しいですよ、でも、本当は単純に……その、夢だったんですよ！　英千尋の担当になって一緒に本を作るのが！」

「そ……そうだったんですか」

かつてない熱量で高旗さんが声を張り上げるのに、千尋さんはやや困惑気味だった。けれどその言葉に違和感はない。嘘偽りない本心なのだと、聞いているだけで分かる。

ああ、やっと……高旗さんは自分の気持ちを吐き出せたんだ。

私がほっと胸を撫で下ろしていると、高旗さんはさらに千尋さんへ詰め寄った。

「でもあえて言わせてもらえば、最近ちょっと作風変わりましたよね？　夏に出た新刊だってそうですよ。昔のあんたなら、ラスト、美冬を退場させてましたよね？　それをなんですか、あっさり主人公とくっつけて。安いラブロマンスにすんなよ、媚びてるんです？」

「……はあ？」

「文章もまわりくどい表現が多いし、そのせいでもたついてるシーンもあるし、なんていうかデビュー当時よりしゃらくせえっていうか」

「……はあ？」

これは……確かに、相当のファンだ。しかもちょっと面倒くさい方の。

「なんだか最近のは見てられませんよ。あのね、エンタメはね、読者をぐいぐい引っ張ってなんぼなんです。それを時代背景やら呪術の知識やら、物語に絡まないところまでくどくど描写して。文句あるならもっと無駄な文章削って、テンポ良く進行したらどうです？」

「……はあああああ？」

千尋さんのこめかみがひくひくと痙攣している。私は雲外鏡と一緒におろおろと両者を見比べることしかできない。そこへ、

「――聞き捨てならなああぁぁぁいっ！」

どん、と大きな音を立てて、空から狭霧さんが降ってきた。着地した場所に砂埃が舞う。

それを蹴飛ばすように狭霧さんは高旗さんへにじり寄った。

「急いで様子を見に来てみれば。私の作家に対してなんたる言い草だ、この三流編集者が～！　あの描写が独特の空気感を出してるんだよ、分からないかなぁ!?」

狭霧さんが高旗さんの襟首を掴み上げる。しかし高旗さんは一歩も退かない。

「ハッ、空気感ってなんすか。ふわっとしたことばっかり言って。風景描写や心理描写を上

手く使えば、そんなもんもっと字数を割かずに表現できるんですよ」

「そーやってすぐ短縮短縮！　文章が短けりゃ、リーダビリティが高いのかい？　違うだろう？　これだからライトな層へ必要以上に媚びまくる数字至上主義者は！」

「そうやって高尚ぶってるから出版業界は縮小するんじゃないですか？　つーか、商業出版は数字が全てだろうが！」

「じゃあ売れてる千尋に文句はないだろうに!?」

「将来的に行き詰まらないとも限らないでしょうが！」

「――ああもう、二人ともうるさい！　近所迷惑です！」

言い争う狭霧さんと高旗さんに負けじと千尋さんも大声を張り上げ、縁側から庭へ降りてくる。今日だけで何度も見た修羅場に、私は目眩がしてきた。ぶつかりあう三者三様の怒気に、心臓が嫌な音を立てている。頭がくらくらして、立っていられなくなる――。

「……お、おなべ」

「え？」

と、千尋さんが私の呟きに気づく。私はこくこくと頷きながら、意を決して叫んだ。

「みんなで、お鍋を、食べましょーう！」

狭霧さんと高旗さんにも届くよう、両手を振り上げる。

その場は一瞬、静まり――「ええ？」と戸惑いを隠せない声が、三者から発せられた。

同じ釜の飯を食う、という言葉がある。私はお鍋にも通ずるものがあって、同じお鍋を囲めば仲良くなれるものだとばかり思っていた。

けど、実際は。

「だぁから、昔の先生の文体はもっとこう、質実剛健っていうかそんな感じだったんっすよぉ。それをあんたがちゃんと伸ばしてやらないからぁ」

「君なぁ、先輩を『あんた』呼ばわりするなよなぁ。大体、デビュー作とまた違う雰囲気のシリーズをやるんだったら、それに文体を合わせるべきだろお？」

湯気を上げる鍋の向こうで、高旗さんと狭霧さんが明らかに呂律の怪しい口調で言い合っている。それぞれの手にはビールグラスとお猪口が収まっていた。

「迂遠な表現は今の読者に敬遠されます。ねえ、英先生、俺ならぜえったいそんなことはさせませんからぁ」

赤ら顔で身を乗り出す高旗さんを、千尋さんは正面から見据えた。

「高旗さん。俺は……少しあなたのことを勘違いしていたようです」

「はあ、どういう意味で？」

それはもちろん、例の『仕事に対する意思』の件だろうと私は思った。高旗さんは矜持がないわけではなかった。むしろ自分の熱意を裏切られるのが怖くて、それをひた隠しにしていただけなのだと——雲外鏡が明かしてくれた。

ただ、酔っ払っている時に言っても無駄だと思ったのだろうか、千尋さんは皆まで言わなかった。その代わり、ぽつりと呟く。

「――天馬書房のお仕事、受けてみようと思います」

「え……？」

「ええ!?」

一瞬だけ、その場の酒気が薄くなった気がした。呆気（あっけ）に取られる高旗さんと、驚きを隠せない狭霧さん、そして二人の編集者を千尋さんは真摯に見つめる。

「ただし、高旗さんには随分とありがたいご指摘を受けましたから。最近の著作の傾向も含めて考えてもらって、それでも俺と仕事がしたいと思ったなら、ですけど」

高旗さんはしばし呆然としていたが、やがてビールグラスを食卓に置き、千尋さんに向かって勢いよく身を乗り出した。

「は……はい。はい！　もちろんです。やります！」

「ちょ、ちょっと千尋っ！　どうしたんだ、いきなり！」

「すみません、狭霧さん。翠碧舎にもご迷惑はかけません。仕事の掛け持ちは初めてですが、やるからにはどちらも手は抜きませんから」

「うう、でも、でもぉ……！」

歯噛みしている狭霧さんの隣で、高旗さんはぐっと両拳を握っている。口端が緩むのを抑えられていない。長年の夢が叶ったんだと思うと、見ているこっちまで嬉しくなった。

「良かったですね、高旗さん」

「はい、奥さんのおかげです」

晴れ晴れとした顔で笑う高旗さん。それとは対照的に狭霧さんは低い唸り声を上げる。

「むぅうううう、うううううう！」

「なんですか、他ならぬ先生が決めたことですよ。文句あるんですか？」

「大アリだ〜！　キィ〜、この泥棒猫！　こうなったら訴えてやる！」

「はぁ〜？　何を？　てか、うちの法務部とやるってんですかぁ？」

「おうおう、うちの顧問弁護士だって腕利きぞろいだぞお？　知らんけど！」

くつくつと揺れているお鍋の前で、狭霧さんと高旗さんが再び応酬(おうしゅう)をはじめた。ちなみに狭霧さんの周囲には空になったとっくりが五本ほど並んでいる。高旗さんは瓶ビール二本目。お酒が入っているからか、本気の喧嘩腰という雰囲気ではない。

私はほっとしてお鍋の灰汁(あく)取りに集中できた。具材は野菜ときのこが多い。白菜、ネギ、春菊、しめじやまいたけ。お肉は角切りの鶏もも肉を入れている。灰汁を取りきり、私は満足して頷いた。うん、やっぱりお鍋の出汁が綺麗だと気持ちが良い。

「おかわりほしいな」

私の隣にちょこんと座っているのは雲外鏡だ。鏡を傍らに置き、代わりに空の器を差し出している。

「はい、ただいま」

私は器を受け取り、野菜ときのこ、それに豆腐などをバランスよく入れる。器を返すと雲外鏡はお出汁を啜って、「おいしいね」と微笑んだ。

――この子はきっと、高旗さんの心の声に気づいていたんだろう。

抑圧されていた本音を解放してあげるために、高旗さんに鏡を見せたのだ。

はふはふと白菜に息を吹きかけている雲外鏡を眺めていると、自然と頬が緩んだ。

「真琴さんも食べてください」

雲外鏡の反対側に座っている千尋さんが私の器を手に取った。お玉で具材をすくってくれる。器を受け取ると、手にあたたかさが伝わってくる。

「ありがとうございます、千尋さん」

「いえ」

時折眼鏡を曇らせながら、千尋さんは黙々と鍋を食べている。告げるべきことは告げたとばかりに、対面の編集者二人の相手をあっさりやめたようだった。

なんとはなしに千尋さんを見つめていると、視界の端に白いふわふわとした二つの尾が見えた。いつのまに入ってきたのだろうか、たまちゃんがやってきて、千尋さんのデニムの膝あたりをしきりに小さな爪でひっかいている。

「……食べたいのか？」

千尋さんが白菜を箸でつまみ上げる。たまちゃんは「なぁあ！」と強い声で鳴いた。それを肯定と捉(とら)えた千尋さんは、白菜にふうふうと息を吹きかけて冷まし、小皿に載せてあげた。

しかしたまちゃんは白菜には見向きもせず、一層大きく「なぁー！」と鳴き続けた。千尋さんは眉根を寄せている。今度は私が鶏肉の欠片をあげてみたが、これまた無視された。

「たまちゃん、どうしたんでしょう……？」

「さぁ……」

肩を竦める千尋さんから、たまちゃんは諦めたように離れた。そして見事なステップで食卓の上に乗ると、向こう側の高旗さんの肩に乗った。

「なんだよ、お前」

酔って潤んだ高旗さんが胡乱な眼差しでたまちゃんを見る。たまちゃんは高旗さんの肩の上で「なぁーなぁー」と声を上げる。何かを訴えているようだが、一向に分からない。

そこへもう一人の酔客がとっくりをかざす。

「おい、千尋～、酒が足らんぞお～！」

「あーはいはい」

千尋さんはしれっとお猪口に水を注いだ。実を言うと、五本目以降はずっとお水だ。狭霧さんは気づく様子もなく、再び高旗さんとの激論へ戻っていく。

一方のたまちゃんはと言うと、飽きてしまったのか、ふらりと襖の向こうへ姿を消した。

千尋さんは小さな息を吐きながら、水差しを置いて、自分の湯呑みを手にする。そこでぴたりと動きが止まった。

「そういえば……一つ、湯呑みを割ってしまってすみませんでした」

「え？　あぁ、さっきの……」

高旗さんが雲外鏡に取り込まれそうになった時のことだろう。千尋さんが湯呑みを地面に叩きつけたことで、場が一変したのを思い出す。あの行動に助けられた私は何も気にしてなかったが、千尋さんは後ろめたそうに続けた。

「雲外鏡の意識をこちらに引きつけたかった、というのが一番の理由ですが……。皿や湯呑みが割れるのは『身代わり』という意味もあります。たとえば、大塔宮・護良親王を祀る『鎌倉宮』の盃割り舎という場所では、土器に自分の厄を移して石に投げつけて割るという厄払いの方法が用いられています。つまり……一応、そういう呪術的意義があったわけです」

「なるほど……。たまたま千尋さんが湯呑みを持っていて良かったんですね」

「いえ……あれは、たまたまではなく」

千尋さんは豆腐を口に運んでから、もごもごと言った。

「……真琴さんにお茶のお礼を言いそびれたな、と思いまして」

私はぱちぱちと二、三度目を瞬かせた。

「言われてませんでしたっけ？」

「言ってませんでした。すみません」

「い、いえ、そんなに気になさらなくても」

「そういうわけにはいきません」

千尋さんはふうっと器に息を吹きかけた。眼鏡が湯気で曇る。

「……美味しいお茶をいつもありがとうございます。それからこの鍋も。美味いです」

レンズの曇りが取れる頃には、千尋さんが少し視線を逸らしているのが分かった。

千尋さんが律儀な性格だということは分かっていたけれど、それでもこうしてちゃんと言葉にしてくれるのが嬉しい。

鍋の温かさだけではない、心にぽかぽかとしたものを感じながら、私は頷いた。

「はい。……こちらこそ、いつもありがとうございます」


宴もたけなわになる頃には、夜空に月が昇っていた。

食卓を布巾で拭いていた私は、ふと縁側のガラス戸が開いているのに気づいた。わずかな隙間から晩秋の冷たい風が入り込んでくる。戸締まりしようと歩み寄ると、庭へ出るための外履きが一組ないことに気づいた。

再び、夜風が私の頬を撫でる。誘われるようにして庭に視線を移した。宵闇の中、眠る草木の気配がする。十月頃は盛んだった虫の声は絶えて久しく、静まり返った庭は青白い月光が照らすばかりだ。

ふと、門の近くに人影が見えた。桜の樹の下で、高旗さんがぼうっと夜空を見上げていた。私はなんとなく彼の様子が気になって、庭へ出た。

「高旗さん？」

呼ばれて、高旗さんはゆっくりと私を振り返った。酔いが残っているのだろうか、目は少し潤み、眦（まなじり）は若干赤く染まっている。

「……奥さん。なんていうか、今日はお世話になりました」

ふんわりと微笑む表情は、憑き物（つきもの）が落ちたかのように無防備だ。私は自然と温かく見守るような顔をしていたのだろう、高旗さんは照れくさそうに話題を変えた。

「立派ですね、この樹。実家の裏山にあった山桜を思い出します」

「裏山があったんですか？　すごいお家なんですね」

「田舎じゃありがちですよ。ろくに手入れもされてない山でした。人も滅多に近寄らなくて。だから……一人になりたい時とかは、よく行ったな」

高旗さんの寂しそうな表情を見ると、失踪してしまったお母様を思っているのは想像に難くない。高旗さんは私の考えを見透かしたように、ぽつりと言った。

「母は……何故か、桜を嫌ってました。そんな日本人もいるもんなんですね」

「高旗さん……」

「心配しないでください、山ではいつも一人ってわけでもなかったんで。——って、あ」

高旗さんは唐突にしゃがみこむと、落ちていた枝を拾い上げた。わりと太めの枝だ。私は桜の樹を見上げ、折れている箇所を発見する。

「乾燥して折れちゃったんでしょうか……」

木霊さんがどうしているかと私は心配になって、周囲にうろうろと視線を彷徨わせる。一方の高旗さんは枝を握りしめて、じっと見つめている。

私はその横顔に違和感を覚えた。桜の枝を見つめる瞳は焦点が合っていない。酔って気分が悪くなってしまったのだろうかと心配したけれど、高旗さんは存外はっきりした口調で言った。

「――これを、頂いてもいいですか？」

「え……。桜の枝を、ですか？」

高旗さんはまっすぐに、しかしどこか生気に欠けた表情で私を見つめている。日中の溌剌とした印象とまるで違う目の前の人は、本当に彼なのだろうかと訝しむほどに。

「駄目でしょうか？」

強い語気に、私は気圧される。木霊さんは生憎留守のようで、了承が得られない。しかし折れた枝は元には戻らない。私の逡巡を見透かしたように、高旗さんはうっすらと微笑む。

「ああ、これだと『花盗人』になってしまうかな。まぁ、折れた枝ですし問題ないですよね」

「あの、どうして枝を……？」

「今日の記念ですよ。皆さんとの出会いの」

そう言われると、どうにも断りづらい。私は木霊さんに内心で謝りながら、頷いた。

「分かりました。是非、お持ちください」

「――ありがとうございます」

高旗さんは再び、桜の樹を見上げた。茶色がかった不思議な光彩の瞳に、一瞬だけ桜の花びらが舞い踊ったような気がして――私は目を疑う。

「盗人、ね……」

吐息と共に、高旗さんは確かにそう呟いた。

秋の終わりの冷たい風が、私と高旗さんの間を吹き抜ける。

盗人。その言葉を繰り返した意味は、ついぞ――分からず終いだった。

第二話　ハマグリと花と小さな恋

「え、え、えっ、枝がぁぁぁあああ……！」

　十一月の中旬に入って、一層冷たさを増した早朝の空気に、悲痛な叫びが溶けていく。

「木霊さん、元気出してください」

　私はスカートの裾が地面に着かないよう気をつけながら、しゃがみ込んだ。目の前でうずくまり、おいおいと泣き崩れる木霊さんのふわふわの毛を辛抱強く撫でる。

「ほら、ちゃんと折れた枝の処置もしましたし。大丈夫ですよ」

「まこと、どのぉ……えうう、あう、ぐす」

　原因は途中からぽっきりと折れた桜の枝にあった。言わずもがな、高旗さんが発見し、記念に持って帰った枝だ。枝の切り口は癒合剤とテープで保護してある。こうしておかないと病気に罹り、花がつかなくなってしまうからだ。

「枝はあの小童が持っていたそうですな。もしや手折ったのですか!?」

「い、いえ……。人の背じゃ届かないところですから」

「きぃぃいぃ、花盗人め、きぃぃいぃ！」

話を聞く耳も持たず、木霊さんは地団駄を踏んでいる。木霊さんはこの桜の樹を『依り代』としており、樹は『本体』といっても過言ではない。木霊さんがこの樹を大事にするのは当然だ。たとえば私だって、自分の髪がなんの前触れもなくばっさり切れていたら、驚くし悲しいだろう。しかし何と慰めていいか分からず、途方に暮れていると——。

なぁん、と低木の陰から鳴き声がした。茂みの中からするりと出てきたたまちゃんは、ぐすぐすと泣いている木霊さんの足をぺろぺろと舐めた。

「おお、そうか、お前さんも慰めてくれるか……」

なぁなぁん、とたまちゃんが応じる。地面に突っ伏して泣く木霊さんを横目に、たまちゃんは私に向かって、なぁお、と鳴いた。その金色の視線がちらりと玄関に向けられる。なんとなく「この場は収めておくから」と言われているのが分かった。

「……ありがとうね、たまちゃん」

私は小さくお礼を言って、踵を返した。

屋敷の中に戻ると、台所に立ち、私は朝食の準備を始めた。白飯はすでに土鍋の中で炊き上がっている。冬本番になって甘さを増したかぼちゃを、今朝とった合わせ出汁で煮て、そぼろあんかけにした。同じ出汁で作ったのは、大根と小松菜のお味噌汁。それに今日はトレビスという葉物を使ったチョップドサラダを作った。鮮やかな赤色のトレビスは鎌倉野菜として『鎌倉市農協連即売所（レンバイ）』で買ったものだ。リーフレタスの緑や、パプリカの黄色、カマンベールチーズの白もあいまって、目にも楽しいサラダが出来上がった。

私は味噌汁の鍋の火を止め、台所を出た。朝の静謐な空気に満ちた廊下を進み、階段で二階へ上がる。千尋さんの書斎まで赴いて、襖越しに声をかけた。

「おはようございます、千尋さん。朝ご飯ができました」

「あ……はい。その……」

——くぐもった返事はどこか困惑していた。

先週から幾度となく聞いた千尋さんのその声色に——私は襖の前で微笑を浮かべる練習をしてから、話を続ける。

「お仕事、お忙しいなら……後にしましょうか？」

「いや、ええと……はい、すみません」

書斎の中からひっきりなしにぱらぱらと本のページをめくる音が響いてくる。書類と書類が擦れる音や、キーボードをかたかたと打つ音、そして時折、溜息も。

「……真琴さん、先に食べていてください」

私は千尋さんから見えないのをいいことに、ほんの少し俯いた。古い板張りの床の小さな傷が目に入る。それをじっと見つめながら、私は言葉を絞り出した。

「分かりました。温め直しますから、召し上がる時は声をかけてくださいね」

気をつけていたはずなのに、声に一抹の翳りが滲んでしまった。はたと気づくも時すでに遅く、気がつけば襖がすらりと開いていた。

ライトグレーのケーブルニットにジーンズといったシンプルな出で立ちの千尋さんは、私を前にして所在なげに立っている。

「連日、申し訳ないです。せっかく作ってくださっているのに……」

白分の失敗を悟り、私はさっき練習した笑みを精一杯浮かべた。

「気にしないでください。それより……千尋さんの体の方が心配です」

千尋さんの背後には書斎の様子が広がっている。いつも整然としている書斎が、見る影もなく散らかっていた。小説の資料だろうか、畳には数十冊の本が山積みになっている。他にも何やら分厚い紙の束が置かれていた。そこに書いてあるのは短い詩のようなものばかりだ。それも子供が書いたような字の。

「本当にすみません。同時並行で仕事をするのは初めてで、なかなかペースが掴めず……」

元々、書いていた『翠碧舎』に加えて、さらに『天馬書房』で受けた仕事のことだ。仕事に就いたことがない私にとって――それも作家という特殊な職業の大変さは、完全に想像の埒外だ。陰ながら応援することしかできない。

「もしよかったら、朝ご飯、後でこちらにお持ちしましょうか？」

「……ええ、そうですね。すみませんが、お願いします」

こうやって――契約上の妻として、千尋さんを少しでも支えることしかできない。

「はい、分かりました」

歯がゆい思いを悟られないよう、私はやはりにっこりと微笑んでみせるのだった。

がらんとした居間に、食器と箸が擦れる音が――一人分だけ響いている。

旬を迎えたかぼちゃはとても甘く、そぼろ餡の塩気とよく合った。トレビスを使ったチョップドサラダは瑞々(みずみず)しくて、オリーブオイルと塩をかけただけでも十分美味しい。大根と小松菜の甘味が感じられるお味噌汁を一口飲んで、ふうっと息を吐く。

私の吐息は冬の窓辺に吸い込まれていった。起きて何時間も経っているのに、障子戸から透ける朝日が何故か目に染みる。

居間は静寂に満ちている。私は知らずのうちに耳を澄ませていた。何かの間違いで千尋さんが階段を降りてこないか。あるいは風と共に狭霧さんが現れて、元気な声をかけてくれないか――。実際はそのどちらも起こらなかった。千尋さんと同じく、最近は狭霧さんもお仕事が立て込んでいるらしく、顔を見せることがめっきり減っていた。

「……お昼前になったら、買い物に行かなきゃ」

ぽつりと私は独りごちる。朝食は半分ほど残してしまった。昼食にあてるべく、ラップをかけておこうとぼんやり思った。


重なり合う雑踏が駅構内を満たしている。改札口へと向かう人々から、期待と軽い興奮が伝わってきた。

極楽寺駅から江ノ電で四駅、鎌倉駅は本日も多くの人で賑わっていた。

こちらに越してきてから大分経つけど、この混雑ぶりには圧倒される。

私は人の往来に交じり、ＪＲ鎌倉駅の東口改札を目指していた。ずらりと並ぶ自動改札機の頭上に、大きな三角屋根が広がっている。間接照明と木目調の正面の壁、その中央に広い窓があって改札口に柔らかな日光を取り入れていた。

駅直結の商業施設もまた多くの観光客で賑わっている。私は家で仕事をしている千尋さんのことを思った。朝食を詰めた曲げわっぱのお弁当箱を手渡すと、千尋さんは、

『朝食と昼食を兼ねることになりそうですから、ゆっくりしてきてください』

と、言ってくれた。自分の昼食は気にしなくていい、ということらしい。

そうだ、千尋さんにお土産を買っていこう。確か、あの商業施設の一階にお土産屋さんが集まっていたはず——。

そんな算段をしていると、人の往来の中にふと知った顔を見つけた。

「あっ、高旗さん——？」

声を掛けようとして、私は思わず口を噤んだ。

スーツ姿の高旗さんの隣に、見知らぬ男性がいる。細面で肌が白く、色素の薄い瞳が印象的だ。艶のある長い髪を、桜色の組紐でひとまとめにしている。上背があるからか、白いチェスターコートがよく似合っていた。

もしかしてお仕事中だろうか。声を掛けあぐねていると、高旗さんの視線が私を捉えた。

「えっ……。英先生の奥さん？」

偶然の再会に、高旗さんは目を丸くしている。気づかれてしまったからには仕方ない。私

はぺこぺことお辞儀をしながら高旗さんたちに歩み寄った。

「お、お久しぶりです。すみません……あのお仕事中ですよね」

「ええ……えっと……」

高旗さんは困ったように隣の青年へ目配せする。すると青年は白皙(はくせき)の美貌で、私に微笑みかけた。

「はじめまして、お噂はかねがね。高旗くんからよく聞いてますよ。英千尋先生のことも、新婚の奥様のことも」

千尋さんのことのみならず、まさか私のことまで話に上がっているとは思わず、私は高旗さんを見やった。高旗さんは何故か、視線を逸らして俯いている。

「これはこれは、聞いていた以上に愛らしい奥様ですね」

真正面からそんなことを言われ、私は赤面して俯く他ない。お世辞だとしてもなんだか据わりが悪い。私はぺこりと頭を下げ、すぐに違う話題を持ち出した。

「貴方は……やっぱり小説家の先生なんですか？」

「ええ、一応。私もこの辺りに住んでいましてね。あ、筆名を明かすのは勘弁してください。英先生のように売れていないので、恥ずかしいのですよ」

彼は朗らかな口調で謙遜してから、優雅に一度お辞儀をした。

「では用事も済んだので、私はこれで失礼します。英先生によろしくお伝えください。今度是非、創作論をお聞かせ願えると嬉しいです、と」

「あ……は、はい。分かりました」

「高旗くんも、また」

「……ええ、はい」

青年は私と高旗さんに手を挙げると、颯爽と踵を返した。

白いコートの背が、江ノ電の乗り換え口に吸い込まれていく。私は思わず呟いた。

「なんだか、不思議な雰囲気のある方ですね……」

「……苦手なんすよ、あの人」

苦々しくぼやいた高旗さんは、はっと我に返って私に取り繕うような笑みを浮かべた。

「あ！　そういえば英先生の原稿、どうなってます？」

「千尋さん、すごく頑張ってますよ。まさに寝食を惜しんでっていう感じで。同じ家に住んでいても、ほぼ顔を合わさない日もあるくらい……」

語尾が自然と萎んでいき、顔も段々俯いてしまう。高旗さんは気まずそうに天井を仰いだ。

「あー……えっと、お二人って新婚なんでしたっけ。もしかしなくても、俺のせい――」

「す、すみません、気にしないでください。では、私……これから買い物に行くので」

気を遣わせてしまったのが申し訳なくて、早々にその場を立ち去ろうとする。

しかし――。

踵を返す前に、ぐうっと妙な音が響いた。この雑踏の中でも、すぐ傍の高旗さんには聞こえるほど大きな音だ。それが自分の腹の虫であることに気づき、私は慌ててお腹を押さえた。

「……え？　もしかして腹減ってます？」

「いえ、あの……ううう――」

あまり朝食に手をつけなかったせいだろう。さっきまで空腹の欠片も感じなかったのに、どうして、今になって。恥ずかしさのあまり、人混みの中へ消えていなくなりたくなった。

かあっと頬に熱が集まるのを思い知らされていると、不意に高旗さんが言った。

「あの――良かったら、ここらで昼飯食っていきません？　ご馳走しますよ」

「えっ……？」

唐突な提案に、私は思わず顔を上げた。高旗さんは無邪気に小首を傾げる。

「お気遣い無用です、経費で落としますんで。――駄目？　先生に怒られます？」

「いえ、ゆっくりしてきていいとは言われていますけど……」

「良かったら、一度、聞いてみてくださいよ」

押し切られるようにして、私は千尋さんに電話をかけた。仕事が忙しくて出られないかとも思ったが、ワンコールで繋がった。

『もしもし、真琴さん？　どうしました？』

電話をかけること自体が珍しいからだろう、千尋さんの声音は少し心配が滲んでいる。私は慌てて事の次第を話した。

「――というわけで、たまたま高旗さんにお会いして。お昼をご馳走してくださるということなんですけど……」

『高旗さんと、ですか……』

千尋さんの口調が一気に胡乱なものになる。やっぱりまっすぐ帰ります、と前言を撤回しようとしたところへ、千尋さんから返事が来た。

『……分かりました。ゆっくりなさってきてください』

「あ、あの……。はい、ありがとうございます」

通話が終わる。事の成り行きを見守っていた高旗さんに私は一つ、頷いてみせた。

「えっと、いいそうです」

「よっし、決まり。じゃ、行きましょ行きましょ」

先に歩き出した高旗さんに手招きされる。私は雛鳥が親にくっついていくように、ちょこちょこと歩いて高旗さんの背を追った。

高旗さんに連れられて来たのは、小町通りに入ってすぐにある喫茶店だった。鎌倉では有名な老舗で、私も名前だけは聞いたことがあった。

クリーム色の壁に、赤地に白抜きで店名が入っているオーニング、その下には食品サンプルのショーウインドウがある。サンドウィッチやホットドッグ、フルーツパフェやクリームソーダなどが並んでいる様は、いかにも古き良き喫茶店といった趣だ。

「いらっしゃいませ。二名様ですか？」

店内に入ると、すぐ店員さんに案内された。中は間口に比べて、意外にも広かった。革張りの四角い椅子とテーブルが、ずらりと並んでいる。平日、それもまだ十一時を過ぎたばかりだが、すでに多くのお客さんで賑わっていた。

私と高旗さんは一番奥の席へと通された。大きな窓に面していて、美しい庭を望むことができる。常緑樹や植え込み、花は遅咲きのコスモスや山茶花。石畳で舗装された小径には、白く塗装されたレース模様のテーブルセットが置かれている。温かな光に包まれた庭は、冬とは思えないほどの彩りに満ちていた。

「綺麗……」

私はその四角く切り取られた風景の美しさに、おもわず感嘆した。

「お客様、ホットケーキはご注文になりますか？」

水を持ってきてくれた店員さんが、出し抜けにそう尋ねてきた。私が小首を傾げると、店員さんはにこりとして告げた。

「ホットケーキは焼くのに三十分ほどお時間をいただいているので、あらかじめお聞きしているんです。ちなみに、当店のホットケーキはこちらになります」

メニューを開いて、店員さんがホットケーキの写真を指し示す。

「わぁ……！」

見事なまでに丸いホットケーキが二つ、縦に重なっている。特筆すべきはその分厚さだ。三センチ以上はあろうかという黄色い生地は、写真でも分かるほどふわふわだ。

我知らず、食い入るようにメニューを見つめる。けど、ここには昼食をとりにきたのだ。

それなのに、こんな大きくてまあるくてふわっふわのホットケーキを食べるだなんて……。

「えーと、食べたいん……ですよね。奥さん？」

「へっ、あ」

我に返って、メニュー表から顔を上げる。私は自分が口を薄く開きっぱなしにしていたことに気づき、急いで口元を手で覆った。……一応、よだれは垂れていない。

「あっ、いえ、でも、お昼食べなきゃ……ですし」

「いいじゃないですか、デザートにすれば」

「でも、こんなに食べられないかも……ですし」

「俺、手伝いますよ。――すいません、ホットケーキ一つください。他の注文は改めて」

「ふふ、かしこまりました」

多分、いや、絶対、私の慌てぶりを見てだろう――店員さんは堪えきれないとばかりに苦笑を漏らし、伝票に注文を書き込んで、厨房へと戻っていった。

……穴がなくても掘りたい。埋まりたい。私はスカートの上で両手を握りしめる。耳まで熱くなるのを止めることができなかった。

「ううっ……食いしん坊ですみません……」

「そうすか？　別に普通だと思いますけど。俺も甘いもの好きですし。最近、疲れ気味だったんでちょうど良かったんですよ。ね、奥さん？」

私があまりにも気落ちしていたからだろう。高旗さんは唇に人差し指をあてがい、冗談っぽい仕草で片目を瞑った。

「ありがとうございます……。あの、ところで高旗さん。その『奥さん』っていう呼び方なんですけど。その、少しくすぐったいというか……」

視線を左右に泳がせ、ぼそぼそと呟く。表面上、私は千尋さんの……妻だ。それは間違いない。間違いはないいんだけど、やっぱり何となく人を騙していようで心苦しい。

「あー、うーん……。じゃあ、真琴さん？」

初めて私の名前を呼ぶからか、高旗さんの口調はぎこちない。けど、私はその方がしっくりくるので、大きく頷いた。

「はい、それでお願いします」

「分かりました。……さーて、肝心の昼飯は何食います？」

そうだった、ホットケーキ以外の注文をしなければ。結局、私はサンドウィッチセット、高旗さんはアメリカンクラブハウスサンドセットを注文することとなった。

ほどなくして運ばれてきた昼食を食べていると、高旗さんがふと口を開いた。

「……そういえば、あのお屋敷って英先生のご自宅ですか？　それとも借りてるとか？」

「いえ、自宅ですけど……どうかしましたか？」

「やけに広いお屋敷にお二人で住んでるから、気になって。……まぁ、あとあやかしとか」

高旗さんはさすがに声を潜めている。私はコーヒーに口を付けた後、簡単に説明した。

「元々は千尋さんのご友人が住んでいたお屋敷だったんです。その方が留守にされている間、千尋さんはあのお家を守られていたんですけど……」

「……けど？」

高旗さんは真剣な眼差しで話の先を促す。私はどこまで言っても良いものか迷い、しかし結局は正直に話すことにした。

「ご友人は……その、事故で亡くなられて。あのお屋敷は売りに出されることになったんです。それを千尋さんが買い取る形で今に至ります」

「……事故、ね。そうですか」

千尋さんの友人が亡くなったという重い話だったからだろうか、高旗さんの表情がわずかに曇った。どうしようか迷っていると、横からふわりと香ばしい匂いが鼻先を掠めた。

「大変お待たせいたしました、ホットケーキになります」

店員さんが運んできたのは、メニュー表の写真で見たあのままのホットケーキだった。焼きたての、綺麗な焦げ色のついたホットケーキから、ほのかに湯気が立ち上っている。漂う甘い香りが、心を幸せな気持ちでいっぱいにしてくれた。

「こちらのシロップをかけてお召し上がりください」

二段重ねのホットケーキの上に載っているのは、四角いバターだ。店員さんに言われた通り、ガラス製のディスペンサーからメープルシロップをかける。分厚い生地に伝う琥珀色のシロップが、ホットケーキにさらなる彩りを添えた。

「美味しそう……！」

私は思わず胸の前で手を握り合わせる。高旗さんは苦笑しながら私を促した。

「感動するのもいいですけど、冷めないうちに食べましょうよ」

注文した際に、高旗さんが「手伝いますよ」と言っていたのを店員さんが覚えてくれていたのだろうか。お皿とカトラリーが二セット置いてあった。ふわふわすぎて触れるのもためらうようなホットケーキを一段、高旗さんがナイフとフォークで器用に取り分けてくれる。

熱でとろけていくバターと、てらてらと輝くメープルシロップ。私は若干緊張しながらナイフを入れ、切り分けたホットケーキをぱくっと一口食べる。

表面のさくっとした食感と、中のふわっとしながらしっかりとした弾力も感じられる食感、二つの差が楽しい。バターとメープルシロップ、そして生地の甘さ——シンプルな味はどこか懐かしさを覚える。私は頬が緩むのを抑えられなかった。

「美味しいです……！」

「それは良かった」

高旗さんもまたホットケーキを一口食べ、そして目を丸くした。

「なかなか食べ応(ごた)えありますね。二人で分けて正解かも」

二人で分けて——。

その言葉に、私はナイフとフォークを動かす手を止めた。

以前、千尋さんに鎌倉のクレープ店へ連れて行ってもらったことを思い出す。あの時も私はレモンとバター、どちらを選ぶか決めかねて、結局千尋さんと『半分こ』したんだっけ……。

これから千尋さんはもっとお仕事が忙しくなるだろう。今になるとあれは貴重な時間だったのかもしれないと思うと、余計にあのクレープの甘酸っぱい味が恋しくなる。

——願わくば。千尋さんのお仕事が一段落したら、もう一度、ここに来たい。

この美味しくて、甘くて、幸せなパンケーキを『半分こ』したい、な——。

「真琴さん？　お腹いっぱいになっちゃいました？」

高旗さんが小首を傾げる。私ははっと我に返って、首を横に振った。

「いえ、大丈夫です」

私は慎重にホットケーキを切り分けて、もう一口食べた。優しい甘みなのにどこかほろ苦く感じてしまうのは、きっと表面の焦げ色のせいだと——そう、思い込むことにした。

「いやぁ、食った食った。さすがに腹一杯です」

喫茶店を出て駅に戻る道すがら、高旗さんがそう笑った。私もお腹が満たされると、なんとなく気を取り直すことができた。

「ありがとうございます。すみません、ご馳走になっちゃって……」

「いいんですってば、会社のお金ですし」

高旗さんは領収書を財布へしまう。私たちが小町通りを抜けようとした、その時だった。

「うっ、ぐす……ひっく……」

若い女性の啜り泣く声が耳を掠めた。ちょうど『鎌倉　小町通り』と書かれた看板が掲げられているアーチの下で、長い髪の女性がうずくまっていた。道行く人は見て見ぬふりをしているのか、誰も言葉をかけようとしない。遅れて気づいた高旗さんは声を低くして呟いた。

「こんなところで泣いて……どうしたんですかね」

確かにちょっと近寄りがたいのは分かる。

けれど、素通りされていく涙が――昔の自分と重なって仕方なかった。

叔父さんに怒られて、反省しろと家から出されて。玄関先で泣いていた時、私は通りすがりのある人に声をかけられ、優しく慰めてもらった。

あの出来事が今でも私の心の支えになっている。

――私は意を決すると、その女性に駆け寄った。

「あの……すみません。どうされたんですか？」

アーチの陰にひっそりと隠れるようにして泣いていた女性は、ゆっくりと顔を上げる。

綺麗な顔をした人だった。はっきりした目鼻立ち、濡れて一層大きく見える黒い瞳。陶磁器のような白い肌に映える、艶めいた長い黒髪。今をときめく女優さんだと言われてもなんら不思議じゃない。

「ちょ、ちょっと、真琴さん？」

高旗さんが追いかけてくる。私は泣いている女性の言葉を待った。

女性はしとどに濡れた頬を拭い、つかえつかえ話した。

「恋人とはぐれちゃったの……。髪が長くて背の高い、綺麗な男の人を見なかった？」

小鳥のさえずりのように可憐な声だった。それとイントネーションが特徴的で、もしかしたら外国から来た旅行者の方かもしれない、と思った。

「そうですか、恋人と……」

髪の長い男性、というだけで結構な特徴だ。だが生憎そんな人は見ていない。高旗さんに視線を送るも、小さくかぶりを振られた。

「ごめんなさい、心当たりがなくて……。もしよかったら交番までお連れしましょうか？」

「コーバン？」

交番には警察官がいて、捜し人の情報が得られるかもしれない、ということを説明した。女性は真剣に聞いていたが、やがておもむろに立ち上がった。

「ありがとう。でも私、もう少し自分で捜してみるわ」

「や、無理しない方がいいっすよ。むやみに動いたら入れ違いになることだってあるし」

横から高旗さんが助言するが、女性はにっこりと笑ってみせた。

「大丈夫。あなたたちが声をかけてくれたから、元気が出てきたわ。本当にありがとう」

頬に涙の跡が残るものの、その瞳は明るく輝いていた。私と高旗さんはやや不安げに顔を見合わせたが、本人がそう言う以上、引き留めるのも気が引ける。

「分かりました。けど、鎌倉は人が多いので、くれぐれもお気をつけて……」

「ええ、ありがとう。気をつけるわね」

　女性は早速歩きだそうとする。それを高旗さんが止めた。

「……待ってください。しょうがないな。はい、これ」

　背広のポケットから一枚の名刺が差し出された。女性は高旗さんから名刺を受け取り、不思議そうに首を傾げている。

「ほら、ここ、俺の携帯の番号。どうしようもなくなったら連絡してくださいよ」

「わぁ……ありがとう。あなたたち、本当良い人ね！」

　女性はすっかり元気を取り戻した様子で、小町通りの雑踏へと消えていった。

　私たちは女性を見送った後、再び駅を目指す。

「優しいんですね、高旗さん」

「勘弁してくださいよ。本当は仕事の名刺なんか軽率に渡せないんですよ？　けど真琴さんがめちゃくちゃ心配そうだったから、つい――」

　そこまで言って、高旗さんはまるで奥歯に物が挟まったように口ごもった。その頬が少し赤らんでいるのを見て、私は思わず目元を緩ませてしまう。

「……なんががおもしぇんだか、もう」

　高旗さんは拗ねた子供のように唇を尖らせた。聞き取りづらかったのは、秋田の方言が出てしまったからだろう。私が苦笑を漏らすと、高旗さんはますます顔を顰めるのだった。

　本来の目的であった買い物をすべく、高旗さんにお願いして東急ストアまでついてきてもらった。生鮮食品コーナーは野菜や果物、特に魚介類は冬という季節を感じさせるラインナップになっている。北陸が産地の寒ブリや鰆（さわら）、中にはアンコウ鍋の具材なんかもある。

「いつもここまで買い物に来てるんですか？」

隣でカートを引いてくれている高旗さんがそう尋ねてくる。カートは自分で持つと遠慮したのだけれど、手持ちぶさたなのも落ち着かないと押し切られてしまった。私はタラの切り身とカレイ、どちらがいいかと吟味しつつ答えた。

「はい、極楽寺にはお店があまりありませんから……」

「確かにそうですよねぇ、完全に住宅街ですし……。ん、あれ？」

高旗さんが鮮魚コーナーの一角を見て、眉根を寄せる。

そこは貝類が並んでいた。アサリやシジミ、といったおなじみのものだ。冬のシジミは『寒シジミ』とも言って、夏のものよりも旨味がぎゅっと詰まっている。

私はパック詰めされたシジミを眺めた。貝殻は黒く、つやつやとしている。定番のお味噌汁でもいいし、酒蒸しやバター炒めなんかも美味しい。何よりシジミは疲労回復効果がある。仕事でお疲れだろう千尋さんにもってこいかもしれない……。

と、そこまで考えていた私ははっと気づいた。

シジミのパックの端っこに……大きなハマグリがある。

その異様な光景に、高旗さんは疑問を感じていたのだ。

「なんでハマグリ？　入れ間違えたんですかね……いや、でもそんなことあるか？」

ひたすら首を捻っている高旗さんをよそに、私は強烈な既視感に襲われていた。

確か、前にもこんなことがあった。

あの時はアサリのパックの中に、ハマグリが交じっていたんだっけ——。

私と高旗さんの視線を感じたように、かたかたとハマグリが小刻みに揺れはじめた。

「え、あれ？　なんか動いて——」

高旗さんがそう言った瞬間だった。

ハマグリがぴかっと一瞬光った。まぶしくて思わず目を瞑る。

そしてもう一度目を開けた時には——見覚えのありすぎる美丈夫（びじょうふ）が、私に抱きついていた。

「真琴おおおぉぉぉ！　会いたかったよぉ！」

「きゃ、きゃあ！」

「うおっ!?」

私と高旗さんの悲鳴がスーパーの一角に木霊する。それは店員さんや他のお客さんから見れば、一種異様な光景だっただろう——。

私たちが極楽寺の家に帰りついた時、ちょうど千尋さんが一階の台所に降りてきていた。コップに注いだ麦茶を呷（あお）っていた千尋さんは、私と高旗さん——そして、

「ニーハオ、千尋！」

と、爽やかに挨拶する美丈夫を見て、ぶっ、と麦茶を流しに向かって吹き出した。

「――何故、蜃がここに！」

げほごほと咽せながら、千尋さんは表情を引きつらせている。私はなんと説明したらいいものか分からず、曖昧な表情で口ごもった。

光ったハマグリの正体である彼は――『蜃』というあやかしだ。私はシンさんと呼ばせてもらっている。

長くて白い髪に、艶やかな肌。瞳はサファイアのように輝いている。現実感がないほどの美男子だ。薄い金の刺繍が全体に施された、ゆったりとした着物や薄紅色の羽衣はどこか異国情緒が漂っている。それがまた彼によく似合っていた。

実は――シンさんがこの屋敷に来るのは、これが二度目だ。

最初の出会いは春頃。売っていたアサリのパックに交じっていた縁で、この家にやってきた。元々は中国由来のあやかしなのだけど、流れ流れて鎌倉までやってきたらしい。

「何故って、僕は真琴を将来の妻と見初めたんだ。愛しい人の顔を見に来るのは当然だよ」

そう、シンさんがはるばる日本まで来た目的はお嫁さん探し。そして何故か私は……シンさんにいたく気に入られているようだった。

「諦めたんじゃなかったのか」

口についた麦茶を手の甲で拭いつつ、千尋さんが苦々しく言う。シンさんはひょいと肩を竦めた。

「おや、もう忘れたのかい？　宣言したはずだよ、僕がせっかく見つけた花嫁候補をみすみす逃すはずはないとね！」

「そうだった……。こいつは不審者で色情魔で虚言癖のあるあやかしなんだった」

頭痛を堪えるように、千尋さんはこめかみを押さえている。

そこで、しばらく状況を見守っていた高旗さんが口を開いた。

「あやかしか。だから俺と真琴さんにしか見えなかったんですね……」

高旗さんはエコバッグからシジミのパックを取り出す。シンさんが突き破ったせいで、容器の端に穴が開いていた。スーパーの店員さんは不良品扱いだと言ってくれたけれど、このままにしておくのは憚られたので、こちらで買い取ったのだ。

高旗さんはシジミの他にも、スーパーで買ったものをいそいそと冷蔵庫に入れている。千尋さんはその一挙手一投足を怪訝そうに見つめていた。

「……で、なんであなたもここにいるんです？」

「あ、バレました？　せっかくここまで来たから、先生の仕事ぶりでも拝見しようかと」

「心配しなくてもちゃんとやってます。どうせ真琴さんに無理矢理ついてきたんでしょう」

「あ、なんすか、その言い方。そんなことないですよねー、ホットケーキ美味かったし！」

「え？　は、はい。美味しかったです」

剣呑な雰囲気になっては困る、と私はこくこくと頷いた。それはそれとして千尋さんは高旗さんの言葉に盛大に引っかかっている様子だった。

「……ホットケーキ？」

「はい、駅前の喫茶店でなんかすっげー分厚いホットケーキをシェアしたんすよ」

「……シェア？」

「一人じゃ食えない量だったんで。でも真琴さん食べたそうだったし、手伝ったんです」

「……『真琴さん』？」

「ああ、外で『奥さん』って言われるの恥ずかしいらしくて。今日からそう呼ばせてもらうことにしました」

あっけらかんと答える高旗さんとは逆に、千尋さんはどんどん表情を険しくしていく。そこへシンさんがニヤニヤしながら千尋さんの肩をぽんと叩いた。

「おや、千尋。随分、不機嫌じゃないか。狭量なご主人様だねえ」

「……呼んでもない客が一気に二人も来たら、誰でもそうなる」

ぺしっと肩に置かれた手を払った千尋さんは、苦虫を噛みつぶしたような表情でシンさんと高旗さんを睨む。彼らを連れてきてしまった私は、ぺこぺこと頭を下げた。

「すみません、千尋さん。ただでさえ、仕事がお忙しいのに……」

「真琴さんが謝ることではないです。世界の果てまでこの二人が悪いんです」

高旗さんは千尋さんの苦言を聞き流し、勝手に冷蔵庫を整理している。一方のシンさんはぎゅっと私の手を握――りそうになったところを、千尋さんに阻止された。

「僕は悪くないもん。だってここは困ったあやかしが助けを求めに来る場所なんだろう？」

「そんな駆け込み寺みたいなことはやってない」

「シンさん……何かお困りなんですか？」

「そう、そうなんだよ。よくぞ聞いてくれました！　助けておくれよ、真琴ーっ！」

シンさんはその美しいかんばせを両手で覆った。

「ううっ、実は今――あやかしのストーカーに狙われているんだ」

千尋さんが不可解そうに目を眇めた。

「ストーカーのハマグリが……ストーカーされてる……？」

「おい、語弊があるだろう。僕はハマグリでもストーカーでもない」

「ええと……その相手の方はあやかし、なんですか？」

両者を取りなすと同時に、話を戻す。シンさんは震える声で続けた。

「そうなんだ。鎌倉で偶然、同郷のあやかしをみつけてね。まだこの地に慣れていないようだから、親切心で世話をしてたんだよ。そうこうしているうちに惚れられてしまったんだ。ほら、僕ってこの美貌だろう？　無理もないとは思うけどさ」

「鋼の自己肯定感っすね……」

冷蔵庫を閉めながら、高旗さんが呆れたように呟く。

「もうずーっと、追いかけ回されているんだよ!?　しつこいし、すぐ怒るし、すごく怖いんだ。僕にはもう心に決めた人がいると言っても、いっこうに聞いてくれないし！」

「シンさん……それは、その……」

「お願いだよ、真琴。かくまっておくれよーっ！」

シンさんがばっと両腕を広げて、私を抱きしめ——そうになったところに、千尋さんが体を捻じ込んだ。千尋さんはシンさんの肩を強く押して、突き放す。

「良かったじゃないか、念願の結婚ができそうで」

「全然良くなーい！　そもそも僕がお嫁さんにしたいのは真琴なんだ！」

「っていうか、人の奥さんを堂々と狙うって何考えてんですか、あんた？」

「ふふ、愛に障害はつきものなのさ」

呆れかえっている千尋さんと高旗さんに背を向け、シンさんは私に向き直る。

「というわけで、今すぐ結婚してしまおう、真琴！」

そう言って、シンさんが満面の笑みを広げた瞬間だった。

「——何を言ってるの、親愛的(ダーリン)ッ！」

突然、大きな怒声が台所に轟(とどろ)いた。

その場にいた全員が一斉に振り返る。しかし周囲には声を発したと思しき人物はいない。

ふと、私は視界の端に違和感を覚えて、視線を少し下へずらした。

「あ、あなたは……！」

そこには小町通りで出会った、あの女性がいた。

ただし——何故か、手の平サイズまで小さくなって。

「あ、あわわわ……」

彼女を見るなり、シンさんが戦慄(おのの)き、震え出す。小さな女性は目を吊(つ)り上げて、まっすぐシンさんを睨み付けていた。

「結婚するってどういうことなの？　私と永遠の愛を誓ったじゃない！」

「誓ってない誓ってない！　君の誤解だよ、花魄(かはく)！」

花魄と呼ばれた女性はずんずんと距離を詰めてくる。そのサイズにあるまじき迫力で。

「花をくれたでしょ、あれがプロポーズじゃなくてなんだっていうの!?」

「君がホームシックになっていたから、ただ励まそうとしただけじゃないか！」

「私という者がありながら浮気するだなんて、許せないっ！」

花魄さんは勢いよく両手を前に突き出した。すると驚くべきことに――そこから何十本もの細い麻縄が生まれ、一直線にシンさんへと向かっていくではないか。

「ぎゃあああああーっ！」

麻縄は見る間にシンさんの体を搦め取った。縄で縛り上げられたシンさんはバランスを失って床に倒れ、私は思わず息を呑んだ。

「だ、大丈夫ですか、シンさん……！」

「うぐぅ……いつもこうだ……」

縄はきつくてとても解けそうにない。私は慌てて千尋さんを振り返った。

「千尋さん、あの方は一体……？」

「――花魄。中国のあやかしです」

眼鏡の弦を上げながら、千尋さんは続けた。

「中国に伝わる、木の精霊の一種です。この屋敷にいる木霊と同じようなものですが……。違うのは、死者の生前の無念が凝り固まって誕生する、という点です」

何やら恐ろしげな逸話があるらしい。何もないところから麻縄を生み出し、自在に操る力もその由来から来ているのだろうか。

けれど、これで合点がいった。小町通りで道行く人が花魄さんに声をかけなかったのは、無視していたからではなく、最初から私と高旗さんにしか視えなかったからだったんだ。

「――マコト、とか言ったわね。あんたもあんたよ！」

怒りの矛先が突然向けられ、私はびくりと首を竦める。危険だと判断し、千尋さんがさっと前に出て私を背に庇った。それに構わず花魄さんは怒鳴り散らした。

「私が見えるみたいだったから、鞄の中に入り込んでついてきてみれば……。親切にされて頼りにしたのに、こんな酷い仕打ちをするのね。これは立派な裏切りよ！」

「あ、あの、私……」

「――真琴さんは関係ない。この『蜃』が欲しいなら即刻叩き出すから、一緒に行ってくれ」

「僕を売るのかい!?　酷い！」

「いーえ、そうはいかないわよ！」

千尋さんの提案を一蹴した花魄さんは、再びシンさんを睨み付ける。

「ダーリンとマコトはどういう関係なの？　はっきりおっしゃいよ！」

「その、真琴は――」

「いい、ダーリン？　返答次第では麻縄でぐるぐる巻きの蓑虫（みのむし）よ？」

「もうなっていると思うんだけど……！　そ、その、真琴は、真琴は……！」

シンさんはなんとか顔を上げ、私を力強く見つめた。その表情には決意が見て取れる。

誰もが、真実を打ち明けるのだと思った。

しかし。

「――僕の、僕の……未婚妻（フィアンセ）さ！」

一瞬にして、場が静まり返る。

それは嵐の前の静寂に似ていた。

「な、な――」

花魄さんは大きな目を零れんばかりに丸くして、叫んだ。

「――なんですってえええええ!?」

花魄さんの強烈な怒気に呼応したのか、長い黒髪がぶわりと逆立つ。体は玩具の人形みたいに小さいのに、肌が粟立つほどの威圧感がある。だがシンさんは涙目になりながらも、花魄さんの迫力に負けじと大声を張り上げる。

「僕と真琴は愛し合っているんだ！　君の入る余地はない！　だろう、真琴!?」

「え、ええっ!?」

「僕と真琴は結婚を約束した仲だ！　それが証明されれば、花魄、君は僕を諦めてくれるね？　この縄もほどいてくれるね？　僕につきまとわないよね？　万事解決なんだよーっ！」

シンさんは縄で縛られたまま、床を転がりつつ、私に向かってしきりにウインクを送ってきた。話を合わせてくれと言わんばかりに。そ、そんなこと言われても……！

「お前たち、いい加減に――」

千尋さんがシンさんへ、眼鏡の奥から鋭い眼光を投げかけている。その手が自身のシャツの胸ポケットに伸びているのを見て、私はぎくりとした。おそらく呪符を取り出すつもりだ。退魔士の力を使って、腕ずくでシンさんと花魄さんを追い払おうとしている。

「待ってください、千尋さ――ひゃあ！」

千尋さんを止めようとした矢先、足が花魄さんの麻縄にひっかかった。転びそうになったのを、千尋さんが抱きとめてくれる。

「真琴さん！」

「す、すみませ……」

力強い千尋さんの腕に触れ、言葉が詰まる。

一方、麻縄がぴんと張ったことで、花魄さんが「きゃっ」と蹈鞴(たたら)を踏む。その拍子に戒(いまし)めが緩くなったらしく、シンさんは隙を突いて縄を解いた。そして千尋さんの腕から私の体を素早く奪うと、台所の出口へと脱兎の如く向かった。

「今から真琴と愛を語らってくるよ。またすぐに戻ってくるさ、諸君、再見（ツァイチェン）！」

「あっ、おい——！」

千尋さんが止める暇もあればこそ。私はシンさんに連れられて台所を出て、背中を押されるがまま廊下を進み、裏庭に面する部屋の縁側まで辿り着いた。

嵐のような出来事に、私は呆然とするしかない。

二人きりになった途端、シンさんは私の両手を取った。

「真琴、頼むよ。花魄が諦めるまで、僕の恋人のフリをしておくれ！」

潤んだ青い双眸が私を見つめてくる。私は即座にぶんぶんと首を横に振った。

「む、無理です。花魄さんを騙すなんて……。それにそんな嘘、すぐにバレちゃいます」

「大丈夫、僕らならやれるさ。いっそ真実にしてしまうかい？」

さきほど、縛られていた時の慌てっぷりはどこへやら。すっかりペースを取り戻しているシンさんに私はがくりと項垂（うなだ）れる。

「私、できません……！　演技だってへたくそだし。どれぐらい下手かというと、小学校の演劇会の時にずっと木の役をやらされていたほどで……！」

「木の姿をしてる君も素敵さ、真琴」

「お願いですから、話を聞いてくださいーっ」

あまりの不毛さに涙が滲む。ただ無力感に打ちのめされていると——助け船は意外な方向からやってきた。

「あーもう、こんなところにいた」

部屋の中から足音が近づいてくる。私たちを追いかけてきたのは、高旗さんだった。私は思わず聞いてしまう。

「高旗さん。あの、千尋さんは……？」

「先生は花魄……でしたっけ、あのあやかしを見張ってます。今のところ暴れる様子はありませんけど」

高旗さんはシンさんにつかつかと歩み寄って、その鼻先に人差し指をつきつける。

「アンタなぁ。妙なことに真琴さんを巻き込むのはやめろよ。困ってんでしょうが」

「っていうか、誰なんだい君は。新顔が、なんの権利があって口出しするんだ」

「俺は先生に頼まれて来たんですー。ちょっと聞こえましたけど……嘘の恋人なんて漫画じゃあるまいし。――あ、なんなら、恋人役は俺がしましょうか？」

「まともそうなナリして何言ってんだ、君は!? なんで突然そうなるんだ！」

「花魄を諦めさせるためなら誰でもいいでしょ。多様性ですよ、多様性」

「たとえ茹でられても嫌だよ！　何故なら僕が愛しているのは真琴だけだからだ！」

握った両手ごと、シンさんがぐいっと頬を寄せてくる。私はさりげなく――やんわりとシンさんの手をほどいて、二、三歩距離を取った。

「あの……とにかく落ち着いて、シンさんと花魄さんで一度お話ししませんか？　誠心誠意、ご自分の気持ちを伝えれば、きっと花魄さんも分かってくださると――」

「見ただろう？　話し合いが通じる相手じゃないんだよ。さっきだって問答無用で縛り上げられた。人の話を聞かない、自分の都合のいいように解釈する、それがストーカーなんだ」

「アンタもですけどね……」

じとっと湿気を含んだ高旗さんの視線をさらりとかわし、シンさんは続ける。

「重ねてお願いするよ、真琴。嘘でもいい、少しの間だけ――僕の婚約者になってくれ」

右の拳を左手で包み込み、真摯な口調でシンさんはそう言った。

心がぐらぐらと揺れるのを感じる。それも様々な方向に。

このまま放っておいたら、シンさんはまた花魄さんに縛り上げられてしまうだろう。それは純粋に可哀想で、見捨てることは――私にはできそうにない。

かといって、花魄さんを騙すような真似も憚られる。多少乱暴だけれど、シンさんを想う気持ちは本物だ。小町通りで向けられた笑顔だって、健気(けなげ)で純真だった。

でも――。

私は最後に千尋さんのことを思う。

このまま騒動が収まらないのなら、千尋さんは退魔士の力を使って、シンさんと花魄さんを追い出すしかなくなる。私は千尋さんにそんなことをしてほしくないし、させたくない。

もしここでシンさんたちを退魔士の力で撥(は)ね付けてしまったら――きっと、千尋さんは少なからず苦悩を感じてしまうだろう。

何故なら、千尋さんの亡き親友・遠原さんはそんなことを絶対にしない。千尋さんはあやかしを慈しんでいた遠原さんの代理として、ふさわしくないと自省してしまう。

それが分かってしまうから、だから——。

一度、静かに目を閉じる。そして意を決して、瞼を開いた。

「——分かりました。私、やります」

「本当かいっ？」

「ええ？　正気ですか、真琴さん」

高旗さん盛大に眉を顰める。きっと心配してくれているのだろう。私は大きく頷いた。

「はい……。なんとか花魄さんに納得してもらいます」

「いや、でも真琴さんは英先生と結婚してるのに。そこはどう説明するんですか」

「無問題、あやかしはそんなことあんまり気にしないのさっ」

「……あやかしって、本当に変なやつばっかだな……」

もはや言葉を返す気力もない、とばかりに高旗さんは嘆息する。そんなことは意に介さず、シンさんは高らかに拳を挙げた。

「ようし。そうと決まれば、善は急げ！　僕と真琴の『ラブラブフィアンセ大作戦』決行だ！」

「だっさ——……」

そう一蹴されたシンさんは、頬を膨らませてぽこすかと高旗さんを叩く。この嘘をつき通す――そう心に決めたものの、私は多大なる不安を拭いきれないのだった。

「やぁ、お待たせしたね」

シンさんが朗らかな声と共に台所への扉を開ける。千尋さんと花魄さんはさきほどの位置からあまり動くことなく相対していた。流しの縁に体を預けて、腕を組んでいた千尋さんはちらりとシンさんを睨んだ。

「なんだったんだ、さっきの冗談は。誰が誰の婚約者だって？」

「ええと――」

「冗談……？」

花魄さんが俯いていた顔を上げる。シンさんが素早く千尋さんに駆け寄り、その口を手で塞いだ。「むぐ」と呻く千尋さんに、シンさんはわざとらしいほどの笑顔で語りかける。

「いやだなぁ、英先生（シエンション）。君と真琴はまやかしの夫婦――そうだろう？」

「っ、それは……」

私と千尋さんが『契約夫婦』というのは本当だ。千尋さんはそこを突かれて一瞬、言葉に詰まる。その隙にシンさんは私に話を振った。

「真琴の本当の想い人は、間違いなくこの僕さ。ねぇ、真琴？」

「……本当なの、マコト？」

花魄さんの視線が矢のように突き刺さる。私はぎこちない口調で答えた。

「ほ、ほ、ほんとう、です。私は、シンさんの、こんにゃく……こんにゃくしゃ、です」

「大根がすぎる……」

高旗さんが軽く頭を抱えている。うう、だから演技なんかできないって言ったのに……。

「真琴さん？」

怪訝そうな千尋さんの呼びかけに、私はシンさんの背に隠れながら、小さく頭を下げた。下手なジェスチャーで『シンさんと話を合わせることにした』と伝えようとする。それは奇跡的に千尋さんへ通じたらしく、レンズの奥の目が驚きに見開かれた。

一方の花魄さんもまた私の答えを聞いて、眦を一気に吊り上げる。

「婚約者……!?　本気なの？　見てくれが良くて優しいだけで、優柔不断だし口が上手いだけの、蜃気楼(しんきろう)を見せるぐらいの力しか持たない、ハマグリを愛してるっていうの、あなたは！」

「……花魄、君、本当に僕のこと好きなのかい？」

「信じられないわ！　だいたいそんなこと急に言われて、鵜呑(うの)みにできると思う？」

疑ってかかる花魄さんを見て、シンさんは私に体をすり寄せた。

「そうは言ったってねー。本当だもんねー、真琴ー？」

「う、は、はい、そうです。ほんとう、です」

「僕のこと愛してくれているよね、親愛的(ハニー)？」

「え!?　あ、う……は、はい、はいしてます……」

私は赤べこのようにかくかく頷く。すると突然、シンクの方からぐしゃあと妙な音が聞こえてきた。見ると、千尋さんが置いてあったスーパーのビニール袋を右手で固く握りしめていた。それは見る間にぐしゃぐしゃと小さくなって、千尋さんの拳の中に丸め込まれていく。

「嘘よ……嘘だわ」

花魄さんは私とシンさんを、きっと睨み付けた。

「私は信じないわ！　ダーリンが押しの弱そうなマコトを言いくるめて口裏を合わせてる可能性だってある！　絶対……絶対に、認めないんだからッ！」

ぴたりと真実を言い当てられて肝を冷やす。だが花魄さんは悔しさを表情に滲ませ、小さな指を私に突きつけた。

「どっちが花嫁に相応(ふさわ)しいか——ダーリンをかけて私と勝負よ、マコト！」

異様な空気が、裏庭を支配していた。

十歩ほどの距離を保って、相対する私と花魄さん。花魄さんは私をまっすぐ睨み付けていた。反面、私は視線を左右にうろうろと彷徨わせる。

その様子を縁側から見守っているのが、千尋さん、高旗さん、そしてシンさんだった。

「ああ……そんな。僕のために争わないでおくれ！」

「言ってる場合ですか。ちょっと先生、どうにかした方がいいんじゃないです？」

「真琴さんにはそう言ったんですが……」

戸惑ったように千尋さんが返す。

花魄さんの宣戦布告を受けた後、私は一拍置いて自分の役割を思い出した。駄目押しで花魄さんから、

「ダーリンのことを本当に愛しているなら、この決闘、当然受けて立つわよね!?」

と、焚き付けられた。

確かに、今の私はシンさんと相思相愛の恋人だ。偽者だけど。なので、私は半ば義務的に、

「の、のぞむところれす」

と、例の棒読み演技を再開してしまったのだった。

そして、事態は今に至る。

「逃げ出さなかったことは褒めてあげる。けど、私の方が絶対にダーリンを愛しているんだから。それを今から証明するわ！」

「え、ええと……ちなみにどうやって……？」

決闘とはつまり戦いだ。まさか殴り合う……わけじゃないと思いたい。でないと、何の力も持たない人間の私なんか、すぐ麻縄でぐるぐる巻きにされて終わりだ。

できれば話し合いで解決したい、と切に願っていると、花魄さんが自信満々に言った。

「やり方なんて一つしかないじゃない。――ダーリンの素敵なところをどれだけ多く言えるか勝負、よ！」

「いや、案外可愛いんかい」

高旗さんがすかさず指摘する。私はほっと胸を撫で下ろした。

「よ、良かった……」

「フン、相当自信があるってわけね。その余裕、今すぐ砕いてあげるわ！」

私の言葉を勘違いしたらしく、花魄さんは急かすように手を打ち鳴らした。

「よーい、はじめ！　まずは私から！　――顔がいい！」

「いきなりそれ？」

シンさんが拍子抜けしたように言う。

促すような花魄さんの鋭い視線が突き刺さる。次は――私の番だ。

「え、えっと、んっと……春が旬っ」

「優しい！」

「も、模様がたくさんあるっ」

「声が綺麗！」

「こ、高タンパク低カロリー！」

「気品がある！」

「旨味成分がすごい！」

「真琴、それ僕のことというよりハマグリのこと言ってるよね!?」

途中でシンさんが愕然と叫ぶ。

さっきから声を張り上げていたせいだろう、はあはあと息を切らした花魄さんは一旦対決を中断し、低く唸るように言う。

「マコト……あなた、さっきから私のことをおちょくっているの？」

「えっ、い、いえ、滅相もない……！」

「だったら真面目にやりなさいよ！　何よ、何よ……ダーリンに好かれてるからって、いい気になって……！」

花魄さんの円らな瞳に涙が滲むのを、私は見逃さなかった。

――傷つけてしまったんだ、と痛感した。

嘘をつく、という私の軽率な選択で。

花魄さんの――シンさんを想う純粋な気持ちを、裏切ってしまった。

「あ、あの……花魄さん、私――」

「もういいわッ！」

花魄さんは目を瞑り、激しく首を振った。小さな涙の雫がぱっと散り、夕日を反射する。

「どうしてよ。どうして、私じゃないの、ダーリン……」

そして――再び花魄さんが目を開いたとき、その瞳はルビーのように赤く染まっていた。

「っ、まずい――」

千尋さんが素早く反応する。しかし、その前に花魄さんは私に向けて両腕を伸ばした。

「マコト。あんたなんか……あんたなんか、いなければ良かったのにッ！」

麻縄が何条も何条も、束になって私に迫る。私は悲鳴を上げる間も与えられず、ただ歯を食いしばって瞼を閉じた。

「――真琴！」

最後に聞こえたのは、シンさんの悲痛な呼び声。

次の瞬間――辺りが、真っ白い光に包まれた。

白く塗りつぶされた世界が、目の前に広がっている。

そこに影が生まれて、形が成った。線で輪郭が出来上がり、景色が色づいていく。

深い山林の中だった。その中心にある一本の大樹の枝に、私は腰掛けていた。空は遠く、地面は遥か眼下にある。重なり合う木の葉は私の体かそれ以上の大きさのものもあった。私は普通の人間では考えられないほど――小さくなっている。

『生まれてから、ずっと故郷にいたわ』

頭の中で響く声に、私はじっと耳を傾けた。声は語り始める。

『自分と同じ木々に囲まれて。友人の精霊が何人もいて。楽しかった。毎日、ずっと。永遠にそうして生きていくものだと思ってた。でもある日――』

腹の底に響くような重低音が山を、森を、そして木を蹂躙（じゅうりん）していった。私が慌てて周囲に視線を巡らせると、数え切れないほどの重機が山を掘り返していくのが見える。

『人間の手が入って、山は姿を変えてしまった。私が宿っていた大樹もあっけなく切り倒されて、木材になった。私の核となる部分はその後、工芸品となって海を渡ったの』

目の前が真っ暗になった。遠く、霧笛（むてき）の音がする。視界はたえずゆらゆらと揺れ、濃い潮（しお）の匂いが漂ってくる。海だ、と私は思った。

『日本に来て、愕然とした。今までいた場所からはかけ離れていた。人の気配に満ちていて、空気が重苦しくて。私は初めて自分が一人きりで、知らない場所に放り出されて、その——『寂しさ』を知ったの』

工芸品である木製の入れ物は、横浜（よこはま）の中華街で人に買われ、鎌倉へとやってきた。

——誰か、誰か。そんな縋（すが）るような思いで、私は外へ飛び出した。

『誰もいなかった、私をみとめてくれる人は。あやかしには会ったけれど、余所から来た私は全然なじめなかった。一人きりがこんなに不安で、悲しくて、辛いことなんて知らなかったの。私は毎日、毎日……泣いていた』

自分が宿る工芸品のつるつるとコーティングされた感触の、なんと冷たいことか。私は身を折り曲げて、さめざめと泣いた。

——けれど。

『ある日、彼に出会ったの。同郷のあやかし——『蜃』に。彼は私に優しくしてくれた。日本に来て初めて、彼だけは私をみとめてくれた。そのうちに私は——恋をした』

私の中から何かが分かれ、体を離れていく。

『私に差し伸べてくれた手……今でも覚えている。私、彼のことが大好きなの。だから——』

いつの間にか私は人相応の大きさに戻っていた。そして目の前には小さな花魄さんが立って、微笑んでいる。

『本当の寂しさを知ってしまった。彼に愛されない、その寂しさに気づいてしまったの』

花魄さんはその場にくずおれて、泣き続ける。その涙はとめどなく溢れていく。

――ああ、その気持ちには痛いほど覚えがある。

両親を喪い、叔父さんに引き取られた。いつも何かに追い立てられていたのを覚えている。家事や仕事を手伝って、学業も必死にこなして。叔父さん家族にこれ以上邪険にされないよう、必死に取り繕って振る舞っていたから。

だから気づかなかった。自分が悲しいとも、辛いとも――分からなかったのだ。

ずっと寒いところにいると感覚が麻痺してくるように、良くも悪くも人は慣れてしまう。

温もりを与えられて、初めて今まで自分が凍えていたことを思い出す。

その温もりから離れて、初めて――寂しさを知る。

ああ……そうか。私も花魄さんと同じだ。

ここに来て、千尋さんから与えられた温もりから、初めて遠ざかっていた。

お仕事が忙しくて、一緒にご飯が食べられなくて。会話ができなくて。たったそれだけのこと。今まで叔父さんの家で耐えてきた苦悩に比べれば、可愛いもの。それなのに――。

……そう、私は千尋さんと触れあうことができずに、凍えていた。

私は――寂しかったんだ。

「……僕も、同じだ」

気づけば、隣にシンさんが立っていた。シンさんは私と花魄さんのちょうど真ん中に立ち、花魄さんに語りかける。

「遠い異国の地に来て、真琴に見つけてもらえた。そうやって人を愛する気持ちを、僕は知っていた。なのに——花魄、君に嘘をつくなんていう、酷い仕打ちをしてしまったんだ」

花魄さんは完全に倒れてしまっていた。涙は流れ続ける。その代わり、花魄さんの瑞々しい肌がどんどんしわがれ、干からびていってしまう。

「いけない。このままでは花魄の心が死んでしまう……真琴、水を」

ぱちん、と泡が弾けるような音がする。

周囲の景色が急速に視界へ飛び込んでくる。そこは屋敷の裏庭——私と花魄さんがさっきまで対決をしていた場所だった。

「——真琴さん！」

一瞬、千尋さんだと思ったが違った。いつの間にかその場に座り込んでいた私を、高旗さんが心配そうに覗き込んでいる。私は弾かれたように顔を上げた。

庭に降りていた千尋さんは花魄さんのそばにいた。花魄さんから伸びた麻縄を、呪符が地面に縫い止めている。きっと花魄さんの手から、私を守ってくれたのだろう。

千尋さんはちらりと、私を——そして私のそばについている高旗さんを見やった。それからすぐ倒れている花魄さんに視線を落とす。

「蜃が蜃気楼を見せた後、花魄が急速に弱り始めました。……何があったんですか？」

花魄さんに襲われた直後、周囲を包んだ光。——あの蜃気楼は、シンさんの力だ。それに私を巻き込んだことを千尋さんは咎めるように、シンさんを睨み付けている。

でも、シンさんもまたとっさに私たちを蜃気楼で包み、守ろうとしてくれた。私が傷つけられることがないよう、そして花魄さんが私を傷つけることがないように。

「すまないが千尋、話は後だ。——真琴、水を花魄にやってくれないかい？」

「は、はい……！」

私はよろよろと立ち上がり、縁側を通って、屋敷の中に入った。台所でコップに水を汲み、再び裏庭に戻ってシンさんにそれを手渡す。

シンさんは自らの指をコップに浸した。濡れた指を慎重に花魄さんの口へ運ぶ。花魄さんはかすかに身じろぎした後、雫となった水をこくりと飲んだ。

シンさんは根気よく花魄さんに水を与え続けた。そうしているうちに、干からびた花魄さんの体が元の瑞々しさを取り戻していく。

「……あれ、私……」

目を覚ました花魄さんの瞳は、黒い色に戻っていた。体を起こそうとするものの、呪符で封じられて身動きできないことに気づく。

「千尋さん、花魄さんを解放してあげてください」

私がそう言うと、千尋さんは一つ頷いて、呪符を剥がしていった。地面に散らばった麻縄を虚空に戻し、きょとんとする花魄さんを私は真摯に見つめる。

「花魄さん……。あなたに謝らなければならないことがあります」

「え……？」

「……私、シンさんの恋人だって嘘をつきました。頼まれて、フリをしていただけなんです。あなたの純粋な想いを裏切ってしまって、本当にごめんなさい」

そこへ、シンさんがふらつく花魄さんの背に手を添える。

「僕からも陳謝しよう。自分のことばかり考えて、君とちゃんと向き合ってこなかった。嘘をついて、騙して、逃れようとするなんて酷い行為だ。本当に申し訳なかったよ……」

ざり、と地面が擦れる音がした。そばにいた高旗さんが一歩後じさって、俯いている。その様子が気になったけれど、尋ねる間もなく、足元から元気な声が響いた。

「……まぁ、そんなことだろうと思ったわ！」

すっかり元気を取り戻した花魄さんが立ち上がり、ふん、と得意気に鼻を鳴らした。

「それに蜃気楼の中で、マコトの心が他の誰かにあるのはなんとなく分かったし」

「えっ……？」

確かに私と花魄さんの意識が混ざり合うような、不思議な体験だったけれど――。私の心の中にあったのは、忙しい千尋さんに会えないことへの――と、そこまで考えて、私は恥ずかしさのあまり赤面した。花魄さんは柔らかく微笑した。

「もちろん乙女同士の秘密よ、マコト」

「は、はい……」

「真琴さん？」

呪符を懐にしまっていた千尋さんが訝しげに聞いてくる。私はなんでもないと言う代わりに、ぶんぶんと首を振った。一緒にご飯が食べられないから、お仕事が忙しくて構ってもらえないから——寂しいんです。そんな子供じみたこと、口が裂けても言えない。

私がだんまりを決め込んでしまったので、千尋さんはシンさんを睨んだ。

「何があったんだ、蜃気楼の中で？」

「……また、僕が色々と思い知らされた。それだけさ」

軽妙な口調ながら、シンさんの背中にはどこか哀愁が漂っていた。


冬の短い日はとっくに落ちて、居間の障子戸越しに月光の仄かな気配を感じる。

食卓には私が用意した夕食が並んでいた。本日はなんと五人分。

改めて炊いたご飯に、シジミのお味噌汁。他は急遽、中華料理を作ってみた。人数が多いので大皿に、薬味をたっぷり載せたよだれ鶏、それと麻婆豆腐が盛り付けられている。どちらも花椒や唐辛子を効かせ、本場の辛さに近づけた。いわゆる『麻辣』という中華料理特有の味付けだ。タレの真っ赤な色合いは刺激的だけど、それだけで食卓が華やかに見える。

「真琴の手料理、それも故郷の味が食べられるなんて、僕ぁ幸せだなあ」

「ダーリン、デレデレしないで！　見ててむかつく！　縛るわよ！」

「埋不尽！」

「俺、ちょっと気になったんですけど、シジミの味噌汁って共食いにならないんですか？」

「僕はハマグリだ！　……違う、蛋だぁ！」

「少しは静かにしてください……」

シンさん、花魄さん、高旗さんがやいのやいのと喋っているのに対し、千尋さんがうんざりとした口調で言った。私は千尋さんの茶碗にご飯を盛りながら尋ねた。

「千尋さん、辛いもの苦手ではないですか？」

「いえ、平気です。……美味そうですね」

ああ、千尋さんの横顔が食卓にある。千尋さんが麻婆豆腐を一口食べて、ふっと目尻を緩ませた。それを見るだけで、どうしようもなく胸の内が満たされていくのを感じる。

「……真琴さん、どうしました？」

我知らず、じっと千尋さんを見つめてしまっていたらしい。千尋さんが怪訝そうに問うのに、私は「い、いえ」と答えて、そそくさと自分も食事を始めた。

私の右隣には花魄さんがいた。屋敷にあるありったけの座布団を重ねて、そこに座ってもらっている。小町通りで出会った時みたいに人間の大きさにもなれるけれど、さっき力を消耗した手前、あまり無理しない方がいいと千尋さんに忠告されたからだ。

私は豆皿におかずを集め、隅っこにご飯を盛った。お箸代わりになるのは爪楊枝だ。

「すみません、こんな感じでいかがでしょうか？」

「うん、大丈夫。ありがとう、マコト」

花魄さんはふと顔を伏せる。その目は少し潤んでいた。

「それと……さっきは色々ごめんね。私――」

「いいえ、私の方こそごめんなさい。そうだ、水分もしっかりとってくださいね」

お茶を淹れたおちょこを花魄さんの前に置く。花魄さんは袖で乱暴に目元を拭ってから、いたずらっぽい笑みを浮かべた。

「そうね。また泣きすぎてしわくちゃになっちゃったら、可愛くなくなるもの」

「はい。それと……本場にはほど遠いかもしれませんが、故郷の味を食べて、元気を出してくれたら嬉しいです」

「ふふ、ありがと。優しいのね」

あやかしがどれほど料理に思い入れがあるのかは分からなかったけれど……。私の気持ちが少しでもでも伝わるといいな、と思った。

「いやぁ、美味しい！　それにいいお酒だね～！　うへ、ふへへ～」

味の濃い料理に合わせた紹興酒を飲みながら、シンさんは快活に笑う。

「うわ、もう酔ってんですか？」

コップ半分も飲んでいないのに、シンさんの顔が真っ赤に染まっている。完全に絡み酒状態で、肩を組まれた高旗さんは心底迷惑そうだ。

「だ、大丈夫ですか、シンさん？」

「紹興酒は度数が高いですからね」

千尋さんは我関せず、静かにお茶を飲んでいる。

「冷静に言ってないで助けてくださいよ、先生」

高旗さんがほうほうの体でこちら側に逃げてきた。食卓を挟んで向こうでは、高旗さんの身代わりになった千尋さんが、シンさんに絡まれそうになるのを呪符の力で凌いでいた。

「んもう、ダーリンったら。騒がしいわよ。人様のお家で恥ずかしい」

花魄さんが眉を顰める。高旗さんも密かに同意した。

「これだから酔っ払いって嫌ですよね。……お、麻婆豆腐、辛くて美味いっす」

「本当ですか？　良かったです」

使い慣れない調味料だったので、上手くできているか不安だった。だから高旗さんの褒め言葉は素直に嬉しい。

高旗さんはあっという間に麻婆豆腐を平らげた。それからシンさんや花魄さんをちらりと見やる。

「……なんてーか、真琴さんとあやかしって似てますね。馬鹿にまっすぐっていうか」

「え？　ば、ばか？」

「や、良い意味ですよ？　ひねくれ者の俺にはない……美徳です」

達観しているような――いや、むしろ諦観しているような表情が気になった。しかし私が何か言う前に、高旗さんは「おかわりもらいまーす」と笑顔でそれを塗りつぶす。

「ま〜こ〜と〜！」

上機嫌な声が耳元に届き、ふと酒精が鼻先を掠めた。気がつくとシンさんが隣に座っており、赤い顔をへらりと緩めていた。

「君はやはり愛らしいな。会えない間、ずっと寂しかったよ」

「ダーリィィイン――？」

「い、いいじゃないか、愛を伝えるぐらい」

「……フン、それはそれとしてマコトに迷惑だわ。絡むのはやめなさい」

怒った花魄さんは麻縄を出しかねない勢いだ。しかしシンさんは言葉を続ける。

「ああ、君に会えない時間のなんと無為なことか。会いたくてたまらなかった。話がしたい、声だけでも聞きたい――」

歌うように声を高くするシンさんにある意味感心してしまう。まるで歌劇でも見ているかのような気持ちになり、自然とシンさんの心情と自分の感情を重ね合わせた。

千尋さんと同じ家に住んでいても、会えない時は寂しかった。

少し話だけでもしたい。声が聞けると嬉しい。――そう思う気持ちはよく分かる。

思わず、同意しかけた瞬間だった。

シンさんは真面目な顔つきになって、私に告げる。

「――そう、それこそが君への恋心ってやつなのさ」

私は一瞬、呆気に取られた。

――恋心。相手を愛しいと思う心。

何か、心にある蓋のようなものが少しだけ口を開いた――ような気がした。それが何かも分からず、でもなんだかとても恐ろしい気がして、私は密かに固唾を呑む。

どくんどくん、と心臓が大きな音を立てている。

私、私は――。

そこへ、低く唸るような声が食卓に響いた。

「いい加減にしろ。よしんば真琴さんが何と言おうと、お前だけは許さない」

堪忍袋の緒が切れたのか、千尋さんが口を挟む。シンさんは軽い動作で肩を竦めた。

「フッ、あやかしだからかい？」

「あやかしかつ不審者で色情魔で虚言癖があるからだ」

「じゃあ、真琴の相手が人間だったらいいのかい？　たとえば彼とか」

ぐいっと腕を引かれたのは、自分の席にこっそり戻ろうとしていた高旗さんだった。うんざりした表情を浮かべる高旗さんを、千尋さんは難しい顔をして見つめる。それからシンさんに視線を移した。その眼光は鋭く、まるで仇敵を睨み付けるような眼差しだった。

「このままじゃ……他の人間に真琴を取られても、文句は言えないよね？」

何故かシンさんの口調は挑発的だ。しかし千尋さんは押し黙っている。両者の間に横たわる緊張を破るように、高旗さんはしかめっ面でシンさんに反論する。

「何言ってんだか、この頭お花畑ハマグリは。っていうか、先生も許さないとか父親みたいなこと言ってないで、自分の奥さんをちゃんと守った方がいいですよ」

「君、もしかして知らないのかい？　千尋と真琴は『契約』として結婚してるんだよ？」

「――は？」

あっ、と声を上げそうになった。千尋さんも一時、怒りを忘れ、目を瞠っている。

「あぅ……いえ、その」

口ごもる私に、何も言えない千尋さん。最初は疑っていた高旗さんも、私たちの煮え切らない態度を見て、シンさんの言の真実味を知ったようだった。

「け、契約夫婦ってやつですか？　そんなドラマじゃあるまいし……。え、マジですか？」

「……ええ、そうです、俺と真琴さんは『契約』として夫婦をしています」

仕方なく認めた千尋さんは、高旗さんに経緯を軽く説明した。高旗さんは千尋さんが退魔士であることも知り、「はあ……」と呆気に取られていた。

シンさんは勝ち誇ったように宣言する。

「そうだとも。恋を経ない結婚、愛なき夫婦――だから僕にもチャンスがあるのさ！」

「えええ……」

混乱する高旗さんをよそに、千尋さんは黙って湯呑みに口をつけた。もうシンさんに反論もしなければ、それ以上高旗さんに事情を説明することもしない。

恋も、愛もない――結婚。それが千尋さんとの『契約』……。

そう、当たり前のことだ。私と千尋さんはこの家を守るために、一緒にいるのだから。

それなのに――何故だろう、隣にいるはずの千尋さんが急に遠くなった気がした。さっきまで会話ができて嬉しい、久しぶりにゆっくり食事をしてもらえて嬉しい。そんな気持ちでいっぱいだった胸に、重い鉛の塊が沈んでいく。

そこへ、一陣の風が吹き込んだ。気がつくと、脱いだ靴を片手に持った狭霧さんがどこからともなく現れていた。

「こーんばんはー！　無事、校了した狭霧さんだぞぅ！　あ、良かった、晩ご飯に間に合ったー！　お腹空いたなぁ……ってうわ、なんだか今日は人数が多いな？」

肩に重くのしかかる何かを振り払うべく、私は急いで狭霧さんを見上げた。

「さ、狭霧さん。お久しぶりです。おかえりなさい」

「うん、ただいまー！」

「……真琴さん、決して『おかえりなさい』ではありません」

「今、ご飯を用意してきますね」

私は逃げるように台所へ向かった。居間からは宴会のような騒ぎが響いている。それを遠くに聞いている私の耳には、どくんどくんと自分の鼓動が響いていた。

「私、どうしたんだろう……」

未だ重く塞がる胸に手を当てた後、何もかも振り払うように強く首を振る。

そこからはただ手を動かし、お腹を空かせているであろう狭霧さんの食事の用意だけに集中した。

第三話　何度、生まれ変わってもあなたを

澄んだ冬空に、明るい太陽が輝いている。十二月の初旬。晴天の下、古めかしい洋風建築の正面玄関に十数人の子供たちが集まっていた。

小学生低学年から中学生まで、その年齢は様々だ。皆、スーツやワンピースなどのフォーマルな装いをしており、赤いバラを象(かたど)ったリボン徽章(きしょう)を胸につけている。子供たちは誇らしげに背筋を伸ばし、数列に分かれて並んでいた。遠巻きに見守る親御さんたちの中には、笑顔で喜ぶ人もいれば感動の涙を流す人もいる。その人垣の中にいる私も、子供たちの晴れ姿を見ていると心動かされるものがあった。

とはいえ、私はもちろん人の親というわけではなく、ただの招待客だ。子供たちの脇に、ぱりっとスーツを着こなしている千尋さんの姿がある。

――本日は、長谷(はせ)文学館が主催する『こども文学賞』の授賞式。

正しくはその後に行われる、記念撮影の真っ最中だった。

大人は千尋さんを含めた審査員の文学関係者三名と、文学館の館長さんだ。大人達は主役である受賞者の子供たちを囲んでおり、館内への入り口に続く階段に整列して、カメラに向

けて笑顔を作っている。千尋さんは作り笑いが苦手なようで、口端をひくひくと引きつらせていた。なんでもそつなくこなす千尋さんの意外な一面を見た気がして、ひそかにくすっと笑ってしまう。可愛らしい、なんて思ったら失礼だろうか。

そうこうしているうちにカメラマンが納得の一枚を撮ることができたらしかった。「お疲れ様です！」の一言を契機に、授賞式から続いていた緊張感が緩む。その後は三々五々、子供たちは親御さんのところへ戻っていく。千尋さんは館長さんや他の審査員に挨拶していたが、私の方を振り向いて手招きしてきた。

私が出入り口の階段へ歩み寄ると、壮年の男性館長さんが微笑んだ。

「こちら、英先生の奥様でいらっしゃいますか？」

「ええ。……妻の、真琴です」

「は、はじめまして」

千尋さんの紹介の仕方はとても正しいのだが、『妻』とはっきり言われるのにはいつまで経っても慣れない。私は白いノーカラーコートの前で手を重ね、控えめにお辞儀した。今日は下ろしてきた髪がさらりと肩から流れる。館長さんは朗らかに言った。

「はじめまして、館長の安永（やすなが）です。この度は英先生に大変お世話になりました」

「はい、あの……はい。こちらこそ、しゅ、主人がお世話に——」

そしてこうやって千尋さんを『夫』として扱うのにも、やはり慣れない。私が頬を染めてもじもじしているのを勘違いしたのか、館長さんは早々に踵を返した。

「無事、表彰式も終わりましたし、良ければ館内をゆっくりご覧になってください。ああ、庭はバラが満開ですよ。今年は猛暑でしたでしょう、いつもでしたら十一月上旬が見頃なんですが、遅れまして。ちょうど良かった」

では失礼、と館長さんは軽くお辞儀して、文学館の建物内へと戻っていった。

私と千尋さんはどちらからともなく顔を見合わせた。

「では、少し見て回りましょうか」

「……はいっ」

季節は冬に入っている。だが今日はぽかぽかとあたたかい陽気だった。

建物に背を向けて、千尋さんと二人並んで歩く。本館は高台に位置しており、背後と左右の三方を鎌倉の山の緑に囲まれている。残る方角には立ち並ぶ住宅、そして由比ヶ浜(ゆいがはま)に面した海を望むことができた。こういう地形を『谷戸(やと)』と呼ぶのだと千尋さんに教わった。

階段を降りて行くと、すぐそこがバラ園だった。

辺りはバラの芳醇な香りで溢れかえっている。瑞々しさと生命力を感じる、甘く、高貴な香りだ。胸いっぱいに空気を吸い込むと、体の中が不思議な感動に満たされる。

「見事なものですね」

「はい、とても綺麗です……！」

一歩先を歩く千尋さんに続いて、庭園に足を踏み入れる。

様々な品種、様々な色、様々な形——数え切れないほどのバラが広がる視界は色鮮やかだ。

私は区画と区画の間の小径を行きながら、首を左右に忙しなく巡らせた。

背の高いピンク色のバラが顔の近くを通る度に、気高い美しさに心奪われる。小さな花をつける黄色いバラの健気さに心を打たれる。

中でも雪のように真っ白な、小振りの花に目を奪われた。

「可愛い……」

顔を近づけて見入っていると、千尋さんも興味を引かれたのか、私にならって身を屈める。自然、距離が近くなり、どきりと心臓が跳ねた。が、神ならぬ千尋さんがそんなことを知る由もない。眼鏡の奥は純粋な好奇心に満ちていた。

「おそらく『春の雪』という品種ですね」

「千尋さんって、バラにまでお詳しいんですか？」

「ああ、いえ。表彰式の前、館長さんに聞いた話の受け売りです。三島由紀夫(みしまゆきお)の小説『春の雪』にちなんで付けられた名前だとか」

確かに——儚(はかな)げな白い花弁は、春先に降ってすぐに溶けてしまう淡雪のようだ。

「長谷文学館は、元は旧侯爵家(きゅうこうしゃくけ)の鎌倉別邸だそうです。三島が『春の雪』に登場する別荘のモデルにここを選んだとか。そう言った意味でもゆかりがありますね」

さすがは作家さん、文学的知見からバラを観賞している。単純に綺麗だなぁ、と思っていただけの私は、なんだか数段賢くなった気分になれた。

一通りバラを見終えて、私たちは庭園の端に辿り着いた。文学館を訪れる人は花を観賞したり、レトロな建物を写真に収めたり、館内の展示物を鑑賞したり——と自由に過ごしている。中には庭園をスケッチする人や、ベンチでお弁当を広げている人もいる。

「あっ、そうだ。そろそろお昼ですし、私たちもお弁当を食べませんか？」

庭園のベンチでの飲食は許可されていると聞いて、用意してきたのだ。千尋さんは柔和な笑みを浮かべて、頷いた。

「ありがたくいただきます。では、あそこに座りましょうか」

庭園の南側に位置する、ベンチの一つに並んで座る。バラ園を眺めながらの昼食なんて、実に優雅だ。私はうきうきと、保冷バッグからお弁当を二つ取り出した。

風呂敷包みを開けると木製の弁当箱とお箸が出てくる。いわゆる曲げわっぱというものだ。遠原邸の台所の戸棚にしまわれていたのを使わせてもらっている。丁寧に手入れされていたらしく、カビも汚れも見当たらない。

膝に風呂敷を敷き、お弁当の蓋を開ける。

冷ましたご飯の中央に、蜂蜜（はちみつ）漬けの梅干しが載っている。庭に生えていた本物の葉蘭（ばらん）で中を仕切り、おかずを何種類か入れた。明太子入りの出汁巻き卵に、乱切りレンコンのきんぴら、彩りのブロッコリーとミニトマト。焼いた金目鯛（きんめだい）は、皮の焦げ目が食欲をそそる。

千尋さんが軽く溜息を漏らした。

「実は受賞式では緊張していて。解放された途端に腹が減りました」

「ふふ、お疲れ様です。どうぞ召し上がれ」

「いただきます」

千尋さんは箸で出汁巻き卵をつまみ、口に入れた。味はどうかな……。私は堪えきれず、隣をちらりと窺った。出汁巻き卵を味わっていた千尋さんは、緩く目尻を下げた。

「外で食べると一段と美味いですね」

「ですよね。お外で食べるお弁当は格別です」

「ええ、まぁ、真琴さんの料理はいつでも美味しいですけど」

やにわに付け足された言葉に、私は盛大に照れてあたふたした。

「あ、いえ、そんな……。ありがとうございます……」

「お礼を言うのはこちらです。いつもありがとうございます」

まっすぐな感謝の気持ちが伝わってきて、それだけで胸がいっぱいになってしまう。私もお弁当を食べ始めたけど、思うように箸が進まない。おかしいな、千尋さんが言ってくれたように美味しく作れたはずなのに。

なんとか昼食を食べ終えてから、水筒に入れていた温かいお茶を飲むと、少しだけ気分が落ち着いた。千尋さんはバラ園と本館、山と空が織りなす風景を眺めている。

「出かけると、いい気分転換になりますね」

「しばらくお忙しかったですもんね」

「はい、すっかり家に籠もりきりで……。すみませんでした」

「いえ、そんな。あの……もしお時間できたら、またお出かけしませんか？」

なけなしの勇気を振り絞ってそう言うと、千尋さんはゆっくりと頷いた。

「そうですね、鎌倉にはたくさん名所がありますし。あたたかくなったら江ノ島なんかもいいですね。人はかなり……多いですが」

「江ノ島……行きたいです、是非っ」

鎌倉の観光地は多々あれど、その中でも江ノ島は代表格と言ってもいいんじゃないだろうか。未だ見ぬ、あたたかい春の海に囲まれた江ノ島はきっと楽しいに違いない。

「じゃあ、約束しましょう」

と言って、千尋さんが差し出したのは左手の小指だった。長くてまっすぐで綺麗だけれど、男の人らしく節もある。そんな千尋さんの指を、私はしばしきょとんと見つめてしまう。千尋さんは私が面食らっていることに遅れて気づいたようだった。

「こ……子供っぽかったですね。すみません」

その目尻がほんのり赤く染まっている。千尋さんの小指は力を失い、今にも引っ込んでしまいそう。私は飛びつくようにして自分の小指を絡めた。

「ゆ、ゆびきりげんまん、嘘ついたら……ええと、狭霧さんに言いつけるっ。指切った！」

私はぱっと千尋さんの小指を放した。千尋さんは目を瞬かせてから、不意に吹き出す。

「なんですか、そのペナルティ」

「うう……なんでしょうね……？」

千尋さんは笑顔を崩さず、弁当箱を保冷バッグに片付けて、バッグごと引き取った。その視線はバラ園の向こうに佇む、青い切妻屋根の洋館――文学館の本館に向けられている。

「せっかくだから館内も見ましょうか。展示はもちろん、建物も歴史あるものですから」

素敵なお誘いに、私は一も二もなく頷いた。


文学館の本館は、歴史を感じさせるレトロな建築物だった。

館内は乳白色の壁に囲まれ、床には高貴な赤い絨毯が敷いてある。古めかしい木の柱や梁を、装飾がほどこされた温かいライトが天井から照らしている。

特に目を引くのは、各部屋にあるステンドグラスだ。たとえば、本館二階にある常設展示室のステンドグラスはアールデコ調で、赤、青、緑と様々な色が紋様を形作っている。窓が円いのも愛らしい。

もちろん展示物も貴重で、文学的に価値のある品なのだろうけど――どうしても私はこのレトロな雰囲気に目が行ってしまう。今、住んでいる遠原邸は純和風建築なので、こういった西洋風の内装が珍しいのだ。

隣に立つ千尋さんは、興味深そうに川端康成の直筆原稿を見つめていた。他にも文豪が書いた手紙や、愛用品などが展示されている。

邪魔をしたらいけないな、と少しその場を離れる。レースカーテンが引かれてある窓辺で、私は一息ついた。

そこで――ふと、きしきしと何かが軋むような音が聞こえてくるのに気づいた。

「ん……？」

私は最初、窓の木枠にでも触れてしまったかと思った。しかし窓から距離を取っても、妙な音は止まない。それどころか――。

「う、うう……」

と、くぐもった啜り泣きが聞こえて、ぎょっとする。

私はきょろきょろと辺りを見回した。その様子に気づいた千尋さんが顔を上げる。

「真琴さん、どうしました？」

「あ、すみません。その――」

「うう、ううぅ……！」

私は今度こそ「ひゃっ」と短く悲鳴を上げて、首を縮めた。空耳なんかじゃない、絶対に聞こえた。女の人が声を殺して泣いているのが、上の階から聞こえてくる。

「なんだ……？」

どうやら千尋さんにも聞こえるらしい。

きしきし、と家鳴りのような音と共に、呻き声はどんどん大きくなっていく。

そこへ、

「あぁ、先生。まだおられたんですね」

展示室の入り口から、さっきご挨拶をした館長さんが顔を覗かせる。千尋さんはおもむろに天井を指差した。

「館長さん、ここ、何か音がするのですが……」

「ああ……。実は三階の柱が一つ、弱っていましてね。ちょうどこの真上なんですよ」

「三階、ですか」

「はい。保存の観点から、一般には公開されていないエリアなんです。一階・二階は鉄筋コンクリート製ですが、三階のみ木造建築なものですから」

館長さんは尚も天井を見つめ、困ったような口調で続けた。

「ただ、少し気になることがあって。職員の一人が『女性の泣き声が聞こえる』と言って怖がっているんですよねえ……」

館長さんの何気ない一言に、私と千尋さんは顔を見合わせた。それを館長さんは『怖がらせてしまった』と勘違いしたのだろう。人の良い笑みを浮かべて、ぱたぱたと手を振る。

「いや、何かの聞き間違いですよ。ほら、お二人にもそんな声は聞こえないでしょう？」

「え、ええと……」

「はぁ……」

本当のことを言うわけにもいかず、お互い、曖昧な返事に留めておく。館長さんは『泣き声』の話を切り上げ、弱くなった柱の話題に戻した。

「幸い、構造には関係のない『飾り』のような柱なので、明日、簡単な改築工事をする予定です。古い建築物ですが潰れる心配はないのでご安心くださいね」

そう言って館長さんは展示室を去っていった。館長さんの足音が完全に聞こえなくなったのを見計らって、私は千尋さんを見た。

「もしかしてどこかにあやかしがいるんでしょうか……？」

「はい、その可能性はおおいにあるかと思います」

「泣いている、んですよね。――なら、どうにかして助けてあげたいです」

「真琴さん……。ええ、そうですね」

柔らかい声で名前を呼ばれ、私はどきりと鼓動が跳ねるのを感じた。当の千尋さんは温かい視線を私に送っているだけなのに。

「で、でも……。その、三階には行けないんですよね。どうしたら――って、あれ？」

私は展示スペースの向こうを視界の端に捉えた。展示台の陰に隠れるようにして、誰かが――人が、倒れている？

「えっ……？　あ、あの、大丈夫ですか？」

人の気配なんてさっきまでなかったのに、という疑問はひとまず置いておく。私は慌てて倒れている人に駆け寄った。千尋さんも気づき、私の後を追ってきてくれる。

「うう……」

倒れているのは――女性だった。水玉模様の白いレトロなワンピースに身を包んでいる。小柄だったけれど、花魄さんのように手の平サイズというわけではなく、あくまでも常識の範囲内だ。この人があやかしかどうか計りかねていると、

「あれ……？」

床に投げ出された女性の細い両手に、緑色の細い糸のようなものが絡まっているのに気づく。ところどころ小さな葉っぱが生えているところを見ると――木の蔓のようだ。

とりあえず助けなくちゃ。私は俯せに倒れている女性の背中を軽く撫でた。

「しっかりしてください、大丈夫ですか？」

「う、ぅ……」

そこで私は思い当たった。この女性の声が、先ほど聞こえた泣き声と似ていることに。

「これは……」

相手が女性だからだろう、手を出しあぐねていた千尋さんも、女性の腕に蔓が絡まっていることや泣き声のことを察したようだった。少し思案した後、納得したように呟いた。

「真琴さん、彼女を屋敷に連れて帰りましょう」

「ということは……」

「ええ、彼女があやかしです」

千尋さんは女性の腕に小さな呪符を貼り付けた。口の中で短い呪文のようなものを唱えると、女性の荒かった呼吸が段々と落ち着いてくる。

「う……うぅん……」

女性は呻くような声を上げた。そして緩慢な動作で少しだけ首を起こす。

「あ、ら――？」

うっすらと開く瞼。その瞳は――樹脂が固まってできるという宝石、琥珀に似ていた。

千尋さんの術の効果により、自分で歩けるほどには回復したあやかしの女性と一緒に、タクシーに乗る。運転手さんは後部座席と助手席に分かれた私と千尋さんを見て、小首を傾げていた。私の隣に女性が力なく座っているのには——やはり気づいていないようだった。

十分もしないうちに、タクシーは遠原邸の門の前へと滑り込んだ。私は女性に肩を貸しながら、タクシーを降りて、敷地の中へと入る。彼女はゆっくりとだがなんとか屋敷の中へ辿り着く。私と千尋さんはひとまず居間に来客用の布団を敷いて、彼女を寝かせた。

そこへ、障子戸からひょこっと幼い少女が顔を覗かせた。

「おかえり、まこと、ちひろ。……おきゃくさん？」

「さとりちゃん。うん、出先で見つけたあやかしの方なんだけど……」

「はせぶんがくかん。ばら。おべんとう……おんなの、ひと。なるほど」

人の心が読める覚には説明不要らしい。さとりちゃんは布団のそばまでやってきて、心配そうに彼女を覗き込んでいる。千尋さんは神妙に言い置いた。

「真琴さん。俺は少し地下へ降りてきます。彼女を快復させられるかもしれないので」

「地下、ですか？」

「はい。龍穴にいけば可能性はあるかと」

ふと、先日、納屋の床に謎の蓋というか扉があることを思い出した。確か高旗さんが来た初日、一緒に見つけたのだ。そういえば千尋さんに後で聞こうと思っていたんだっけ。

「もしかして龍穴の入り口って納屋の床にある扉ですか……？」

「ええ、ご存知でしたか」

「あ、いえ、この前、床に扉があるのを見つけて。あの下が龍穴に繋がっているんですか？」

「その通りです。遠原に鍵を託されていたので、俺が定期的に様子を確認しています」

「そうだったんですね。中って一体、どうなっているんですか？」

「洞窟の先に、地下水脈とその水が貯留する池があります」

以前、千尋さんは霊力の流れを『龍脈』、その流れが溜まる場所を『龍穴』と説明してくれた。だが、本当に水脈があるとは思わなかった。

「霊力を豊富に含んだその水を彼女に与えることができれば、きっと快復するでしょう」

あやかしだから、霊力を与えればいいということなんだろうか。そう考えながら、私は横たわる女性と千尋さんとを見比べた。本来ならば、私が彼女のそばについていてあげるべきだと思う。しかし——何故だろう、その『龍脈』を一度見ておかなければならないような気がした。単なる好奇心ではなく、むしろ使命感に近い。

私はこの家を守る千尋さんを支えなければならない。

そう、同じ家守として——行かなければ、私がいる意味がない。

不意に、先日、シンさんと花魄さんが来た日のことが胸に去来する。

だって私たちの間には恋も愛もない——『契約夫婦』なのだから。

「あの、私もご一緒しても……いいでしょうか？」

「え？」

千尋さんは意外そうに目を瞬かせる。その視線は言外に理由を求めていた。しかし私はどうしても、自分の気持ちをうまく言葉にすることができなかった。もどかしい思いと共に上下の唇を擦り合わせていると、さとりちゃんが言った。

「いいよ、まこと。いっておいで。わたし、ここにいるよ」

「さとりちゃん……」

「……分かりました。真琴さんにも一度、お見せしておくべきでしょう。同じく、この家を守る者として」

千尋さんの口から出てきた言葉に、私は目を丸くした。心の中を読まれたのかと思ったけれど、さとりちゃんじゃあるまいし……と考え直す。

「じゃあ、さとりちゃん。この人をお願いね」

「うん、りょうかい」

後のことをさとりちゃんに託し、私と千尋さんは居間を出る。千尋さんが二階の書斎に寄って、地下への入り口の鍵を持ってきた。

そこから二人で納屋に向かった。暗い室内に電気を灯す。

「ここですね」

千尋さんが床の蓋を指差した。続いて取り出したのは古い鍵だ。真鍮で造られていて、持ち手に蛇の彫刻が施されている。千尋さんは鍵を使って開錠し、取っ手を思い切り引っ張った。土埃が舞い上がり、蓋がゆっくりと開かれていく。

口元を押さえつつ、蓋の中の様子を見る。石の階段が地下深くへと続いていた。

「行きましょう」

千尋さんは納屋にあった懐中電灯を手にして、先を行く。私はその背中に縋るようにして階段を降りていった。

急な角度の石階段はしっとりと濡れていて、何度も滑りそうになった。けど、思ったより暗くはない。千尋さんが懐中電灯で足元を照らしてくれるのもあるけれど、周囲の石壁や天井に縄が張り巡らされており、それが青白い炎を纏って燃えているのだ。

「千尋さん、この燃えている縄は……？」

「金火（きんか）というあやかしで、怪火（かいか）の一種ですね。ちなみに怪火は原因不明の火の総称で、有名どころだと鬼火（おにび）や不知火（しらぬい）がそれにあたります」

千尋さんの説明を聞いていると、じきに階段が終わった。

辿り着いた場所は石壁に囲まれた空洞だった。広さは学校の教室ほどで、天井が思いのほか高く、圧迫感はあまりない。奥に向かって、水の流れる音がする。地下水脈――龍脈だ。

水脈の行き着く先には、光を放つ池があった。周りを杭とそれらを繋ぐ注連縄（しめなわ）のようなもので囲まれており、明らかに神聖な場所として祀られていると分かる。

「これが龍穴……」

「ええ、そうです。行きましょう」

先に行く千尋さんの背を追いかける。私たちはそろって龍穴を覗き込んだ。

緑と青を完璧な配分で混ぜ合わせたようなエメラルドグリーンだ。ゆらゆらと揺らめく水面は、自身の輝きを岩の天井に反射させている。その光がまた反射して、水面に還る。初めて目にした龍穴は、思わず見入ってしまうほどの美しさを秘めていた。

千尋さんは胸元から呪符を一枚取り出して、龍穴の真上にかざした。するとどうだろう。龍穴の水面に波紋が立ち、中から一雫の水が呪符に向かって吸い込まれていく。まるで天地が逆さまになったような現象に、私は目を瞠った。

「ッ……！」

千尋さんが呪符と共に、腕を素早く引き戻す。その表情は痛みに歪んでいた。

「ち、千尋さん、大丈夫ですか!?」

「あぁ、はい。少しぴりっとしただけです」

「そうですか……良かった。――って、千尋さん、手の甲が……」

男性らしくわずかに筋張った手の甲に、うっすらと鱗のような模様があらわれていた。千尋さんは眉をしかめて、シャツの袖をまくる。鱗の模様は肘の手前まで続いていた。

その正体を私は知っていた。

――千尋さんの体には、あやかしの血が入っている。

狭霧さんから聞いた話だと、千尋さんは退魔士のお父様と――白蟒蛇というあやかしのお母様が為した子らしい。白蟒蛇とは白い龍のようなあやかしで、私は千尋さんがその姿に変じたのを見たことがある。空を駆け巡る龍が、雷や雨を呼び寄せてみせる光景を。

千尋さんは生まれが原因で、英家では『半人半妖』として蔑まれた。大学入学と同時に家を出奔（しゅっぽん）して今に至る。

でもそのあやかしの血の一端が、どうして急に顕れたのか――？

「……何か、いるのか？」

千尋さんは怪訝そうに、龍穴を見つめた。

「この池の中に、ですか？」

「ええ。一目見た時から、杭の囲いが気になっていました。神道における注連縄は神域とそれ以外を分けるための標です。けどこれは少し違うものに見えます。たとえば……危険な妖魔を封じているとか。もしや俺の血が反応したということは、龍か蛇か――」

「そ、そんな……」

屋敷の真下にそんなものがあるとは思わず、私は小さく肩を震わせる。一方、俯いて独白していた千尋さんは、はっと我に返ったように私に向かって首を振ってみせた。

「すみません、決して怖がらせるつもりは……。龍穴は強い霊力を秘めていますから、単に俺の力に反応したのかもしれません。たとえ何かがいたとしても、封印がしっかり機能していますから心配ありません。いずれにせよ――真琴さんは必ず俺が守ります」

そんな台詞を真正面から言われ、私の心臓が一際大きく鼓動した。私は早鐘を打つ胸を服の上から手で押さえ、「はい」とか「あう」とか、もごもごとよく分からない相槌（あいづち）を打った。

千尋さんは様子のおかしな私を特に気にした風もなく、龍穴から離れた。

「戻りましょう、あのあやかしを助けなければ」

そうだった。私は慌てて千尋さんを追いかけた。


龍穴の雫を含んだ呪符を、千尋さんが女性の額にかざす。それから女性の手に呪符を握らせると、長い睫の生えそろった瞼がぴくりと動いて、琥珀色の瞳が再び開いた。

「あ……私、は――」

ゆっくりと上半身を起こした女性は、目に見えて顔色が良くなっていた。私たちはほっと息をつく。千尋さんは女性を注意深く見守りながら告げた。

「あなたは木に関連するあやかしですね。木の葉や蔓を纏ってるところや、文学館三階の柱の話を総合すると――『逆柱（さかばしら）』でしょうか」

女性は琥珀の瞳を見開いて、大きく頷いた。

「よくご存知で。仰る通り、私は逆柱です。名前は樹子（きこ）と申します」

「逆柱……ってなんですか？」

私が尋ねると、千尋さんは語り始めた。

「元は建築における験担（げんかつ）ぎです。建築材料である木を本来生えていた方向とは逆に柱を立てることによって、建物を不完全な状態にします。建物は『完成』すれば、あとは朽（く）ちるだけ、壊れるだけなので、わざと逆柱を立てて『未完成』の状態にすることによって、災禍(さいか)を防ぐわけです。その逆柱が稀(まれ)にあやかしになることがあります」

「なるほど……」

「ちなみに『逆柱』として有名なものだと、日光東照宮(にっこうとうしょうぐう)にある陽明門(ようめいもん)のものですね。柱の紋様が逆さまになっているものが数本あるそうで、『魔除けの逆柱』と呼ばれているようですね」

　すると、逆柱の樹子さんはのんびりと苦笑を交えた。

「ふふ、私はそんな立派なものじゃありませんけれどねぇ……」

「じゃあ、樹子さんは文学館の『魔除け』なんですか？」

「ええ、ええ。そうです。侯爵様が改築された洋館に『守り神』として連れてこられたの」

「確か、侯爵家による建築は昭和十一年でしたか」

「えっ、そんな昔に？」

「ええ、ええ。こう見えて結構おばあちゃんなんですよ」

　上品な笑みを湛えながら、樹子さんは手の内にある呪符をまじまじと見つめた。

「それにしてもこのお札はすごいわねぇ。持っているだけで力が漲(みなぎ)ってきます」

「木のあやかし——つまり木気をお持ちでしょうから、水気を宿らせました。陰陽五行(いんようごぎょう)説(せつ)・五行相生(ごぎょうそうしょう)の水生木(すいしょうもく)によるものです。水は木を生かす——」

　千尋さんの説明に、私は学校の生徒よろしく手を挙げて尋ねた。

「えっと、つまり……木にお水をあげるということですか？」

「はい、その通りです」

私はふと木霊さんのことを思い出した。確か先日、乾燥肌気味だから地面に水をたくさん撒いてくれと言っていたっけ。

樹子さんは千尋さんから呪符を受け取り、それを大事そうにワンピースの胸ポケットへしまった。

「守り神……なのはいいのだけれど、そろそろ老体にはきつくてねえ。弱ってしまったところにあなたがたが来たものだから、頼ってしまって。驚いたでしょう、ごめんなさいねぇ」

「そんな……良かったです、お力になれて。って、私は何もしてないんですけど……」

全ては千尋さんのおかげだ。しかし樹子さんは首を横に振った。

「そんなことないわ。車の中でもずっと私についていてくれたし、肩を貸してくださったしねぇ。ありがとう、ええと――」

「あ、私は真琴といいます。こちらは千尋さ――えっと、その、しゅ、主人の千尋です。あっ、あとあやかしのさとりちゃん……です」

「ついでみたいにいわれた」

さとりちゃんがいたずらっぽく笑う。私はかあっと頬に熱が集まるのを感じた。主人、と言われた千尋さんもまたどこか据わり悪そうにしている。千尋さんも夫婦だと紹介し合うのにまだ慣れないらしいことが分かって、ちょっと安心する。

千尋さんは話題を切り替えるように、樹子さんへ向き直った。

「幸い、この家の下には水気の強い龍穴があります。少しの間、養生されるのがいいかと」

「じゃあ、お言葉に甘えさせていただこうかしら。すみませんねぇ、明日には帰りますから」

私はその言葉に目を丸くする。

「え？　明日ですか？　もっとゆっくりされた方が……」

「ええ、でも私は一応……文学館の『守り神』だから」

樹子さんは穏やかに微笑む。その口調に一抹の寂しさを感じたのは、何故だろうか。なんとも言えずにいる私の隣で、千尋さんはやや神妙そうに樹子さんを見つめていた。


樹子さんは少しでも自然を感じていた方がいいらしく――多分、千尋さんの言う木気というものなのだろうと思う――居間に面した縁側でひなたぼっこをしていた。隣にはさとりちゃんが寄り添っている。私はそんな二人の様子を見守りつつ、庭掃除をしている。

冬にしては穏やかな風が、庭の木々を揺らした。その葉擦れの音に耳を傾けながら、樹子さんは心地よさそうにしている。良かった、大分回復したみたい。

そんなことを考えながら、落葉をかき集めていると、背中へ不意に声がかかった。

「真琴さん、お疲れ様でーす」

快活な声に、私は体ごと振り向いた。門のすぐ向こうに高旗さんが立っていた。

「高旗さん。お久しぶりです」

私は竹箒を持ったまま、門に歩み寄り、鍵を開けた。高旗さんの訪問はあのシンさんと花魄さんの騒動以来、約二週間ぶりだ。

「あー、良かった、真琴さんで。先生だったら追い出されるところでした」

しれっと言う高旗さんに、私は曖昧な苦笑を返した。狭霧さん同様、高旗さんも急に来訪することが多い。多分、約束も取り付けていないんだろう。

とりあえずここまできてもらって、家に上げないわけにもいかない。私が高旗さんを屋敷の玄関に案内しようと踵を返した瞬間、そばにあった桜の樹から怒声が飛んできた。

「――やい、小童！　わしの枝返せっ！」

わふわふっ、と興奮しながら駆けてきたのは白い老犬――木霊さんだった。木霊さんは高旗さんに飛びつくや否や、スラックスにかりかりと爪を立てる。

「わっ！　ちょ、なんだよ、じいさん。やめ、破ける、破ける！」

「うるさいわい！　いいから返せ、折れた枝返せ！」

あちゃあ、と内心で顔を覆う。木霊さんが言っているのは、高旗さんが自然に折れた桜の枝を持って帰ったことだろう。修復したとはいえ、樹の枝はまだ治らない。そして折れたといえど、木霊さんにとっては依り代の一部だ。高旗さんが「記念に」と言ったので、私があげてしまったのだ。やっぱり木霊さんの許可を取るべきだったかなぁ……。

――しかし。

「は……？　折れた枝って何？」

高旗さんはきょとんと木霊さんに聞き返す。私は一瞬呆気に取られた。まるで――まったく身に覚えがないような言い方だ。木霊さんがますます気色ばむ。

「とぼけても無駄だ、わしの枝、取ったくせに！　返せ～！」

高旗さんは眉根を寄せて、必死に思案しているようだ。これ以上放っておくと喧嘩になりそうだったので、私は横から口を挟む。

「あの……高旗さんがうちに初めてきたあの日、折れた桜の枝を持って帰りましたよね？　私が差し上げたんですけど……。もしかして酔っていて、忘れちゃった……とか？」

「えっと……？」

高旗さんは困ったようにこめかみを掻く。本当に記憶にないみたい。相当酔っていたのかな。それにしてはあの夜、はっきり会話していた気もするけれど。

「もしかして俺が枝を折っちゃったんですか？」

さすがにばつが悪そうな顔をしている高旗さんに、私は慌てて手を振った。

「いえ、違います。すでに折れて、落ちていたんです。きっと……なくしちゃったんですよね。なら仕方ないと思います……」

「そんなぁ……うっうっ……」

すると、木霊さんが悲痛に泣き出す。高旗さんは尚も困惑声で言った。

「い、いやその。なんか分からんけど、悪かったよ、じいちゃん……」

「何が悪かったかも分からずに謝られたって嬉しくないわい！　小童ったらいっつもそう！　とりあえず謝ればその場が収まると思ったら大間違いなんだからの！」

「めんどくさい彼女みたいなこと言ってんじゃねえよっ」

私のフォローもむなしく、高旗さんと木霊さんはやいのやいのと言い争いを始めた。ああ、どうしよう。千尋さんが騒ぎを聞きつけて雷を落とす前に、なんとかしなければ。

「大体なんじゃ、そのくるくるした髪は！　ぱーまか、ぱーまというやつか！」

「生まれつきだよ、天パ。くるくるで悪かったな」

「ふん、髪も性根もねじ曲がっておるというわけじゃな。そうは思いませぬか、真琴どの」

「ええっ、わ、私ですか!?」

「真琴さんだってゆるふわパーマだし、一緒っすよねー？」

「私、ねじ曲がってるんですか!?」

思わぬ飛び火を受けたところで、屋敷の方から足音がした。千尋さんかと思って顔を青ざめさせたが、私たちに歩み寄ってきたのは――。

「あらあら、真琴さん。さっきからどうされたんですか……？」

「あ、たかはただー」

縁側で日光浴をしていた樹子さんとさとりちゃんだった。木霊さんが騒ぐのに慣れているさとりちゃんは平然としていたが、何も知らない樹子さんはおろおろとしている。私は樹子さんを不必要に心配させないよう、事情を説明すべく口を開きかけた。

と、その時――。

「も……もしかして、樹子どの、ですか？」

木霊さんが声を震わせて、そう尋ねた。……え？　二人は、お知り合い？

疑問を氷解させたのは、樹子さんの返答だった。

「あなたは……昔、お隣にいた木霊さん？」

「は、はい！　覚えておいでですか！」

「ええ、もちろん。本当に懐かしいですねぇ……」

樹子さんは胸に手を当て、感極まっている。木霊さんは矢継ぎ早にまくしたてた。

「お、お懐かしゅうございますな。あの山で伐採された後、樹子どのはいかがお過ごしで？」

「私は長谷文学館の『逆柱』になったんですよ。木霊さんがまさかここに植え替えられていたなんて、思いも寄りませんでした」

「いやぁ、ははは。運命とは数奇なものですなぁ！」

「ええ、ええ、本当に」

再会を喜ぶ二人に、さとりちゃんが子供の無邪気さで割って入った。

「おじいちゃんとおばあちゃんはおともだち？」

「おお、そうじゃ。同じ山で育った……その、仲間というかなんというか」

「物心ついた時から一緒でしたからねえ。人で言う『幼馴染』かしら。ねえ、木霊さん？」

「おさな――え、ええ、まったくその通りですな！」

穏やかに微笑む樹子さんを前に、木霊さんはどこか上擦った声で笑っている。見ると、ふさふさの尻尾が千切れんばかりに振られていた。円らな瞳はどこか目尻が下がっているようにも見える。そして随所に感じる緊張と、それを上回る嬉々とした感情がありありと伝わってくる。

こ、これってもしかして……。

そんな甘酸っぱい想像を裏付けるように、高旗さんがそっと耳打ちしてきた。

「……真琴さん、あれって絶対あれですよね」

「はい……多分、あれですよね」

「うん、あれだよね」

いつのまにかさとりちゃんも隣に来て、我が意を得たりとばかりに頷いている。木霊さんの喜びようは、今にも桜の樹に花が咲いて春がやって来そうな勢いだった。

樹子さんは少し休んでくるといって、再び居間に戻っていった。

「さっ、俺たちも行きましょうか、真琴さん」

「あ、はい」

高旗さんと連れ立って屋敷へ向かおうとすると、途端に、ぎゅっとスカートを引っ張られた。見ると高旗さんもスーツの裾を握られている。……木霊さんの二本の前足によって。

「――お二方、折り入って頼みがある！」

「じいちゃん、爪！　爪立てんな！　スーツが破ける！　これオーダーだぞ！」

「こ、木霊さん、どうされたんですか？」

なんとか服を放してもらった私と高旗さんは、木霊さんに向き直る。木霊さんはわふわふと興奮し、荒い息をついていた。

「実は……その、わしは樹子どのに昔から憧れておりましてな」

「実はも何も秒で分かったけど」

「ここで再会したのは最早運命！　樹子どのとの間を取り持ってくだされ、お頼み申す！」

と言って、木霊さんは『伏せ』の体勢をとった。多分、頭を下げているのだと思われた。

ふわふわと浮かんでいたさとりちゃんが木霊さんの顔を覗き込む。

「おじいちゃんはおばあちゃんとけっこんしたいの？」

「け、結婚……」

木霊さんは乙女のようにもじもじと地面に爪を立てて、土をかき混ぜる。もし木霊さんが人の姿だったなら、顔が真っ赤になっていることだろう。

私は先月のことを思い出す。あれは高旗さんが初めてうちに来た日の朝だっただろうか。私と千尋さんのことを指して、木霊さんは『夫婦とはいいものですな』と呟いていた。

「まぁ……憧れはある。添い遂げる相手が、き、樹子どのだったら……どんなにいいか」

「いや、だったら普通に告ればいいじゃんか」

「むぅぅう！　小童には分からんか、この秘めたる熱き想いを！　わしの奥ゆかしさを！」

「だから、爪やめろ痛い痛い！」

「いいじゃろ、協力してよ！　わしと樹子どのを良い感じにしてよ！　ふらっしゅもぶとかしてよ！」

「誰がするか！」

「高旗さん、ふらっしゅもぶ……ってなんですか？」

「たぶん、おしゃれなおかしだとおもう」

「あー……もー……」

高旗さんは酷い頭痛を堪えるように、額を手で押さえた。

「しょうがないなぁ、分かったよ。ただしできる範囲でだからな、じいちゃん」

「おお、意外と話の分かる小童ではないか。そうと決まれば、らぶらぶ大作戦決行じゃ！」

「おー！」

木霊さんの意気揚々とした宣言に、さとりちゃんが応じる。なんだか先日も『ラブラブフィアンセ大作戦』なんて言葉を聞いた気がする……。

「はぁ……また妙なことに巻き込まれた」

「ほら、たかはたも」

さとりちゃんは高旗さんの手を無理矢理挙げさせる。「おー……」とやる気のない声を上げる高旗さんが、それでもどこか悪くないような表情をしているのは——私の願望だろうか。

私にも覚えがあったから。ここへ来て、あやかしたちと触れあっていくうちに、心がほぐれていった。今まで辛い現実から自分を守るために、固めて、強張って、やがて何も感じなくなっていった——そんな心があたたかく、柔らかくなっていくような感覚を思い出す。

高旗さんと私がまったく同じなどというつもりはない。けれど、最初に出会った時とどこか違って見えるというのも事実だった。

「なんすか？」

いつのまにか見つめていたんだろう、高旗さんが訝しげな視線を向けてくる。私は緩む頬を必死に元の位置に保ちながら、なんでもありません、と答えた。

木霊さんと樹子さんの仲を取り持つ上で、私はふと思い出したことがあった。

「そういえば、樹子さん、明日にはもう文学館に帰られてしまうんです」

「な、なんですと!?　本当ですか、真琴どの？」

「はい……。だから木霊さんの気持ちを伝えるなら、早くした方がいいと思うんですが」

「む、うむむ、しかし……」

木霊さんはくるくるとその場で回った。犬が自分の尻尾を追いかけて、延々と回り続ける場面を思い起こしたが、どうやらそういうわけではないらしかった。

「こんな老犬の姿ではな……。あの美しい樹子どのには似つかわしくないのではないか」

「え？　でもそれが木霊さんですし——」

「つーか、あやかしって姿とか変えたりできねぇの？」

「そういうのもおるにはおる。しかしわしみたいな力に乏しいもんには無理じゃな……」

しゅん、と白い尻尾が地面に垂れる。私は慌てて励ました。

「ありのままの木霊さんでいいと思います。確かに樹子さんは美人ですけど、そんなに気後れしなくてもいいんじゃ……」

「でもでも、このまま樹子どのと並んだら、どう見ても『優雅な貴婦人とそのペット』ではありませぬか！」

……い、否めない。

「ちひろならどうにかしてくれるんじゃないかな」

ぽつりとさとりちゃんが呟いたのに、高旗さんも同調する。

「ああ、確かに。先生なら……なんだっけ、退魔士？　だし。じいちゃん、頼んでみれば？」

「うう、ご主人か……」

白い体毛が小刻みに震えている。ううん、木霊さんは千尋さんが苦手だもんなぁ……。

「良かったら、私がお願いしてきましょうか？」

「ややっ、本当ですか、真琴どのっ」

「はい、それぐらいならお安いご用です。ちょうど千尋さんに、午後のお茶もお出ししたかったし。少し待っていてくださいますか？」

「もちろんですとも。期待しておりますぞ！」

私は踵を返し、屋敷の方へ足を向けた。

「あ、じゃあ、俺も……」

と、高旗さんがついてこようとするのを、木霊さんとさとりちゃんが同時に阻止した。

「小童、おぬしは参謀じゃろう。らぶらぶ大作戦の詳細を練らんか！」

「たかはた、にげるきだー」

「ちょっ、助けて、真琴さん。……いや、微笑ましそうな顔してないで！　割とマジで！」

うんうん、仲良きことは美しきかな。私は足取り軽く、屋敷の玄関に向かった。

玄関に置かれている振り子時計を見ると、すでに午後三時を回っていた。私は急ぎ足で台所に入り、お茶とお菓子を用意する。

そこへふわりとそよ風が立ち、スカートの裾をわずかに揺らした。気がつくと廊下側の入り口から、狭霧さんが姿を現すところだった。

「あ、狭霧さん、いらしてたんですね。すみません、お構いもできずに」

「こんにちは、真琴くん。気にしないでくれ。今日は少し妙なことになってしまったからね」

その含みのある言い方に、私は首を傾げた。狭霧さんは私がお茶の用意をしていることに気づき、あぁ、と一つ頷く。

「できればもう一セット用意してくれないかい？　千尋に急な来客でね」

「え……？　お客様が来てるんですか？」

けど、私はさっきまで屋敷の門の前にいた。口振りから高旗さんのことでもなさそうだ。神出鬼没な狭霧さんならともかく、普通の来客なら私が先に気づいているはず。

「何を隠そう、裏庭に潜んでいたところを私がとっ捕まえたのさ」

「と、とと、とっ捕まえた？　どういうことですか……？」

まさか、泥棒？　いやでもお客様なんだよね……。混乱しながらも、私はとりあえず言われた通り、お茶をもう一組用意する。狭霧さんは廊下の方へ肩越しに視線を送った。

「千尋と客人は今、応接室にいる。一緒に行こう」

「は、はい……」

「……すまなかった、そんなに怯えないでくれたまえよ。それに君と友人は一応知己(ちき)でもあるのだし」

私と狭霧さんは台所を出て、廊下を進み、この屋敷で唯一の洋間である応接室へ向かった。狭霧さんは応接室の前で踵を返し、

「あとは君と千尋に任せるよ。私は原稿の続きでも読んでいるから」

と、二階へ続く階段の方へ行ってしまった。

一方の私はドアをノックするのをためらっていた。だが先ほどの狭霧さんの言葉を思い出す。

知己――つまり、知り合いということだよね……？

私は一つ、大きく頷き、意を決してドアをノックした。

はい、と千尋さんの返事が聞こえてきたので、私はそっとドアを開けた。

室内には二人の男性がいた。一人はもちろん千尋さんだ。ソファに座り、難しい顔をして考えこんでいたが、私が入るや否や顔を上げる。

そしてローテーブルを挟み、千尋さんと向かい合って座っていたのは――。

「……久しぶりやんか」

退廃的な雰囲気を纏った瞳が私をちらりと見た。室内だというのに黒いロングコートを着たまま、腕と脚を組んでふんぞり返っている。およそ客人らしからぬ態度だったが、目の前の人物には不思議と合っている気がした。

「玲二（れいじ）、さん」

――久遠（くおん）玲二。それが、彼の名前だった。

思いも寄らぬ訪問者に呆然としていると、千尋さんが腰を上げた。入り口で棒立ちになっている私から、千尋さんはお盆を受け取った。

「ここは大丈夫です、真琴さん。戻っていてください」

「あ、でも……」

「――フン、別に取って食うわけやあるまいし」

私たちのやりとりに、玲二さんは冷めた眼差しを向けている。以前のような人を食った態度はなりを潜め、代わりにどこかつっけんどんな印象を受ける。

玲二さんは――千尋さんと同じ退魔士だ。

久遠家という退魔士の一族の生まれで、私の母方の実家――九慈川家の分家筋の人である。

「安心しぃや、またあんたを久遠に連れ戻そうとかそんなんちゃうわ」

九慈川家の正当な血を引く者は、今や私しかいないらしい。久遠家で私を『保護』するため、玲二さんはその遣いとしてやってきた。最初は私を娶ってまで命を果たそうと躍起になっていたけれど、私はそれを拒んだ。そして引き続き千尋さんのもとにいることで、英家の庇護下にある――というのが、今年の夏頃に起きた『とある事件』の顛末だ。

「なんや、その顔。まだ疑うとるんか。そもそも俺はもう久遠家の人間やない。家を出て、在野の退魔士になったからな。そこの千尋サンと同じっちゅうことや」

玲二さんは素っ気なくそう言うと、大儀そうに席を立った。

「茶はいらん。もうこっちの話は済んだ」

さらりと髪をかきあげ、玲二さんはドアに歩み寄ってくる。千尋さんはさりげなく私を背に庇いながら、玲二さんに問うた。

「どこへ行く？」

「言ったやろ。……線香上げに来たって」

私はその意外な言葉に思わず口を挟んでしまった。

「もしかして……遠原さんに、ですか？」

「それ以外、何があんねん」

玲二さんはふてくされたように足元へ視線を落とす。

――九慈川の生き残り、つまり私を連れ帰れ、という久遠家の命令とは別に、当時、玲二さんは退魔士としてあるあやかしを追っていた。小林鈴（こばやしりん）さんという名の鬼女だ。鈴さんは人に仇為（あだな）すあやかし――いわゆる妖魔ではなく、退魔士が倒すべき危険な存在ではない。しかし強大な力を持つゆえに、退魔士として名を上げようとした玲二さんに目をつけられた。

その鈴さんを庇ったのが、この屋敷の元の主・遠原幸壱さんだった。遠原さんは屋敷で鈴さんを匿（かくま）い、一年ほど共に暮らしていたのだという。だがそのうちに玲二さんに発見されてしまい、鈴さんは襲撃され、深い傷を負った。鬼は人を『喰らう』ことで回復できる。遠原さんは自らの命を鈴さんに差し出し、鈴さんを救った――。

こうして回想するだけで、胸が苦しくなる『事件』だった。唯一の救いは鈴さんが遠原さんの子をお腹に宿していたこと、今では母子一緒に仲睦まじく暮らしているということだ。

直接手を下したわけではないとはいえ、玲二さんが遠原さんの死のきっかけであることは間違いない。玲二さんはそれを気にして、こうして遠原邸にやってきたのだ。

私は千尋さんを振り返る。千尋さんは少しの間瞑目（めいもく）した後、頷いた。

「仏間に案内しましょう」

「分かりました。……玲二さん、こちらです」

私たちは連れ立って応接室を出た。玲二さんは無言ながらも、大人しくついてきた。

仏間は裏庭に通じる縁側に面した部屋だった。障子戸は閉められていて、気の早い冬の西日が淡く差し込んでいる。

開かれた仏壇の前に、私は来客用の座布団を置いた。そこでようやくコートを脱いだ玲二さんは正座し、本尊に一礼する。マッチで蝋燭に火をつけ、線香に火を移した。香炉に立てられた線香が細くゆらめく煙と共に、どこか懐かしい香りを漂わせる。玲二さんはコートのポケットから数珠を取り出し、手を合わせる。短い読経の前後にお鈴を鳴らし、火を消して、お参りを終えた。その一連の動作は流れるように美しく、玲二さんもまた神仏、ひいてはあやかしの近くに身を置く人なのだと、私は深く感じ入った。

立ち上がった玲二さんの横顔には少なくない翳りがあった。きっと玲二さんなりに後悔や葛藤があるのだと思う。自分が遠原さんを——結果的に、死に至らしめたことへの。

けれど遠原さんの死に関して、玲二さんを責めきれるかというと、私は少しためらう。

玲二さんが退魔士として名を上げようとしていたのは、鬼と人の間に生まれた『半人半妖』として蔑ろにされてきたからだ。つまり——玲二さんは千尋さんと似たような境遇だった。

違うのはただ一つ。千尋さんは家を出奔したが、玲二さんはあくまでも家に固執したことだ。意地、だったのだろう。自分を虐げていた久遠家を見返してやると。

——気持ちは痛いほど分かる。

私だって、頑張っていればいつか叔父さんたちは……私を愛してくれると思っていたから。

なぁ、と聞き慣れた鳴き声がした。俯いた視界の端にちらりと二つの白い尾が揺れていた。

見るとたまちゃんがいつのまにか部屋の隅から、じっと玲二さんに視線を送っていた。

「……こいつに死者の魂が宿っとったんやってな」

たまちゃんを眺めながら、玲二さんが呟いた。道すがら、狭霧さんから教えられたという。

そう、たまちゃんにはかつて、遠原さんの魂が宿っていた。前々から勘が良い子だとは思っていたが、全てはたまちゃんを通した、遠原さんの導きだったのだ。そして事件が収拾した後、遠原さんはその魂を現し、私たちに最後の言葉を遺して――天国へと旅立った。

玲二さんの言葉を肯定するように、なぁお、とたまちゃんが鳴く。玲二さんはしばらくたまちゃんを見つめた後、黙って部屋を出た。

全員が廊下に戻るなり、玲二さんは千尋さんに向き直った。

「さっきの忠告のことやけど、しっかり用心しときや」

忠告、用心。その不穏な響きに私は息を呑む。玲二さんは次いで私を見やった。

「久遠家で妙な動きがある。あいつらはあんたのことを諦めたわけやないっちゅうことや」

妙な動き……。そう聞いて、私は不安げに千尋さんを見上げる。

「真琴さん。それは、その――」

千尋さんが迷う素振りを見せると、それを制するように玲二さんが続けた。

「話しにくいんやったら、俺から話したるで。二度手間やし、オプション料金でどうや？」

話さなければ余計に私を心配させると思ったのだろう。少しの間の後、千尋さんは首を縦に振った。玲二さんは頷いて、語り出した。

「動きの中心人物の名前は——久遠美作。年齢は二十五歳。一応、当主の三男坊や」

玲二さんはつまらなさそうに視線を横へ逸らした。

「一応、っちゅうんは……美作の母親が妾やからや。その昔、当主が遠縁の娘に手を付けたらしくてな。ちなみに母親は美作を産んですぐ久遠家から逃げ出したが、数十年経ってから発見されて連れ戻された。結局は久遠家に軟禁状態のまま、病気で死んだらしいわ」

あまりの悲愴な出来事に、私は目を見開いた。小刻みに震える肩にそっと手が置かれる。千尋さんは私を慰めながら、軽く玲二さんを睨んでいた。

「はいはい、可憐な奥さんの前でエグい話してすいませんでした。……閑話休題。今、久遠家では水面下で跡目争いが起きとる。嫡男は言うまでもなく正当な後継者や。しかし今の当主の妻は次男の母親で、久遠家では絶対的な力を持っとる。これまた性格のキッツいオバハンでな、当主でも逆らえん。——しかし、肝心の妖魔討伐は退魔士筆頭の美作がほとんどやっとった。あれは頭も口もよう回るし、そもそも優秀な式神使いやからな」

「式神使い……？」

聞き慣れない言葉に首を捻る私に、千尋さんが注釈をつけてくれた。

「あやかしと契約して『使い魔』にする、それが『式神』です」

「美作は人形や動物、時には人間すら『傀儡』にできる術を会得しとる。——とにかく美作は不満なわけや。力はあるのに、三男で妾の子やいうだけで家を継がれへんことにな」

「だから私を——九慈川家の生き残りを狙ってるということですか……？」

玲二さんはばつが悪そうに眉根を寄せる。玲二さんもかつては、そうして久遠家の中で名を上げようとしていたからだ。

「……せや。アンタさえいれば久遠家は九慈川家を継いだも同然や。美作がそないな手柄を上げれば、長男と次男を出し抜いて、次期当主の座に躍り出る目はある。さらにアンタを嫁にでももろうて子供でも作れば、美作の地位は安泰やろな」

玲二さんの言葉に、胸の奥がざわついた。

叔父さんの家を離れ、この屋敷で千尋さんやあやかしと触れ合い――私は初めて、『人』として見てもらえた気がした。それこそ、今まではすげ替えの効く、便利な『道具』でしかなかったのだと思い知った。久遠家の内情は、その悲しい記憶を呼び起こすのに十分だ。

青い顔をして黙り込む私を見て、千尋さんは苦々しく吐き捨てる。

「相変わらず、退魔士の家はどこも変わらないな。誰も彼も権力を争って、他人を利用し、相手を蹴落とすことしか考えていない」

「……しゃあないんちゃうか。元々が狭い世界や。その中で力を失ったら、あとは片隅で小っさなって生きていくしかない。アンタみたいにすっぱり割り切れる方が珍しいわ」

退魔士の事情はよく分からないけれど、また私のせいで千尋さんに迷惑をかけてしまうかもしれないと思うと、心は重く沈んだ。どう謝ればいいのか、考えあぐねていると――千尋さんは私の方に向き直って、きっぱりと言った。

「――心配しないでください。真琴さんは俺が守ります、お約束します」

「千尋さん……」

幾度となくかけられた言葉は、まるで魔法のように不安を取り除いてくれる。自分の身を案じているというよりは、むしろ千尋さんに危険が及ぶことが恐ろしい。けれど千尋さんの言葉はどこまでもまっすぐだ。理由や根拠など飛び越えて、私に力を与えてくれる。

ふと、玲二さんが呆れた口調で割り込んだ。

「……千尋サン、アンタ、いつもそないなこと言っとるんかいな」

「当たり前だ。俺には真琴さんの身の安全を保証する義務がある」

「うわぁ……。もうええわ、ごちそうさん」

口をへの字に歪めると、玲二さんはそそくさと踵を返した。屋敷を辞するつもりであることはすぐに分かった。私は思わず引き留める。

「もう帰られるんですか？　せめてお茶だけでも。淹れ直しますから」

「……フン、けじめはつけた。他に用なんぞないわ」

つっけんどんにそう言い放つと、玲二さんは足を一歩踏み出そうとした。

そこへ玄関の方から、足音が近づいてきた。現れたのは焦った顔をした高旗さんだった。

「真琴さん、遅いですよ！　じいちゃんが早くしろってまた駄々っ子になってます。俺とさとりちゃんの言うことなんか聞きやしません！」

とそこで、高旗さんは千尋さんの他にもう一人の人物がいることに気づいたようだった。

「あれ、先生にお客さんですか？」

「……というか、高旗さん、なんでここにいるんです？」

千尋さんが湿った視線を高旗さんに向ける。高旗さんは完璧な営業スマイルを浮かべた。

「やだな、前にメール送ったじゃないですか。うちで出してる本をいくつか献本しますって」

「郵送してくださいと返事したはずですが……」

千尋さんは悪びれない編集者を前に、頭を抱えている。

一方、歩き出そうとしていた玲二さんはいつのまにか足を止めていた。何も気にせず帰ってもおかしくないのに、何故か高旗さんをじっと見つめている。

「……あんた、どこかで会わんかったか？」

「へ？」

その意外な言葉に高旗さんはもちろん、私も目を丸くした。どうやら心当たりがないようで、高旗さんは助けを求めるように私を見やった。

「あ、こちら、久遠玲二さんです。その、千尋さんを尋ねてこられたお客様で……」

どう説明していいか分からず、語尾が萎む。高旗さんは考え込むように俯いた。

「……久遠――」

そしてしばしの後、再び顔を上げた時には例の営業スマイルに戻っていた。

「ああ、先月の新人賞受賞式ではお世話になりました」

「……勘違いやったみたいやわ」

高旗さんが適当に話を合わせようとしたのを看破した玲二さんは、今度こそすたすたと去っていってしまった。黒いロングコートの背を見送りながら高旗さんは唇を尖らせた。

「なんすか、あれ。感じ悪い」

「あ、あはは。そういう方なんです」

そこへ庭の方から「たーかーはーたー！」とさとりちゃんの呼び声が聞こえた。

「あっ、んなこと言ってる場合じゃない。英先生、ちょっと来てください」

「え、嫌です」

「千尋さん、お忙しい中すみません。私からもお願いします」

「……真琴さんがそう言うなら」

眼鏡の弦にちょいっと触れつつ、千尋さんは私たちについてきてくれた。

庭に出ると、桜の樹の下で木霊さんが地面に突っ伏して泣いていた。

「うおーん！　どうせわしなんてわしなんて」

「あ、おじいちゃん、ちひろきたよ」

「ひええええっ、ご、ご主人様殿!?」

千尋さんに妙な呼び方をしつつ、木霊さんは見事なステップで後方に飛んだ。樹の幹の陰に隠れている木霊さんを見て、千尋さんは弱り果てたように私を振り返った。

「で……。なんでしょうか」

私はかいつまんで事情を説明した。木霊さんは声を震わせて、千尋さんに尋ねる。

「ご、ごごご、ご主人、なんとかなりませぬか……？」

「要するに犬から人の姿に変えればいいんですか？」

「ひいいっ、そうです、あいすみませぬ、祓わないで！」

千尋さんと目が合った途端、木霊さんはまた樹の陰に隠れてしまった。千尋さんは溜息をつきながら、シャツの胸ポケットから呪符を取り出す。

「幻惑の類というか、一時的に幻のような外観を纏わせることはできます。それでいいのなら。でもあやかしの外見は様々ですし、こんなこと必要あるんでしょうか」

「それは私もそう思うんですけど……。ただ、今の木霊さんと樹子さんだと『ペットと飼い主』になりかねないと仰ってて」

「……まぁ、否めませんね」

「もうめんどくさいですし、じいちゃんの言う通りにしてあげたらいいんじゃないですか？」

「はぁ」

高旗さんにそう言われるのに、多少納得がいっていないのか、千尋さんは眉を顰めていたが、やがて木霊さんに歩み寄る。木霊さんはぱっと前足で顔を隠し、尻尾を震わせていた。

「ひいいっ、お、お願いいたしまする、ひいいっ」

「……あの、こっちを向いてくれませんか？」

千尋さんに諭され、木霊さんが恐る恐る顔を上げる。千尋さんは木霊さんの額に呪符を張り付け、口の中で小さく呪文を唱えた。

　すると呪符が発光し、その光が木霊さんの体全体に広がっていく。

「わ、わわわっ？」

　目も開けていられない光量の中、木霊さんの戸惑った声だけが響く。私は眩しさに耐えきれず思わず目元に腕をかざした。

　そして、光が収まった頃には——見知らぬ老紳士が立っていた。

　背が高く、しゃんとした佇まいをしている。白いスーツに白いタートルネックのセーター。頭には白いキャスケット。その真っ白づくしの姿になんとか木霊さんだと分かった。

「お……おお、おおおうっ！」

　木霊さんは興奮した様子で自分の姿を顧みる。私と高旗さんは顔を見合わせて、その変貌ぶりに驚いていた。一方、千尋さんは冷静に忠告する。

「あくまでも幻惑の類にすぎませんし、今日限りの姿です。それから多少、あなたの霊力を消費しているので無理はしないでください」

　それは果たして木霊さんの耳に届いていたのか。ロマンスグレーな紳士は、外見に似合わず、子供のように諸手を挙げて喜んでいる。

「ひゃっほう、早速樹子どののところに赴かねば！　皆々様、これにて失礼！」

「あ、こ、木霊さん……！」

「ちょ、じいちゃん、待てって——あーもう！」

　ばたばたと屋敷の中へ走り去っていく老紳士を、高旗さんが慌てて追いかける。私は為す術もなく、彼らの背中を見送った。

「千尋さん。木霊さんの霊力が消費されている……って、大丈夫なんでしょうか？」

「まぁ、微々たるものですし、今日一日はしゃぐ程度なら問題ありません」

「そうですか、良かった……」

　私はその言葉を聞いてほっと胸を撫で下ろす。千尋さんが言うなら、間違いないだろう。

「真琴さん」

　用事が済み、すぐ屋敷の中へ戻る――と思いきや、千尋さんはその場に留まったままだった。私に呼びかけて、でもすぐに続けず、左右に視線を彷徨（さまよ）わせている。

「千尋さん？」

「その、また高旗さんが迷惑をかけているみたいで……すみません。大丈夫ですか？」

　高旗さんが初めて来た時、この屋敷へ居座ったように私につきまとっていると勘違いしているらしい。私は笑顔で首を横に振った。

「とんでもないです。今回は木霊さんの恋路を一緒に応援してもらっているんですよ」

「けど……。あの人、押しが強いし、真琴さんが困っていないか心配で」

「大丈夫です。結構、高旗さんとは仲良くなれましたから。むしろ頼りにしているくらいです。あやかしのみんなとも仲良くなってるし――」

　そこまで言って、私は気づいた。千尋さんが口に手を宛（あて）がって、じっと足元を凝視していることに。てっきり安心してくれるとばかり思っていたから、私は驚く。

「千尋、さん？」

「……いえ……」

千尋さんは首を軽く振ると、緩慢な動作で踵を返す。

「分かりました。俺は書斎にいますので、何かあったらすぐ教えてください」

「あ……はい」

「すみませんが、後はよろしくお願いします。では」

千尋さんの背が遠ざかっていく。なんとはなしに見守っていると、さとりちゃんがすいっと頭上から近づいてきた。

「ねえねえ、まこと。おじいちゃん、しんぱいだからみにいこうよ」

「あっ、そうだね」

木霊さんに万一のことがあったら怖いし、樹子さんだって本調子ではない。お邪魔虫かもしれないけれど、ここは見守らねばならない。

「まこと、こっちこっち」

さとりちゃんに手招きされて、私は居間の縁側を見た。そこには老紳士に姿を変えた木霊さんと樹子さんがいる。早速、縁側に並んで、お喋りをしているようだ。

「あ、たかはたがいる。あそこにかくれよう」

さとりちゃんに連れられるまま、私は縁側近くの植え込みに近づいた。そこにはすでに高旗さんがいて、じっと二人の様子を隠れて見守っている。

「二人とも遅いっすよ。ほら、あれ」

高旗さんが縁側を指差す。完全なる覗き見に、罪悪感が募る。が、やはり木霊さんと樹子さんのことを心配する気持ちが勝った。

「それにしても驚きましたわ。まさかあなたがあの木霊さんだなんて」

「ははは、先刻は失礼致しました。あの老犬は仮初(かりそ)めの姿、本当のわしはこちらなのですよ」

完全に見栄を張っている……。しかし、何も知らない樹子さんは微笑みを浮かべた。

「あらまぁ、そうなのですね。白い犬の姿も、今の姿も、どちらも素敵ですわ」

「えっ……。いや、ははは……それはそれは。えへへへ」

木霊さんの目尻は嬉しそうに垂れ下がっており、渋い老紳士の仮面が今にも外れそうだ。

「それにしても風光明媚(ふうこうめいび)な場所ですわねぇ……。木霊さんはずっとここにおられたの？」

「ええ、四代前のご当主が桜の樹を欲して、わしがここに植え替えられたのですよ。樹子どのは長谷文学館の柱……でしたかな？」

「……はい、そうです。といっても飾りの『逆柱』なのですけれど」

「ええ、『守り神』と聞きました。心優しい樹子どのにふさわしいお役目ですなぁ。いつか私も樹子どのの依り代を見に行きたいものです」

「そうですね……。それが叶えばどんなにいいか」

「約束ですぞ。必ず会いに行きますともっ」

「……ふふ、ありがとうございます」

茜色に染まる景色の中、そうして微笑み合う二人は――恋人、いや、同じ年月を重ねた本物の夫婦そのものに見える。高旗さんが不意に嘆息し、立ち上がった。

「……あほらし。心配するだけ損だったみたいですね。俺、英先生のところに行きます」

「えっ、でも千尋さん、お仕事中で……」

「うちか翠碧舎、どっちの仕事か分かんないでしょ。天馬書房のお目付役ですよ」

「――ふうん、随分と過保護な編集者なんだねえ、君は」

悪戯（いたずら）っぽく笑う高旗さんの背後に、いつのまにか人影が生まれていた。ぎょっとして高旗さんが振り返る。そこには狭霧さんが仁王立ちしていた。

高旗さんは乾いた笑いを響かせる。

「あ、あはは。……じゃ、そういうことで！」

「何がそういうことで、だ！　逃げるな！」

逃げる高旗さんを追いかける狭霧さん、どちらも激しく足音を立てて去って行く。私は木霊さんたちに気づかれないかとひやりとしたが、縁側の二人はまるで周りなど見えていないかのように、見つめ合い、言葉を交わしていた。

「わたしたちももどろっか、まこと」

さとりちゃんの言う通りだった。私は足音を殺して、そろそろとその場から離れる。

玄関に辿り着くなり、私は深い息をついた。緊張感が消え、胸のうちには微笑ましい光景だけがほんのりとぬくもりを残す。

なんだか……本当の夫婦みたいだったな。

――私と千尋さんとは違って。

自分の呟きが、ちくりと胸の端を刺す。私は傷を手当てするように胸を押さえた。

……私たちはこの家を守るための、契約夫婦だ。本物の夫婦は、きっとああして同じ時を重ねて、想い合って結婚して、人生を共に歩むんだろう。

――だから。

もし、千尋さんが本当に想う人が現れたなら。

私は……すぐにここを出て行かなければならない。

もちろん生活面の不安はある。それまでになんとか自分一人で生きていける力を身につけなければならない、と決意する。

けれど、それとは別に――。

どうしてだろう。いつか来るその時のことを思うと、泣き出したくなってしまうのは。

思考の淵に佇んでいると、不意に大きな溜息が聞こえた。

「はあ……」

「どうしたの、さとりちゃん？」

さとりちゃんはしばらく私を見つめていたが、やがてゆるゆると首を振る。

「……まことはおじいちゃんのらぶらぶだいさくせんをてつだってるばあいじゃないとおもう」

「え、えっ？　どうして」

「どーしてだろうねー」

そう言ってはぐらかすと、さとりちゃんはすいっと泳ぐように舞い上がって天井の上へと消えた。私は訳が分からず、ひたすら首を捻るしかなかった。

午後四時を過ぎた辺りで狭霧さんは会社に戻っていった。どうしても外せない会議があるらしく、夜も遅いのだとか。私が余り物でお弁当を作ると、大層喜んでくれて、

「新妻のお弁当があれば、私は会議だろうとなんだろうと乗り越えてみせる！」

と、喜び勇んで出かけていった。

私は狭霧さんを見送ってから、再び台所に立った。コンロやシンクが、窓の磨り硝子から透ける夕焼けに染まっている。私は冷蔵庫の中身を確認し、本日の夕飯の献立を決めた。

あらかじめ浸水してあったお米を土鍋に移し、火にかける。その横で私は鎌倉野菜として売られていた紫小松菜を細かく刻み始めた。『むらさき祭』という品種だ。その名の通り、葉や茎が紫蘇のように赤紫色になっている。えぐみが少なくて、食感がいい。茹でるとせっかくの色が抜けてしまうので、私は味付けして炒め、菜飯の具材にすることにした。

お味噌汁はシンプルに豆腐とわかめにした。簀巻きで形を整えた出汁巻き卵が、一口大に。

魚焼きグリルで焼いているカマスの一夜干しの様子を見ていると、廊下側の扉がすらりと開いた。

「めっちゃ良い匂いしますね」

やってきたのは高旗さんだった。私はグリルを閉じ、顔を上げる。

「お疲れ様です。高旗さん、お夕飯食べていかれますか？」

「え、いいんすか？　是非是非！　……あー、ところで、どうなりました？」

「どうって……何がです？」

「ほら、じいちゃんのことですよ。あの……『らぶらぶ大作戦』とやらです」

その意外な言葉に、私は菜箸に伸ばしかけた手を止めた。高旗さんなりに気にしていたらしい。自然、唇が弧を描いた。

「……なんで笑うんすか」

「ふふ、なんでもありません。木霊さん、楽しそうでしたよ」

むうっと口を尖らせた高旗さんは、すたすたと私の方に歩み寄ってきた。そしてまな板に置いてあった出汁巻き卵をひょいっと一つ摘まんでしまう。

「あっ」

「バカにされた慰謝料(いしゃりょう)です」

そんなことないんだけどな……。眉を下げる私の隣で、高旗さんは「うまー」と出汁巻き卵を頬張っている。

「んもう……」

と、私がぼやいたところで、再び台所の扉がすらりと開いた。湯呑みを持った千尋さんが現れる。

「あ、千尋さん。お疲れ様です」

ちょうど高旗さんの陰に隠れてしまっていたので、私はひょっこりと顔を出した。高旗さんも私と同じように千尋さんを振り返る。千尋さんは私たちを見て、数度目を瞬かせてから、何故かぎゅっと唇を引き結んだ。

「先生、翠碧舎の方の原稿、一段落つきました？」

「……ええ、まぁ」

千尋さんは短くそう返答した。何か台所に用事があるのだと思ったのだけれど、それ以上動こうとしない。私は千尋さんの手の中にある湯呑みが、空っぽなのに気づいた。

「もしかしてお茶ですか？　今、淹れますね」

「あぁ……すみません」

私は鉄瓶に水を入れて火に掛けた。千尋さんの湯呑みを受け取り、新しいものと替える。

「真琴さーん、出汁巻き卵、もう一個食べていいすか？」

「あ、だめです。めっ！」

小さな子供を叱るように、高旗さんの手を掴んで止める。これ以上つまみ食いされたら夕食に出す分がなくなってしまう。出汁巻き卵は千尋さんの好物なのだ。今日だってお弁当に入れたら、いの一番に食べてたし。

「ちぇー」

高旗さんはいたずらを見破られた子供のように笑う。そうこうしているうちに鉄瓶が高い音を上げた。私は火を止め、茶葉を淹れた急須に湯を注いだ。熱い緑茶と落雁(らくがん)を二個添えて、お盆に載せる。

「お待たせしました。書斎まで持って行きますね」

「いえ……お構いなく。自分でします」

千尋さんは伏し目がちに言った。声に覇気がないのが気にかかった。やはりお疲れなのだろうか。私が何か言おうと口を開く前に、高旗さんが私たちの間に割って入った。

「お盆なら俺が持って行きますよ。先生、ついでに新作の話、詰めましょうか」

千尋さんはぎゅっと眉根を寄せた。

「今日はもう業務終了です。これ以上仕事させる気なら、残業代申請しますよ」

「作家は自営業でしょうよ……」

ぶつくさと言いつつ、二人は台所から廊下へと去っていく。閉まった扉を眺めながら、私は独りごちる。

「やっぱり千尋さん、元気なかったような……」

普段より肩が落ちていて、目に力がなかった気がする。お仕事がまだまだ忙しいみたいだ。せめて落雁の糖分が、疲労に効けばいいけれど——。

「まことはもうちょっと、そうぞうりょくをはたらかせたほうがいい」

視界の端にひらりと白いワンピースの裾が舞った。さっきどこかへ消えたはずのさとりちゃんだった。

「想像力？」

「うん。さっきのばめん、ぎゃくだったらどうおもうかとか」

言われて、私は少々混乱した。逆？　つまり千尋さんがご飯の支度をしてて、高旗さんが作家の先生で、私がその担当編集者で……ええとええと？

「それはぎゃくじゃなくてごちゃまぜ」

さとりちゃんは苦笑しながら、そのまま窓の外へすうっと溶けるように消えた。結局、さとりちゃんの言わんとしていることが分からず、私はしばらく戸惑うことになった。

夕食の準備が整う頃にはすっかり日が暮れていた。私はさとりちゃんの言葉の意味をずっと考えていたが、ついぞ答えは出なかった。

夕飯まではまだ時間がある。気分転換に、一旦、庭へ出た。草木が多い庭も、冬は枯れ枝が目立つ。夕暮れと宵闇が混じり合う空の色が、庭を一層侘(わび)しく感じさせた。

びゅうっと強い風が吹いて、私は思わず身震いした。空気は冷たく、呼吸すると鼻の奥がつんと痛む。あまり長居すると風邪を引いてしまうかもしれない。屋敷の中に戻るべく踵を返そうとしたところへ、大きな声が響いた。

「――そんな、樹子どのっ！」

　振り返ると、すっかり葉が落ちた桜の樹の下に、木霊さんと樹子さんが立っていた。声を荒らげたのは木霊さんの方で、老紳士の人影が動揺（どうよう）したように一歩後じさる。向かい合った樹子さんはワンピースの袖をぎゅっと掴み、俯いていた。

「う、嘘だ。嘘だと言ってくだされ」

「……ごめんなさい、木霊さん。残念ながら本当のことなんです」

　樹子さんはようやく顔を上げた。その表情は悲しげな微笑みに彩られている。

「最後に、あなたに会えて本当に良かった。……さようなら、木霊さん」

　確固たる口調でそう告げると、樹子さんの姿は風と共に消えてしまった。木霊さんはとっさに手を伸ばすが、樹子さんはすでにいない。

　空を切った手を、木霊さんは固く――固く、握りしめている。

　樹子さんの身に何が起こったのか。特に『最後』という言葉が、不穏な影を落とす。金縛りに遭ったように動けなかった私はようやく我に返って、木霊さんに駆け寄った。

「木霊さん、どうしたんですか？　何があったんですか……!?」

　白いスーツ姿の老紳士は答えなかった。しゃんと伸びていた背中が、今は力なく丸まっている。握り拳が震えて、腕や肩までをも小刻みに揺らしていた。

「木霊、さん……？」

「……放っておいてくだされ」

木霊さんはふいっと顔を背け、桜の樹の下に向かった。そして幹の中へと還ってしまう。

一人残された私は、しばし呆然としていた。

しかし突っ立ってる場合ではない。私は急いで屋敷の中に取って返した。

玄関で外履きを脱ぐのももどかしかった。小走りに廊下を進み、二階へ上がる。千尋さんの書斎に辿り着くと、襖越しに声をかけた。

「千尋さん、真琴です。今、少しお時間いいですか？」

声に緊張が漲っていたのだろうか、千尋さんはすぐに襖を開いてくれた。

「どうしました？」

「あの、その……」

だというのに、いざとなるとさっき見た光景を私はうまく説明できなかった。切羽詰まった私の表情を見るや否や、千尋さんは優しく私の肩に手を置いた。

「落ち着いて。とりあえず中へ」

触れた部分から千尋さんの体温を感じる。そのぬくもりを頼りに、私はなんとか冷静さを取り戻した。

「あれ、どうしたんすか、真琴さん？」

仕事の打ち合わせをしていたのだろう。タブレットに表示されていた資料を見ていた高旗さんも何事かと私の方を見ていた。私たちは畳の上に座り、膝を突き合わせた。

そして私は支え支え、さっきの庭での出来事を二人に話した。千尋さんが思案げにあごに手を当てる一方、高旗さんは眉をひそめた。

「……フラれちゃったんですかね？」

口調は軽さを装っていたが、木霊さんへの心配が滲み出ている。

そこへ襖がすらりと開いた。一同の視線がそちらに集中する。立っていたのは他でもない樹子さんだった。

「失礼いたします、皆様方」

樹子さんは一歩だけ室内に入ると、その場で膝を折り、畳にぬかずいた。

「……ここに来たのは他でもありません。皆様にお別れを言いに来ました」

えっ、と声を上げたのは、私と高旗さんだけだった。千尋さんはまるで始めから予期していたように、落ち着き払った口調で言った。

「やはり――あなたはもう『逆柱』ではいられなくなるのですね」

「ええ、ええ……。その通りでございます」

樹子さんは震える声で肯定する。私はたまらず千尋さんに尋ねる。

「ど、どういうことですか？」

「文学館の館長さんが『明日、改修工事を行う』と言っていましたよね。あれは多分、樹子さんを……逆柱を取り外すのではないかと」

「で、でも！　樹子さんは『守り神』なんですよね？」

「何せ昔の風習ですから。館長さんが知らなければ……逆柱はただの飾り。その上、古くて妙な音がするとなれば、撤去するという考えに至るのは自然です」

「そんな……」

樹子さんは全て納得しているかのように、たおやかな笑みを浮かべている。それが千尋さんの推測を裏付ける証拠になっていた。

「私のお役目はもう終わったのです。あそこは私が第二の生を受けた大切な場所。今日の今日までその守護を全う（まっと）できたこと、誇りに思います」

そこで、黙り込んでいた高旗さんが口を開く。

「じゃあ、じいちゃんはばあちゃんからそれを聞いて――」

「ええ、ええ。木霊さんとは浅からぬ縁がありますので、先にお話しさせていただきました。納得は、していただけませんでしたけどねえ……」

樹子さんは悲しげに顔を伏せた。

儚い薄暮が窓を照らしている。日はとうに鎌倉の山の稜線（りょうせん）に沈み、夕焼けとも夜闇ともつかない、曖昧模糊（あいまいもこ）な――光景。

「――黄昏、か」

千尋さんが窓の外を見やった。黄昏時――逢魔が時。ふいに嫌な予感が全身を駆け巡る。

「真琴さん、木霊は樹に戻ったと言っていましたよね」

「は、はい、そういう風に、見えました……けど」

「捜した方が良さそうです。万が一、自棄（やけ）を起こしていたら……」

眼鏡のブリッジをくいっと上げながら、千尋さんが立ち上がる。私と高旗さん、それに樹子さんも、半ば反射的に千尋さんにならった。

「じいちゃん……」

高旗さんが苦々しく呟く。彼は誰よりも早く書斎から飛び出した。私たちはそれを追いかけるようにして、庭へ出て、桜の樹へ向かった。

「おい、じいちゃん、いたら出てこいよ！」

高旗さんが呼びかけても返事は一向になかった。千尋さんはごつごつとした樹の幹に手を当てて、目を閉じた。

「ここにはいないようです。木霊の霊力が感じられません」

「そんな……。急いで捜さなくちゃ」

私たちは手分けして、敷地内を捜し回った。庭はもちろん、屋敷も納屋も――。けれど、どこにも木霊さんはいない。私たちは一旦、玄関に集まった。

「こんだけ捜していないってことは、屋敷の中にはいないんじゃないですか？」

高旗さんの憶測は、誰しもが頭に思い浮かべていた。私は不安げに千尋さんを振り返る。

千尋さんは考え込むようにあごへ手を当てた。

「ただ木霊はそれほど強力なあやかしではありません。依り代である桜からそう遠くにはいけないはず。なのに、どうして……」

「先生、理由はこの際、後でもいいじゃないですか。……ああもう、じいちゃんが行きそうな場所っつったらどこだ？」

がしがしと髪の毛を掻き回す高旗さん。そこで私ははっと気がついた。

「もしかして……木霊さんは、文学館に向かったんじゃないでしょうか？」

「真琴さん、文学館って……まさか」

「はい。樹子さんの……逆柱を撤去する工事を止めるために」

考えたくはないけど、その可能性はおおいにある。

あやかしの――人知を超えた力を使って。それこそ無理矢理にでも、樹子さんを救うために。

「ああ、私があんなことを言わなければ……！」

樹子さんは青ざめ、震えている。千尋さんは高旗さんを振り返った。

「高旗さん、すみませんが至急タクシーを呼んでください」

「わ、分かりました。……って、先生はどこ行くんです？」

「――少し、着替えをします」

そう告げて、千尋さんは屋敷の中へ戻っていく。私は心臓が嫌な音を立てるのを聞いた。

千尋さんはあの衣装を着るつもりだ。

私の脳裏に浮かぶのは、黒に近い紫色の高貴な衣装だった。同じ色の着物と羽織、そして両手には手甲。羽織には薄く星形の透かしが入れてある。

それは千尋さんが『退魔士』として、あやかしと対峙（たいじ）するときの衣装だ。

退魔士とは人に仇為すあやかし――『妖魔』を退治する者のことを言う。

千尋さんが退魔士の衣装を纏うということは、つまり――。

木霊さんが……人を傷つけてしまうおそれがあるかもしれないということだ。

玄関に重い沈黙が落ちる。それを破ったのは、タクシーの手配を終えた高旗さんだった。

「二人とも顔を上げてください。じいちゃんが妙な真似したら、俺が殴ってでも止めますよ」

高旗さんは強い決意の表情でそう断言した。私はその言葉を信じて、そして木霊さんの無事を願って――大きく頷いてみせた。


法定速度ぎりぎりまで飛ばしたタクシーが、長谷文学館の正面に滑りこんだ。ゆっくりと自動でドアが開くのももどかしく、私はわずかな隙間から転がるように飛び出した。

閉館時間を過ぎた文学館の敷地は、夕闇の中、静かに佇んでいた。敷地の背後に広がる山の森は、あやふやな黄昏色にその輪郭を溶かし込んでいる。まるで闇が文学館ごと飲み込んでしまいそうな迫力に、ごくりと固唾を呑む。

最後に降りてきたのはタクシーの支払いを終えた千尋さんだった。助手席から出てきた姿は、やはりあの退魔士衣装だ。こちらも周囲の闇と一体化してしまいそうなほど昏い。樹子さんは千尋さんが本格的な退魔士の姿となってから、少し怯えた様子で私の影に隠れている。

無理からぬことだと千尋さんは言っていた。高旗さんはというと、時代錯誤な千尋さんの恰好に少々面食らっていた。

　排気音と共にタクシーが遠ざかっていく。千尋さんは羽織を風になびかせながら言った。

「――行きましょう」

　一同は千尋さんを先頭に文学館の正門へ急ぐ。門は当然施錠されていた。正門のすぐ傍にある管理部屋にも明かりはついていない。他、来客用のインターホンも見当たらないため、千尋さんは袂からスマートフォンを取り出して、電話をかけた。

「もしもし、遅くにすみません。英と申しますが、館長さんですか？」

　どうやら文学館の館長さんが電話口の相手らしい。二言三言会話した後、千尋さんは電話を切った。眉間には深い皺が刻まれている。

「すでに工事業者が来ているそうです。明日の打ち合わせして、手が離せないと」

「じゃあ……中に入れないんですか？」

　私が不安げに問うと、千尋さんは首を振った。そして懐から手のひらほどの紙片を取り出す。千尋さんが紙片を空中に投げると、それは流動する水銀のような球体になった。球体はそのまま正門の向こう側へ飛び込み、ふわふわと浮遊する。そして鍵に形を変え、ひとりでに門へ近づいた。かちゃり、と音がして、門が開いた。

「立派な不法侵入じゃないですか、先生」

「厳然たる緊急措置です」

　高旗さんが呆れるのに、千尋さんは律儀に言い換えながら、敷地の中へと入っていく。わずかに躊躇いながらも、私たちは千尋さんを追った。

すでに日が沈みかかっている。正門から本館へと続くなだらかな坂は森に囲まれており、冷たい冬の風が吹くたびに、黒く塗りつぶされた木々がまるで一つの生き物のようにうごめく。途中、短いトンネルを抜ける。今日の昼間来たときは美しい森に囲まれた景観を楽しんだが、今はトンネル内部で反響する足音がただ不気味だ。

私は千尋さんの袂にすがりつきたい衝動を我慢しながら、歩を進める。

やがて左手に本館やバラ園が見えてきた。外灯に照らされた庭園から、館長さん他、数人の工事業者の人たちと思われる一団が、外から本館の三階を眺めて何かを相談している。

そこに木霊さんの姿はない。胸の内に安堵と落胆が同時に生まれた。とすると、私たちの予想は見当違いで、木霊さんはここではない別の場所にいるの——？

「あれ、英先生……？」

館長さんが私たちに気づいた。そして千尋さんの羽織姿を見て、目を丸くしている。

「すみません、その、これには理由（わけ）がありまして——」

千尋さんが館長さんに事情を説明しようと、口を開いた瞬間だった。

「——今すぐ工事をやめてくだされ」

毅然（きぜん）とした声が庭園に響いた。

私たちは弾かれたようにそちらを振り向く。冷たい外灯の光に浮かび上がっていたのは、白いスーツを着た老紳士だった。

「じいちゃん！」

「木霊さん……！」

高旗さんと樹子さんが叫ぶ。木霊さんは逢魔が時の中、外灯の下で演説するように朗々と声を響かせる。

「この建物の『守り神』たる逆柱を取り払うこと、あいなりませぬ」

木霊さんは鋭い眼光を館長さんに投げかける。木霊さんは意識して人の前に姿を現しているようだ。突然、現れた見知らぬ老人に、館長さんはただただ狼狽（ろうばい）していた。

「ま、守り神？　逆柱？　何を仰っているのですか、ご老人……。私たちはただ、来館者の安全のため、古くなった要らない柱を撤去しようと――」

「そのような狼藉（ろうぜき）、わしは決して許しませぬぞ！」

私はびくりと首を竦める。木霊さんの目が見開き、こめかみに青筋が浮かんでいる。こんなに激高した木霊さんを初めて見た。穏やかで少し臆病な普段の面影はどこにもない。

「言葉で分からぬなら、その身に思い知らしめるまで。この館を守り続けた樹子どのの恩を仇で返すとなれば、わしとて看過（かんか）できませぬ！」

瞬間、木霊さんの双眸が血のように赤く染まる。私はとっさに叫んだ。

「駄目です、木霊さん！」

言葉は届かなかった。木霊さんは館長さんたちに向かって、勢いよく手を突き出す。

私たちがいる一帯に、突然の暴風が吹き荒れた。

逢魔が時の薄闇に、美しい――怖すぎるほど美しい、季節外れの桜吹雪が舞い踊る。

瞬間、ごぼり、と地面が音を立てた。通路のアスファルトが割れ、中から太い木の根が何十本も現れる。

「きゃっ……！」

「真琴さん！」

地割れに足を取られて転びそうになった私を、千尋さんの力強い腕が支えてくれる。

「うわあ！」

「な、何が……！」

館長さんたちが口々に悲鳴を上げた。木の根が次々と彼らへ殺到する。

「――四方結界（しほうけっかい）、急々如律令（きゅうきゅうにょりつりょう）！」

千尋さんが複雑な手印を結ぶ。透明な壁が、襲い来る木の根から館長さんたちを守る。

「な、な……！」

逃げ出そうと背を向ける人、その場で腰を抜かす人――館長さんや業者の人たちの反応は様々だった。しかし木霊さんは容赦なく、もう一度木の根の大群を差し向ける。

「樹子さんを喪わせはせぬ！」

木の根が互いに絡み合い、まるで大きなドリルのようになる。それは館長さんたちの頭上に昇り、そこから一気に急降下した。

「ノウマク・サンマンダ・バザラダン――、カンマン！」

すべて聞き取れないほど口早に、千尋さんが何かの呪文を唱える。館長さんたちの頭上に到達しかけた木の根が突如、先端から炎に焼かれていく。

「ぐ、うううっ……！」

木霊さんが苦悶（くもん）に呻いた。血管の浮いた老人の手の甲がひび割れ、古い塗装みたいに皮膚がぼろぼろとはがれていく。それは手だけにとどまらない。頭髪、鼻梁、頬、服や靴に至るまで、千尋さんが纏わせた幻影が崩れていく。

「じいちゃん、やめろ！」

逃げ遅れた工事業者の人を助け起こしながら、高旗さんが制止の声を上げる。しかし木霊さんはそれでも力を振るい続ける。

うごめく木の根の動きを制しながら、千尋さんが訝しげに呟く。

「おかしい……。木霊がこんな力を持っているはずがない」

「どういうことですか？」

「元来、木霊は力の弱いあやかしです。このような大事は起こせないはずなんです。たとえ起こせたとしても霊力が尽きてとっくに消滅していてもおかしくない」

「じゃあ、どうして……？」

「外から誰かが木霊に干渉し、霊力を供給している……？　いや、でもそんなことが――」

千尋さんは独り言のように呟く。しかし途中で考えている場合ではない、というように小さく首を振った。

「今はともかく木霊を止めます。――たとえ力尽くでも」

それは退魔士として、ということ――？　打ちひしがれる私の傍で、樹子さんが泣き叫ぶ。

「木霊さん、もうやめてください！　このままではあなたが祓われてしまうわ！」

「樹子どの、あなたを救うことができるのなら、わしは一向に構いませぬ！」

「いやっ……お願い、やめてください。やめて！」

樹子さんは顔を覆い、泣きじゃくっている。

刹那、私の脳裏に木霊さんとの日々が巡った。

私に毎朝、挨拶してくれる木霊さん。

桜の樹をいっとう大事にしている木霊さん。

ちょっと怖がりで、でもお茶目で、可愛らしい――本当の、おじいちゃんのような。

このまま木霊さんとお別れするなんて、私も絶対に嫌だ。

――止めるんだ、なんとしてでも。

私は足に力を入れた。それを察した千尋さんが、肩越しに振り向く。

「俺の後ろにいてください、危険です」

「……ごめんなさい、千尋さん。私、木霊さんを説得しに行きます。絶対にお別れなんてしたくないんです」

「真琴さん、しかし……」

「お願いです、もう少しだけ時間をください！」

まっすぐに千尋さんを見つめる。ふと、千尋さんの視線が右に逸れた。気がつくと、私の隣に高旗さんが立っている。

「俺も行きます。いい加減、あのジジイには頭にきてんすよ。わがままで意地っ張りで人の言うことなんてなんにも聞かない。やになりますよ、ほんと」

「高旗さん……」

「行きましょう、真琴さん。俺らで目ぇ覚まさせてやりましょうよ」

「――はいっ！」

私は力を込めて頷いた。刹那、千尋さんの瞳が、風に煽られた湖面のように大きく揺らいだ。しかしそれも一瞬のことで、千尋さんはぎこちなく頷き、了承の意を示した。

「こっちです！」

高旗さんに手を取られ、私は駆け出した。木霊さんに気づかれないよう、庭園に入り、背後に回り込む。

声が届く距離まで詰めたところで、私は思いきり叫んだ。

「木霊さん、もうやめてください！　こんなの樹子さんのためになりません！」

白いスーツの背は欠けたパズルのようになっていた。向こうの景色が透けて見えるのに、ぎくりと背筋を凍らせる。消滅してもおかしくない、という千尋さんの言葉を思い出す。

「このままじゃ、木霊さん自身も危ないいんです……。私……木霊さんに会えなくなるなんて、嫌です！」

木霊さんの背中は黙して語らない。私の頬には、いつのまにか涙が伝っていた。やめて、お願い、と何度叫んでも――声は、想いは、届かない。

声が嗄れて咳き込んだ隙に、高旗さんが唸るように呟いた。

「……いい加減にしろよ、馬鹿野郎」

そのままなんの躊躇いもなく、すたすたと木霊さんに歩み寄っていく。桜吹雪と暴風の中、黒いスーツの裾がばたばたとはためいた。

「ばあちゃんが言ってたぞ、ここが大切な場所だって。それを壊すのか、あんたは」

高旗さんがあと数メートルのところまで近づいた時、ようやく木霊さんは口を開いた。

「……あやかしの孤独は、人の子には分からん。大地に根を張るものに宿り、どこにも行けぬ、誰にも会えぬ孤独を」

木霊さんは苦しげな声音で、高旗さんの言葉に応じる。桜の花弁が一片、高旗さんの頬を掠めた。まるで刃物で切られたかのように、高旗さんの頬に一条の赤い傷がつく。

「わしは……やっと再会できた樹子どのを喪うわけにはいかぬ……！」

その悲痛な叫びに、しかし高旗さんは固く拳を握りしめた。

「馬鹿言うな。あんた全然孤独なんかじゃねえだろ、少なくとも……裏切られるのが怖くて、誰も彼も、何もかも遠ざけていた俺なんかより、全然！」

かつて高旗さんは言っていた。母に裏切られ、それ以来、何事にも入れ込むのが怖くなったと。以前、雲外鏡に暴かれた――高旗さんの本心だ。

「あんたには真琴さんや英先生、それにさとりちゃんやたま——何より、樹子さんがいるだろ！　あんたにいなくなってほしくない、あんたを大切に思ってる、その人たちが泣いてんだよ！　それを見て見ぬふりなんかさせねえぞ！」

「——それは……」

頑なだった木霊さんが初めて言い淀む。その隙に、高旗さんは木霊さんの白いスーツの襟首を掴み、無理矢理振り向かせた。

そして思いっきり、右腕を振りかぶる。

「——このほんずなす、ええからこさこい、クソジッコッ！」

——ばこんっ、と景気のいい音がした。

高旗さんが木霊さんの脳天を勢いよく叩いたのだ。

霊力の消費で疲弊していたのだろう、木霊さんはあっけなく白目を剥いて倒れた。老紳士の幻影が完全にはがれ、光の中から白い老犬が現れる。

同時に、桜吹雪が止んだ。大きな木の根は何事もなかったかのように消え失せ、あとには割れた地面やアスファルトだけが残る。

まるで台風一過のように、辺りには静寂が満ちた。

いつのまにか、空は完全に夜の帳が下りている。

——逢魔が時の、終焉だ。

息を止めたまま呆然とする私。そして倒れた木霊さんの傍らで、拳を握ったまま荒い息を繰り返している高旗さん。そこへ樹子さんが駆け寄り、しゃがみこんだ。犬の姿に戻った木霊さんを膝に乗せる。

「あぁ……木霊さん……」

樹子さんはぽろぽろと涙を流しながら、木霊さんの白い毛並みを撫でていた。意識が失われているものの、木霊さんは時折ひくひくと鼻を動かしていた。……大丈夫、無事だ。

私はようやく大きく呼吸を一つしてから、ぎゅっと目を眇めた。

確かに木霊さんのやり方は間違っていたかもしれない。けれどそれは樹子さんのことを想うからこその、少し行きすぎた愛情だ。

そして樹子さんもそのことを分かっているから、こうして涙している。

こんなに互いを想い合っている二人なのに、離れればなれにならなければならないの——？

心臓がぎゅうっと絞られるように痛む。私は思わず胸に手を当て、細く長い息を吐く。

その時、千尋さんが私の目の前を横切った。退魔士の濃紫色の羽織を翻し、颯爽と歩いて行く。その先にいるのは——あまりのことに尻餅をついて茫然自失している館長さんだった。

「——すみません、いくらですか？」

「へ……？」

「撤去する柱です。俺が買い取ります。いくらで売ってくださいますか？」

館長さんは目を白黒させて千尋さんを見つめていたが、やがてふらっとその体を傾がせた。

「お、お代は……結構、です――」

館長さんが昏倒する前に、千尋さんはその背を支えた。そして眼鏡の奥で目を瞑ると、短く嘆息した。

――長谷文学館での騒動から、一週間が経っていた。

朝食を終えて、私は早朝にできなかった庭掃除をしていた。竹箒で枯れ木をかき集めながら、桜の樹の下までやってくる。

普段なら木霊さんが「根本を綺麗にしてくだされ」とか「水をやってくだされ」とかおねだりをしてくるのだけど、今日に限って木霊さんの姿はない。

私は手を動かしつつ、居間に面した縁側を振り返る。

そこには昨日まではなかった、柱が一本、立てられていた。

焦げ茶色の柱は古さを感じさせるものの、凛として縁側の脇にある。

――もちろん、本来、樹が生えていた方向とは上下を逆さまにして。

縁側の中央には、レトロなワンピースを着た婦人と白い老犬の姿があった。

「樹子どの、新しい家の居心地はいかがですかな？」

「ええ、ええ。とても落ち着きますわ。私は幸せものですねぇ、何度生まれ変わってもこうしてまたあなたと一緒にいられるのだから」

樹子さんの言葉に、木霊さんの尻尾がちぎれんばかりに振られる。

「お任せくだされ、たとえ木の皮一片になろうとも、わしは樹子どのを見つけてみせますぞ」

「ふふ、私はもう柱ですから、皮はありませんけどね」

「いやはや、そうでした。こりゃ一本取られましたな。わははっ」

仲睦まじい二人の姿に、私は自然と頬を緩めた。そうして二人の邪魔をしないようこそっと視線を外し、箒が門の近くに差し掛かった頃だった。

「……なんですか、あれ。バカップルですか」

門の向こうから呆れかえった声がして、私は箒に落としていた視線を上げた。そこには仏頂面の高旗さんが立っていた。

「おはようございます、高旗さん。……怪我、まだ治りきってないんですね」

門を開けながら、私は高旗さんの右頬を見つめた。木霊さんの桜の花びらで傷ついた箇所には、絆創膏（ばんそうこう）が貼ってある。あの夜、私が帰ってから手当をしたのだ。

「あ、駄目ですよ。絆創膏は取り替えなきゃ」

「あぁ……まぁ、そうですね」

招き入れた高旗さんはどこか覇気がなかった。私が小首を傾げていると、高旗さんは目を眇めたまま、どこか虚空を見て言う。

「文学館のこと、ニュースになってました。……ああいう風に処理されるんですね」

高旗さんの言う通り、あの事件は『局所的災害』が起こったという形になっていた。何故か文学館は突然の豪雨、雷、竜巻に見舞われて、道路や地面がひび割れてしまった。幸い人的被害や歴史ある本館の被害はなく、道路の修復工事も無事終わって、今日から再開している——と、表向きにはなっている。それは高旗さんにも千尋さんからあらかじめ伝えられていた。

「はい。あやかしのことを言ってもみんな驚いてしまうだろうし……。千尋さんが英家の本家に頼んで、そうしてもらったようです」

「ふぅん……。じゃあ、今までも無数の事件が闇に葬(ほうむ)り去られたってわけですか——」

高旗さんの口調がどことなく硬い。その胡乱な眼差しからは、彼が何を思案しているのか読み取れなかった。胸の内がかすかに騒ぐ。どうしたんだろう、高旗さん……。

「ああ、すんません。えっと——」

私の視線に気づいたのか、高旗さんははっと我に返ったように目を瞬かせる。そしてなんだかとってつけたように大あくびをしてみせる。そこにさっきまでの強張りはない。

「校了明けだからちょっと眠くて。っていうか、それよりなんだかムカつきません？　あのじいちゃん犬。俺、からかってこようかな」

「え？　あ、いけませんよ、邪魔しちゃ……」

止める間もあればこそ、高旗さんは縁側に駆け寄った。私は心配になって後をついていく。樹子さんと歓談していた木霊さんは高旗さんに気づき、首を巡らせた。

「おお、なんじゃ、小童。朝、早いのう」

「いや、それよりなんか言うことねーのかよ、じいちゃん」

人差し指で頬の絆創膏を指し示す高旗さんに、木霊さんはふんっと鼻を鳴らす。

「わしもこっぴどくひっぱたかれたのだから、おあいこじゃ」

「ったく、口の減らないジジイだな……」

また喧嘩が始まるかと思いきや、へそを曲げた木霊さんに樹子さんが穏やかに促す。

「そんなことを言って、木霊さんたら。彼におっしゃりたいことがあるのでしょう？」

「う、うむぅ……」

木霊さんはもじもじと肉球を擦り合わせていたが、やがて円らな瞳で高旗さんを見上げた。

「まぁ……なんだその。小童。あの時、わしを止めてくれて……その……」

高旗さんは目を瞬かせていたが、すぐ木霊さんの言わんとしていることに察しがついたのか、腕を組み、口元に意味ありげな笑みを浮かべた。

「なんだよ、じいちゃん。もごもご言ってちゃよく聞こえないなぁー？」

「だから、そのう。ええと」

「早くしてくれよな。俺、忙しいんだよ。仕事で来たんだから――」

高旗さんが尚もからかう。すると木霊さんは突如として歯を剥いた。

「……きぃぃぃいいい！　ええい、小童、わしを止める時、よくもあれだけ景気よく叩いてくれたな！　これは礼じゃ、思うさま受け取れぇい！」

「いだだだだ！　殴るなよ、なんでだよ、思ってたのと違う！」

木霊さんは高旗さんに飛びかかり、ぱしぱしと連続犬パンチを繰り出した。ほっぺたを叩かれて、高旗さんは盛大に顔を顰める。私と樹子さんは、同時に顔を見合わせた。

「樹子さん、これでいいんでしょうか……？」

「よろしいのではないでしょうか。だってお二人とも顔が晴れ晴れとしていらっしゃいますもの」

樹子さんが上品に微笑む。傍目には若者と犬がじゃれあっているようにしか見えないけれど、それは喧嘩するほど仲の良い――と表現できなくもなさそうだった。

「ふふ、それもそうですね」

「いやいや、真琴さん！　助けてくださいよ！」

「はいはい」

「だから、生暖かく見守ってないで！」

そこへ、玄関の方から足音が近づいてきた。

「あれ……高旗さん？」

見ると、千尋さんが庭に出てきていた。こちらに歩み寄ってきた千尋さんは露骨に顔を顰めた。それを見て高旗さんは取り繕うような笑みを浮かべる。

「あ、英先生。おはようございますー」

「……今日は何かご用ですか？」

「もちろん。大事な仕事の打ち合わせですよ」

「……電話でいいですよね」

「顔を突き合わせて話した方が分かりやすいでしょ？」

「……リモートでいいですよね」

「そこはほら実際に会わないと。個人的にちょーっと詰めたいこともありますし」

高旗さんは笑顔のまま、少しも譲らない。千尋さんは聞こえよがしに深い溜息をついた。

「どうせあなたも真琴さんの朝食が目当てなんでしょう……」

「あなたも？　って、もしかして――」

「――呼んだかいっ!?」

ぶわりと庭に風が吹き抜け、枯れ葉を巻き上げた。突風とともに現れた狭霧さんは。高旗さんに向かって何故かVサインをしていた。

「ははは、残念だったね、高旗くん！　私はすでに真琴くんの朝食をいただいたよ！」

「呼んでないし、なんのマウントですか」

不機嫌になる高旗さんに、狭霧さんはきらりと白い歯を零してみせる。その傍らで千尋さんは疲れたように首をゆるゆると振っていた。木霊さんは樹子さんの下へ戻り、歓談を再開する。そうこうしているうちに、岳くんの登校を見送ったさとりちゃんが帰ってきた。

――愛しい、愛おしい、日常。

私は目の前の光景に、柔らかく目を細めた。

挿話　貴(あて)なるもの

長谷文学館の騒動が終息して、十日が過ぎようという頃だった。

　夜の十時、俺は『翠碧舎』への初稿を送り終え、ノートパソコンの前で一息ついた。ふと窓から夜空を見上げると、ぽっかりと月が浮かんでいた。月はほぼ満ちようとしていた。あと二、三日もすれば満月となるだろう。もうすぐ満ちる、今のような月のことを、古来より『小望月(こもちづき)』という。もうすぐ来る満月を心待ちにして、昔の人が名付けた。

　パソコンのディスプレイに通知が表示される。新着メールが二件。一つは狭霧さん、もう一つは高旗さんからだ。作家も大概だが、編集者の夜もまだまだこれかららしい。

　俺はまず狭霧さんのメールを開いた。初稿を受け取ったという律儀な連絡と、今後のスケジュールについてだ。そして何故か、

『もうすぐクリスマスに年末年始と予定が目白押しだね！　イベントごとは大事だぞ、千尋。どうやって奥方を喜ばせようか、計画は練っているだろうな？』

　と、大きなお世話だと言わざるを得ない一文が目に留まった。この人は出版業界における年末進行のことを忘れているのだろうか？　こちらはまだ『天馬書房』の原稿が残っている

のに。返信メールの最後に『余裕がおありでうらやましい』と率直な気持ちを添えた。

「次は『天馬書房』か……」

独り言がディスプレイの光に跳ね返る。俺はタッチパッドの上に指を滑らせ、高旗さんからのメールを開く——。


——翌々日の早朝だった。仕事の目処(めど)がついてきたので、最近は再び、真琴さんと一緒に食卓を囲むことができるようになってきた。

炊きたての白飯に、小松菜の味噌汁、タラの煮物にはたっぷりと大根おろしが載っている。小鉢の胡麻豆腐には削った柚子(ゆず)の皮が添えられており、口に運ぶ度に爽やかな香りが鼻を抜けていく。

俺は——ちらりと食卓を挟んで向こう側にいる真琴さんを窺った。

ケーブル編みのオフホワイトのニットと、淡いブラウンのコーデュロイスカートがよく似合っている。そんな真琴さんと、手作りの美味い朝食と居間の片隅でしゅんしゅんと鳴るストーブの上の薬缶——温かな冬の朝の光景である。

「はぁ……。今日も寒いですね」

味噌汁を一口飲んで、真琴さんがほっと息を吐く。彼女の柔らかい表情を見ると、自然、目元が緩む。俺はそれを誤魔化すように、窓越しの青空を見やった。

「ええ。今日のように、冬の晴れている日は放射冷却で一層寒くなりますからね」

「あ、それ、テレビで気象予報士さんが言ってました。けど、いまいちよく分からなくて」

俺はストーブで温められている薬缶に視線を移した。

「全ての物体は熱を放射しています。たとえばこの薬缶ですが……火を消したら次第に冷めていきますよね。同様に地面が持つ熱が放射されて冷えると、地表近くの空気が冷やされます。空に雲がある日は、雲が地面から放射された熱を『蓋』しているのですが、雲のない日、つまり快晴の日は上空にどんどん熱が逃げていき、結果、気温が低くなってしまいます」

俺は薬缶を持ち上げ、蓋を取ってみせた。蒸気が天井へ上っていく。

「居間には天井がありますから、温度と湿度が上がっていきます。けれどこれを庭に持っていくと、上に遮るものがなく、薬缶も周囲もどんどん冷えていくというわけです」

「なるほど……！」

真琴さんは得心したのか、ぽんっと手を打った。こういう、真琴さんの素直で純真なところを俺は好ましく思う。

俺はそっと薬缶をストーブの上へ戻した。再びしゅんしゅんと薬缶の口から湯気が出るのに、じっと見入る。

「……真琴さん、大変申し訳ないのですが、明日、東京に行くことになりました」

「東京へ？　お仕事ですか？」

「ええ。高旗さんにメールで呼び出されまして。『天馬書房』の本社まで打合せに行ってきます。時間はそうかからないと思うのですが、午前一杯、家を空けることになるかと」

真琴さんはお茶を一口飲んで、小首を傾げる。

「分かりました。けど、珍しいですね。高旗さんなら、うちに来てくださるのかとばかり」

「……まぁ、出版社でしかできない話もありますから」

「あっ、そうですよね。了解しました。高旗さんによろしくお伝えください。あと、道中気をつけてくださいね、千尋さん」

「一人にしてしまって、すみません。狭霧さんも来られないそうで」

「そんなこと……。大丈夫です、さとりちゃんや木霊さん……あやかしのみんなもいますし。ちゃんと留守番してますのでっ」

湯呑みを置き、真琴さんは両の拳をぐっと握ってみせた。その健気な様子に、俺は思わず口元を緩める。

「そうだ。今日はこれから少し探し物をするので、二階の方でうるさくしてしまうかもしれませんが、気にしないでください」

「探し物……。私もお手伝いしましょうか？」

「ああ、いえ。すぐに見つかると思います」

そう断ると、真琴さんも「分かりました」と頷いた。俺は目当ての物の所在を頭の中で見当をつけながら、残りの朝食を平らげにかかった。


その日の夜のことだった。裏庭に面した部屋の縁側で、俺はじっと月を見上げていた。師走も半ばに差し掛かると、夜は芯から冷える。厚手のニットセーターの上からさらにマフラーを巻いて、俺はひたひたと迫る真冬の寒気に耐えていた。

空は朝と変わらず晴れており、冬の夜気は澄んでいる。月の光は何にも遮られることなく、頭上に降り注いでいた。

俺は懐から透明な石を取り出し、月にかざす。午前中、二階の物置で捜し当てたそれは、青白い月光を吸い込んできらきらと輝いている。

どれぐらいの時間、そうしていただろう。月がゆっくりと中天へ上っていくのを眺めていると、ふと背後から足音が聞こえて来た。

「……千尋さん？」

縁側にやってきたのは真琴さんだった。サテンのパジャマを着て、その上からカーディガンを羽織っている。俺は石を握りこみ、肩越しに振り返った。

「どうしたんですか、真琴さん」

「書斎にお茶をお持ちしたら、いらっしゃらないようだったので……。って、千尋さん、鼻が真っ赤です。いつからそこに？」

真琴さんが泡を食ったように言う。俺は腕時計を確認した。確かにもう二、三時間は経っている。知らず知らずのうちに物思いに耽(ふけ)っていたらしい。

「すみません。思いのほか、長居してしまったようです」

「とりあえず温まってください。今すぐ、お茶を持ってきますねっ」

真琴さんはぱたぱたと部屋を出て行く。追いかけて台所か居間ででも茶をもらったほうがいいのだろうと思いつつ、俺は何故か縁側から動けずにいた。

真琴さんはすぐに戻ってきた。湯気が立ち上る湯呑みを縁側に置く。同じ丸盆の上には鮭茶漬けがあった。

「お夜食用に作ったんです、良かったら」

ふわふわとした湯気の向こうで、真琴さんが微笑む。途端、冬の寒気に全身が強張っていたことを思い出した。俺は礼を述べてから、ありがたく夜食をいただく。

鮭茶漬けを食べ終えて、ふうっと一息つく。口から漏れた吐息は、白く霞んで夜気の中に消えていった。

「……ごちそうさま。美味かったです」

「お粗末様です」

空になった茶碗を受け取りながら、真琴さんは嬉しそうに言った。俺は思わず眩しさに目を細める。脳裏には今も夜空に輝いているだろう、もうすぐ満ちようとしている小望月が浮かんだ。いてもたってもいられず、手の中の石を彼女に差し出した。

「そうだ、真琴さんにこれを」

「え？」

真琴さんは俺の手の平をしげしげと覗き込み、感嘆する。

「わぁ、綺麗な宝石……。こんな素敵なものを、私に……？」

「はい。元々、真琴さんに差し上げるために捜していたので」

「あ、捜し物って……」

納得している真琴さんの手に、透明な石を載せる。真琴さんはますます興味深げに石を矯(た)めつ眇めつ眺めている。彼女の双眸は石の光を受けて、いよいよ綺羅星(きらぼし)のようだ。

「本当に素敵……。これはなんという宝石ですか？」

「水晶です。古来より魔除けの効果があるとされています。明日、留守居をお願いするので、お守り代わりに」

真琴さんはきょとんとしていたが、やがて微苦笑を浮かべた。

「ふふっ、明日の午前中だけですよ？」

さすがに心配性だと思われたか、と危惧(きぐ)し、俺は口早に返す。

「その、一応、あやかしがいる屋敷ですし。何があるか分かりませんので」

「それで……お守りを？」

「はい。水晶はですね……ええと、武田信玄(たけだしんげん)が戦の折には必ず身に着けていたという逸話があります。それから清少納言(せいしょうなごん)は『枕草子(まくらのそうし)』で水晶の数珠を『貴(あて)なるもの』の一つとして挙げています。つまり上品なもの、優雅なもの、という意味でして……」

前半はともかく、後半はまったく関係がない気がして、自然と語尾が萎んでいく。しかし要領を得ない俺の話にも、真琴さんは常と変わらず、真剣に頷いてくれている。

「効果は保証します。俺が退魔士時代、一人で任をこなせたのもこういった護石、護符のおかげでしょうから」

「一人で……？」

真琴さんは思わずといった様子で聞き返してくる。俺は特に何も考えず答えた。

「大抵、退魔士は二人以上で事にあたりますが、俺の場合は……半人半妖ということもあって忌避されていましたから。その分、力は強いので一人でも十分だったのです」

「そう、だったんですか……」

真琴さんの声色が沈んでいる。聞かせて面白い話ではなかったと気づくも、もう遅い。俺は誤魔化すべく強引に話題を戻した。

「今夜はこれを月光に当てて、魔除けの効果を高めていました。十分、清められたかと」

「まさか、それでこんな遅くまで……？」

「ええ。……不要なご心配をかけました」

真琴さんは唇をきゅっと結び、小さな水晶をまるで宝物のように両手で握り込んでいた。その耳がかすかに赤くなっているのに気づき、俺ははっと瞬きする。俺が夜食を食べている間、真琴さんはずっと隣にいた。寒空の下、付き合わせてしまった——。

「すみません、寒い思いをさせて。もう中へ入りましょう」

俺は一刻も早く真琴さんに暖をとってもらわねばと思い、自分がしていたマフラーを外し、彼女の首元に巻いた。真琴さんは一瞬目を丸くしたが、

「あ……ありがとう、ございます」

ぼそぼそとそれだけを言い、すぐマフラーの中へ口元を埋めてしまった。俺は盆を持ち上げ、真琴さんを室内へ促した。

台所の流しへ器を下げると、真琴さんは思い出したように「洗っておきます」と申し出てくれた。俺はその言葉に甘えることにした。

「では、おやすみなさい」

「あっ、千尋さん。待ってください」

台所を出て行こうとした俺の背に、真琴さんの声がかかる。

「マフラー、お返ししなきゃ……」

「ああ、構いません。夜は台所も冷えますし。そのまま使ってください」

そこまで言って、はたと気がつく。

「真琴さんはマフラーを持ってますか？」

「あ、はい、古い物なら。でも端がほつれちゃって、みっともなくて……」

「なら、今度買いに行きましょう。よければそれまで使ってください、差し上げます」

「えっ、で、でも。申し訳ないです」

「いいえ。書斎に引きこもっている俺より、真琴さんが使う方がよほど有益なので」

特に庭掃除や水仕事なんかは、寒い季節には堪えるだろう。俺の使い古しで申し訳ないが、買い物に行く都合がつくまで我慢してもらうしかない。

真琴さんはしばらくうろうろと視線を彷徨わせていたが、やがて小さな声を発した。

「あの……。千尋さんは代わりのマフラーをお持ちですか？」

「え？　いや、それきりですが」

「なら……その、良ければ、私が編んでもいいでしょうか？」

編む？　マフラーを？　思わず首を傾げると、真琴さんは一層落ち着かない様子で、

「あっ、て、手作り……とか、お嫌でしたら、しません」

「いえ、そんなことはありませんが……。編み物をなさるんですか？」

「は、はい。前の家ではよくしてました。従姉妹がプレゼントするものを、代わりに作るよう頼まれたりして……。この間、物置を整理していたら、使われていない毛糸がたくさん見つかったんです。遠原さんのお祖母様のものだと思うのですが……。綺麗にしまわれていたので、このまま眠らせておくのはもったいなくて」

真琴さんは手の中にあるであろう水晶を握りしめる。

「もし、上手くできたら……もらってくれませんか？」

勇気を振り絞ったような声音だった。俺は望外の言葉に、ぎこちないながらも頷く。

「……ありがとうございます」

「ほ、本当ですか？　手作りって嫌じゃないですか？　やっぱりやめます……？」

俺の返答の歯切れが悪かったからだろう。真琴さんは眉をハの字にして、矢継ぎ早に尋ねてくる。俺は力強く首を横に振った。

「今冬一番の楽しみにします」

「ええっ？　う、嬉しいですけどそれはそれでプレッシャーが」

「俺が風邪を引く前に作ってください。約束ですよ」

あわあわと狼狽する真琴さんに、思わずそんなことを言ってしまう。真琴さんは身を縮こまらせながらも「が、頑張ります……」と言い、それから小さく笑った。

「……約束、増えちゃいましたね」

俺は——その微笑みをずっと見ていたいような、それでいて一刻も早くこの場を立ち去りたいような、矛盾した衝動に駆られた。結局は就寝の挨拶をし、二階への階段を上がっていく。

——書斎に辿り着いて、短く息を吐く。

俺は文机の前に腰を下ろし、障子窓を開けた。夜空には変わらず、月が浮かんでいる。

俺は右手を開き、じっと見つめた。月光に照らされ、肌が青白く見える。

脳裏に、いつかの蜃(シン)の言葉が甦る。

——『じゃあ、真琴の相手が人間だったらいいのかい？　たとえば彼とか』——

あの場で例に挙げられたのは高旗さんだった。いつだったか、真琴さんと彼が台所に並んで立っていた光景を思い出す。仲睦まじい普通の夫婦のような彼らの姿を。そして俺は彼らをまるで写真や絵画かの如く、蚊帳(かや)の外から眺めていた——。

あれがきっと、本来の真琴さんの人生なのだと思う。高旗さんでなくとも——誰かが、真琴さんの本当に愛する誰かが、彼女のそばにいて、同じ時を共有していく。それが、あるべき姿で、正しい世界で——だというのに、俺は。

捻じ曲げている。自分の都合で。極めて利己的な事情で。

対等なんてほど遠い、まやかしだ。今も、真琴さんは俺の言う『契約』を呑むより他ないのだ。

——それなのに『約束』ばかりが増えていく。

多くのものを取りこぼしてきたこの手に、真琴さんとの温かい『約束』が降り積もる。

水晶のような、純粋で、透明で、美しい——『貴なるもの』が。

「真琴さん……」

胸の内に分厚い雲がかかっている。雲がなければ、この例えようのない感情も空高く放射され、冷却されていくのかもしれない。けれど蓋をされた心には濁った想いが渦を巻く。

我知らず、喘(あえ)ぐように呼吸をしていた。息苦しさに耐えかねて、窓の外を仰ぐ。あの月が満ちる時、取り返しの付かない答えが出てしまうような、空恐ろしい予感がしていた。

「遠原」

助けを求めるように呼びかける。亡き友の魂は今、どこにいるのだろうか。

「俺は——」

額を拳で支え、項垂れる。

——ついぞ、応(いら)えはない。

第四話　夜桜の楼で君を待つ

ぼーんぼーんと刻を報せる振り子時計の音が、台所にまで聞こえて来て、私はハッと顔を上げた。

小さな丸椅子に腰掛けて、ぼうっとしていたらしい。台所にある壁掛け時計の方を見やると、すでに午前十一時を回っていた。

手の中の湯呑みは温度を失っており、ほうじ茶の水面に私の覇気のない顔が映っている。

私は区切りをつけるべく、お茶を一気に飲み干した。

いくらなんでも気を抜きすぎだ。千尋さんが留守にしているからって……。

自省しながら、私は今朝、千尋さんを送り出した時のことを思い出す。

『――では、行ってきます』

『はい、いってらっしゃいませ。気をつけてくださいね』

『ええ。……真琴さんも』

しばらく千尋さんは歩き出そうとせず、じっと私を窺っていた。眼鏡越しの双眸には心配がありありと浮かんでいる。身の置き所がなくて、私はそわそわとセーターの袖をいじる。

『あの……。私、ちゃんと留守番していますす。買い物に行く予定もないですし、しっかりこの家をお守りしますから――』

　よっぽど信用がないんだろうか、と少々落ち込んでしまう。千尋さんはというと、今、初めて自分の行動に気づいた様子で、しきりに目を瞬かせていた。

『すみません、そういうわけではなく……。俺は真琴さんが……その』

　そこまで言いかけて、千尋さんは口を噤む。私は気になって先を促した。

『私が……？』

『――いえ、なんでもないです。この家には結界も張っていますから、悪意のある人間やあやかしが無理矢理入って来ることはありません。だから滅多なことは起こらないと思います。ただ……ご面倒かもしれませんが、あの水晶は肌身離さず持っておいてください』

『あ、はい、もちろんですっ』

　私の手の中に水晶があるのを確認すると、千尋さんはようやっと踵を返した。私は極楽寺の坂を下っていく千尋さんのしゃんと伸びた背が角を曲がるまで、その姿を見送った。

　――再び、現在。私は洗い物の水気を布巾で拭き取っている。忙しく手を動かしていても尚、屋敷の中の静けさが身に迫る。

　屋敷の主たる千尋さんがいないことなんて、初めてじゃないだろうか。二人で、もしくは私一人で出かけることはあっても、逆はなかった。

　お茶を淹れ直した私は、再び丸椅子に腰掛けた。湯呑みからほんのりと熱が伝わってくるけれど、胸の内までを温めてくれるわけではない。私はポケットから小さな石を取り出した。

「こんなんじゃ、千尋さんに『心配性ですね』なんて言えないな……」

自嘲しながら、水晶の『お守り』を見つめる。軽く握ると、あの月夜の出来事がまざまざと甦る。水晶をくれた千尋さんの気遣いが嬉しかったこと、そして千尋さんのぬくもりを残したマフラーの感触――。

「うう……」

私は頬が上気するのを抑えられなかった。今夜は特別冷えるから、と千尋さんのマフラーを巻いたまま眠りについた、なんてことは絶対に言えない。明日は千尋さんがいない、その寂しさが募ってしまった――とは、とても。

「そ、そうだ。編み物」

あのマフラーをいただいた代わりに、私が千尋さんにマフラーを作る約束をしたんだった。編み物はいい手慰みだ。きっと余計なことなんて考えられなくなるに違いない。

そう思い当たったところへ、来客を報せるチャイムが鳴った。

「あ……。はーい、ただいま!」

この家にインターホンの通話器はない。私は小走りで玄関へ向かった。

門へと続く飛び石を進んでいくと、格子の向こうに背の高い男性が二人、並んで待っているのが見えた。

「あれ……？」

私はきょとんと目を瞬かせた。それもそのはず、来客の一人が高旗さんだったからだ。

「高旗さん？　あの、今日は千尋さんが東京に行っているはずじゃ……？」

もしかして何か問題があって、入れ違いになってしまったとか？　疑問を表情に浮かべる私の前で、高旗さんは無言で頭を下げた。そしてじっとこちらを見つめて微動だにしない。表情には色がなく、瞳は生気を失っているようだった。

いつも溌剌としている高旗さんの姿は影も形もない。私は困惑すると同時に既視感を覚えた。この高旗さんの異様な雰囲気、以前にもどこかで――。

そこへもう一人の来訪者が口を開く。

「お久しぶりです、奥様。急に押しかけて申し訳ありませんね」

いつぞや鎌倉駅で高旗さんと話をしていた、小説家の青年だった。

美しく整った顔に人好きのする笑みを浮かべ、彼は続ける。

「実は、高旗さんにまた鎌倉で偶然お会いしたんですよ。そうしたら『英先生に間違って東京に来るよう伝えてしまっていた』と、このように意気消沈していまして。私がなんとか励まして、こちらへ連れてきた次第です」

朗々と話す青年の声はよく通った。それに合わせるかのように高旗さんがぼそりと呟く。

「すみません……」

こんな高旗さんは初めて見た。確かに、大切な千尋さんとの仕事にミスがあれば、高旗さんといえど深く落ち込むのかもしれないけれど……。まるで人が変わったような雰囲気に、私は驚きを禁じ得ない。

「た、高旗さん。そんなに気にしないでください。千尋さんだって、話せばきっと分かってくれます。とりあえず、千尋さんに連絡しますね」

「ああ、奥様、お構いなく。すでに高旗さんの方から電話をしていましたから」

あっ、それもそうか。私はスマートフォンを取り出そうとした手を止める。

「じゃあ、千尋さ……しゅ、主人はこちらに帰ってくるんですか？」

「ええ。これ以上、下手に動くと入れ違いになりますからね。奥様、良ければ高旗さんをこちらで待たせてもらっても構いませんか？　あと、できれば……せっかく英先生のお宅に伺ったので、私もご挨拶させていただければ。差し出がましくて申し訳ありません」

「そんな、滅相もありません。どうぞお入りください」

私は自ら門を開き、二人を招き入れる。青年が先導して、高旗さんを手招きした。高旗さんはゆっくりと足を踏み入れたが――。

「……さ、まこと、さん――」

絞り出すような声とともに、高旗さんは私のセーターの袖を掴んだ。その弱々しい力に、私はますます彼のことが心配になる。

「高旗さん……？」

「うーん……さっきからこの調子なのですよ。さしもの彼も、相当参っているようですね」

青年が困ったように言いながら、高旗さんの背をぽんぽんと叩く。すると高旗さんは私の服からすっと手を放した。何も言わず、無表情のまま……。

「あんまり深刻に考えないで。さぁ、英先生を奥で待たせてもらいましょう？」

「――はい……」

二人が敷地に入ったところで、私は門を閉めた。鉄門は重い音を立てて、閉じていった。

私は高旗さんと作家さんを応接間へお通しした。応接間はこのお屋敷唯一の洋室だ。場所に合うよう、私はカップに紅茶を用意し、二人にお出しした。

「ああ、これはご丁寧にありがとうございます」

作家さんは優雅な仕草でカップを手に取る。紅茶の香りを楽しんだ後、カップの縁に口をつけ、それから私に向かって柔和に微笑んだ。

「ヌワラエリアですか？　この花香が実に良い。そうか、もう高級品が出回る時期ですね」

「え、えっと。すみません、頂き物の茶葉でして……」

紅茶の種類に詳しくないので、私は聞き覚えのない単語に慌てた。

その一方で高旗さんの様子も気になる。じっと膝の上に置いた手を見たまま、目を伏せている。青年が困ったように笑いかけた。

「少し、外の空気でも吸ってきたらどうだい？　気分転換になるよ」

「……ええ、そうします」

高旗さんはすっくと立ち上がると、そのまま応接室を出て行った。私はゆっくりと閉じ行

く応接室の扉を見つめる。追いかけたい気持ちはあった。けれど、

「今はそっとしておきましょう。彼は英先生との仕事にかける意気込みが強かった。その分、自分の失敗が許せないのでしょう」

「はい……。そう、ですね」

尚も不安げな私に、作家さんは手で対面のソファを指し示した。

「よろしければ奥様もお座りください。少し、お話ししませんか？」

「えっ、でも……」

「実は英先生と初めてお会いするのに、緊張していまして。どうか私の心を落ち着けるのに、お付き合いいただけませんか」

お客様のお願いを無下(むげ)にするわけにもいかず、私はお言葉に甘えて正面に座らせてもらった。作家さんは高旗さんの分の紅茶を私に差し出した。

「彼はしばらく戻ってこないでしょう。冷めてしまっては勿体(もったい)ない。なんなら私が台所をお借りして、改めて淹れ直しますよ」

「あ、いえ。お茶は私が後で新しく淹れます」

勧められれば断れない。それにほぼ初対面の人と、お茶なしで間を持たせる自信がない。私はありがたく紅茶をいただくことにした。

カップから立ち上る湯気から、繊細な花の香りが漂ってくる。お茶は少し渋みがあって、でも全体的にまろやかな口当たりだ。

「わぁ、美味しい……」

紅茶の温かさが緊張を和らげてくれる。作家さんは目を細めた。

「あまり紅茶は飲まれないのですか？」

「はい、そうですね。なんとなくいつも日本茶をいただいてます。でも紅茶も美味しいです」

「ウバやディンブラ、ヌワラエリアといったスリランカの茶葉がお勧めですよ。ダージリンやアッサムなどのインド紅茶よりもマイルドな味ですので」

「なるほど……勉強になります」

造詣（ぞうけい）の深い作家さんの話に、私はこくこくと頷いた。その物腰柔らかな仕草に、段々、肩の力が抜けていくのを感じる。優しそうな人で良かった……。

「英先生と奥様はまだ結婚されて日が浅いのですか？」

「えっと……はい、まだ一年経っていません」

「では新婚ですね、羨ましい限りです。私は未だ独り身なので」

「そうなんですね」

「ええ。私事で恐縮ですが、結婚願望はそれなりにありまして。私も貴女のような人と早く出会いたいものです」

「あの……そんな。先生ならきっと、素敵な方が見つかりますよ」

背が高くて、肌が白くて、色素の薄い長めの髪が——どこか浮世離れしている雰囲気がある、不思議な魅力を持つ人だ。おそらく引く手あまたなのではないだろうか。

「ところがそうでもないのですよ。特殊な仕事をしているせいか、出会いもあまりなくて」

確かにそうかもしれない。千尋さんも用事がない限りは、滅多に外出しないから。

私が時折頷きながら話を聞いていると、青年はちらりと私の表情を覗き込んだ。

「貴女ならきっと私を支えてくれるのでしょうね、公私ともに」

その耳にするりと入り込み、頭の奥深くまで響く声にはっと顔を上げる。

「確か、真琴さん、とおっしゃいましたか？」

「え……あ、はい……」

いつの間にか青年の双眸には、妖しい光が宿っていた。色素の薄い瞳がうねるような光の移ろいを灯している。

「純粋な心をお持ちのようですね。一点の穢(けが)れもない。まるで初雪のようだ」

「あの、そんな……」

「たとえば——私のような者はお気に召しませんか？　どう思われます？」

問いかけられる度に、なんだか頭がぼんやりしてくる。私は吐息まじりに答えた。

「その……とても、美しい方だと……」

「この声はどう？」

「あ、の……はい、すごく、聞き心地がよくて……」

「そう、良かった。ならこの瞳は？」

私は言われるがままに、彼の目を覗き込んだ。角度によって、深海の色とも新緑の色とも水銀の色ともとれる。私はその揺らめきへ吸い込まれるような錯覚を起こす。

「綺麗、です……」

「なら、私の全てを貴女に差し上げましょう」

青年は身を乗り出し、テーブル越しに私へ手を伸ばしてくる。

「その代わり、貴女の全てを私にくださいますか？」

「あ――」

長い指が私の頬に触れようとする。ほとんど知らない人なのに、拒絶する気がまるで起きない。いや、むしろ――私は恍惚として彼を受け入れようとしている。

「さぁ、おいで、真琴。――麗しき亡家の姫君よ」

――刹那、鋭い熱がちりっと太ももの辺りを焼いた。

「えっ……？」

その熱が私をにわかに現実へ引き戻した。スカートのポケットあたりだ。慌ててポケットを探る。熱を発していたのは千尋さんからもらった水晶だった。透き通っていた宝石は今や、警戒を促すような赤い光を帯びている。

それを見た青年は口端を吊り上げた。

「ほう、護石ですか。さすがは英家の退魔士、一筋縄ではいかないようだ」

そこに先ほどまでの人の良い青年はいなかった。組紐で束ねた後ろ髪を肩から払い、目を眇めて私を見下ろしている。まるで肉食獣が小動物を睥睨するように。

私は未だ熱を帯びる水晶を両手で抱きしめ、ソファから立ち上がった。

「あ、貴方は一体、誰ですか……？」

背筋がすっと冷えていく。お守りである水晶が反応しているとなると、只人でないことは明らかだ。

「これは失礼、申し遅れました。私の名前は――久遠美作。貴女のご主人と同じく退魔士です」

久遠美作。私はその名に聞き覚えがあった。遠原さんの仏壇に手を合わせに来た玲二さんが教えてくれた。久遠家に妙な動きをしている人物がいると――。

「どうして……ここに。お屋敷には結界があるはずなのに」

「おや、これは妙なことを。貴女が自ら招き入れてくれたではありませんか」

確かに、私は高旗さんと彼――美作さんを迎え入れた。あの時点では普通のお客様だと思っていたからだ。

「結界は外界に対しては強固ですが、内側からは脆いものなのですよ。この屋敷の者――つまり貴女が招いてくれたのなら、簡単に入り込むことができます。昔話にもよくあるでしょう、家人を欺いて内に入り込む『妖しの者』が。あれと同じです」

美作さんは人差し指を立て、何も知らない私にまるで教師のように滔々と語る。

「容易く結界内に入り込めたのは、純粋で無知な貴女のおかげです。ついでに御しやすそうだったので私の得意な術をかけようと思ったのですが、ご主人に阻(はば)まれました」

「術……？」

「ええ。私が得手とする――人心を操る力です」

白いチェスターコートの袖から、身が細い狐がしゅるりと出てきた。

「これは管狐(くだぎつね)、私の式神の一つです。狐は古来より人心を操る力を持っています。私は生来、これと相性が良く、自分の技のように使うことができるのですよ」

危ういのに、魅入られて逃れられなかった――力。あれは……。

「まさか、私を操ろうとして……？」

「無論です。貴女は呪術の心得がない、只人(ただびと)だ。心を掌握(しょうあく)すれば、久遠家に連れ帰ることは容易いですからね。まぁ、こうして失敗に終わったわけですが」

ぞくりと背筋が凍る。自分の心が操られるなんて、なんて恐ろしい――。私は手の中の水晶を一層強く握りしめる。千尋さんのお守りがなかったら、まんまと術中に嵌(は)まっていた。

「ま、後悔先に立たず、と言います。手荒な真似はしたくありませんでしたがね……」

屈託のない表情で美作さんはこちらに手を伸ばそうとする。私は恐怖で自然と後じさった。

どうしよう、どうしよう――。

その時だった。

突如、地面を突き上げるような衝撃が足元を襲った。私は悲鳴を上げて、応接間の絨毯の上にへたり込む。

「じ、地震……!?」

揺れはすぐに収まった。美作さんは泰然と、窓の外へ視線を移す。

「どうやら終わったようですね。私の『傀儡』の仕事が」

一瞬、何のことを言っているのか分からなかった。けれど私はハッと気がつく。そういえば高旗さんが帰ってきていない。高旗さんは美作さんと元から知り合いのようだった。それに美作さんと一緒にこのお屋敷に来た、彼はまさか――。

「貴方はもしかして、高旗さんを術で……!」

「ご明察です」

内緒事がばれた時のように、美作さんはいたずらっぽい笑みを浮かべる。

どうりで高旗さんの様子がおかしいと思った。あれは術で心を操られていたからだったんだ。

「高旗さんに何をさせたんですか。さっきの地震と関係あるんですか?」

「あれには地下の龍穴へ行かせました。そして封印を解かせたのですよ」

龍穴には何かが封じられているのかもしれない、と千尋さんは言っていた。池を厳重に囲む、何本もの杭と縄を思い出す。私は身震いしながら尋ねた。

「何が……封じられているのですか、あそこには」

「とある荒神(こうじん)です。――『夜刀神(やとのかみ)』という蛇神ですね」

荒神――読んで字の如く、荒ぶる神のことだろう。やはり恐ろしいものがあそこには隠されていたのだ。

「といっても、全ての封印を解いたわけではありません。杭の一本を抜いた程度です。まぁ、手始めの実験ですよ。この屋敷から持ち出した『触媒』がしっかり機能するかの、ね」

「触媒……？」

「桜の枝です。他ならぬ貴女からいただいたじゃありませんか。あの時、貴女は『傀儡』を通して私と話していたのですよ？」

私は言われてはっとする。そうだ、あの夜の高旗さんもどこか様子がおかしかった。どこか表情は虚ろで、心ここにあらずで……。当時は酔いが醒めていないものと思っていた。けど、違った。すでにあの時高旗さんは美作さんに操られていたのだ。

「そうそう、先日は木霊を通して霊力を繋ぐ実験にも成功しました。塵芥にも劣るあの妖魔があそこまで暴れたのは私の力あってこそなのですよ」

じゃあ……木霊さんが乱心し、強大な力を暴走させてしまったのも、この人のせい――！

私はなけなしの意地で、美作さんを睨んだ。しかし美作さんの余裕は崩れない。

「封印とは一種の結界ですからね。外から壊すのは難しい。そこであの枝です。桜の樹は龍脈から霊力を吸い上げている。龍穴の力を宿した『触媒』があれば、内側から破壊できる」

そうして――真の『花盗人』は謎めいた薄笑いを浮かべる。

……なんとかして逃げなければ。私は震える足を叱咤して、立ち上がると、意を決して身を翻す。水晶を握りしめながら応接間の扉に向かう。――が、しかし。

「――来い、玲二」

おもむろに美作さんが手を挙げた。私の目の前で、応接間のドアが開いた。そこに立っていたのは――。

「――ちょっとぶりやな、お姫さん」

「玲二、さん……？」

先日ここへ来た時と同じく、黒いロングコートを羽織った玲二さんが、私の行く手を阻むように立ち塞がっている。

「ど、どいてください……！」

「それがそうもいかんのや。依頼人様からの命令とあっちゃなぁ」

依頼人――。それがこの場で誰を指すのか、私はすぐに分かってしまった。

「玲二さん、まさか……美作さんに協力しているんですか？」

「勘違いしなや。美作から依頼受けたんはこの屋敷に来た後やで。あーあ、せっかく忠告したったのになぁ」

「どうして……。この前は遠原さんに手を合わせてくださったのに……！」

「それはそれ、これはこれ。金さえもらえば仕事を受ける。それが在野の退魔士の生きる術っちゅうてな。ま、悪ぅ思わんでな、真琴ちゃん」

私は今度こそ全身の力が抜けていくのを感じた。玲二さんとは色々あったけれど、和解できたと思っていた。なのに――。

「さぁ、茶番は終わりです」

後ろから迫る美作さんが、懐から呪符を辺りに投げた。瞬間、応接間のあちこちに光が生まれ、見たことのないあやかし達が姿を現す。固い岩のような甲羅を持つ巨大な亀もいれば、原色の羽を持つ怪鳥もいる。鳥獣たちは皆、一様に私を取り囲んでいる。

「言うまでもなく、高旗遵平の命は我が手にあります。この屋敷やあやかしたち、もちろん貴女も、ね。貴女が大人しくするというなら悪いようにはしません。――いかがされますか？」

何もかも彼の手の内だったことを思い知らされ、私は力なく肩を落とす。唯一の心の寄る辺である水晶を固く固く握りしめながら、私は彼の人の名を心の中で呼ぶ。

――千尋さん。千尋さんっ……！

返る声はない。私は静かに項垂（うなだ）れた。

なす術もなく、私は自室へ連れて行かれた。手ずから私を閉じ込めた美作さんはすぐに姿を消し、どこかへ行ってしまった。

「これから、どうしたら……」

座り込み、畳の目を見つめながら、私は回らない頭で必死に考える。といっても、無力な私にできることはない。せめてこの変事が、千尋さんに伝わっていることを願うのみだ。

祈りを込めて水晶をぎゅっと握る。美作さんは当然、これを取り上げようとしたのだけれど、水晶は拒否するように美作さんの指を見えない力で弾いた。

きっと千尋さんが守ってくれたんだ。だから必ず助けに来てくれる……。

そう強く願う私の背筋に、ぞくっと冷たい悪寒が走った。

瞬間、急に室内が暗くなる。

「何……？」

太陽が雲間に隠れたのかと思ったが、それよりも尚昏い。私は慌てて窓辺に飛びついた。するとと澄んだ冬の青空が、瞬く間に宵闇を纏っていくのが見えた。まるで時計の針を無理矢理進めたかのように、辺りは夜の帳に包まれる。

「ど、どうしてこんな――」

目の前で起こったことが信じられない。ざわざわと胸の内に不安が広がる。私の疑問に応じたのは――襖の向こう側にいる人だった。

「――美作の結界や。屋敷の内側から自分の結界を張り直したっちゅうことやな」

すらりと襖が開いて、玲二さんが顔を出した。私はびくっと肩を竦め、部屋の隅まで逃げる。玲二さんは私の監視役を美作さんに命じられていた。

「千尋サンがいくらアンタを助けたくても、美作の結界を突破せな中には入られへん」

「そんな……」

私は深く俯く。それだけが一縷の希望だったのに。

玲二さんは後ろ手に襖を閉め、室内をぐるりと見回した。そして私の向かいで片膝をつく。

そうして悲嘆に暮れる私の顔をじろりと覗き込んだ。

「――で、自分、これからどないすんねん」

「え……？」

最初はからかわれているのかと思った。何もできない私を嘲笑っているのかと。

しかしその眼差しは真剣そのもので、曖昧な答えは許さないと言わんばかりだ。私が気圧されて黙り込むと、玲二さんは苛立ちを隠そうともせず、くしゃくしゃと前髪をかき混ぜた。

「ったく、面倒くさい女やな。もう一度聞くで。――自分、このままでええんか？」

「い……いいわけないです。私は、千尋さんとこの家を一緒に守る、契約を――」

違う、と内心で首を振る。契約がなくとも、私は――。

「ううん、私が――私自身が、望んで、この家を守りたいんです。ここは千尋さんやあやかしの大事な家だから。私の……やっと見つけた、居場所だから……！」

手の中の水晶が温かい。気がつけば、頬をぽろぽろと大粒の涙が伝っていた。

「荒神が解き放たれてしまったら、どうなるんですか？　このお屋敷は？　あやかし達は？　お願いです、私、なんでもします。だから、酷いことはしないで……」

しゃくりあげながら、私は涙ながらに訴える。玲二さんは静かな口調で尋ねた。

「美作に嫁入りせなあかんとしても、か？」

「え……」

「言うまでもないが、あいつの狙いは二つある。荒神を自分の式神とすること。そしてアン夕を——九慈川の忘れ形見を我が物にすることや」

私はぎゅっと唇を噛み締める。久遠家は九慈川家の分家だ。九慈川家の生き残りである私と結婚すれば、美作さんは次期当主の座につけるという話だった。

「それ、は——」

脳裏に浮かぶのは千尋さんの顔だった。今の私の旦那様——けれど、それはこの家を守るための契約上でのことだ。英家は私が久遠家の手に渡ることを良しとしていない。だから千尋さんもそれに従っている。

でも、千尋さん自身がどう望んでいるかは分からない。

それにどのみち、私には選択肢がない。

「私は……」

なのに、言えない。なんでもすると宣言したのに、どうしても心が言うことを聞いてくれない。私さえ、美作さんの下へ行けば。私さえ。

——『だから、大丈夫。あなたはあなたの道を選んでください』——

千尋さんの鮮明な声が脳裏に響いて、私は思わず息を呑む。

それはかつて同じ境遇に陥った私に、千尋さんが掛けてくれた言葉だ。

自分を犠牲にすることなく、自分の思う道を行けるように——と。

途端、体の奥から熱い何かが込み上げてくる。

その『道』を拓いてくれた千尋さんの——あの言葉だけは裏切るわけにはいかない。

「や……です……」

「は？　なんて？」

私は顔をがばっと上げた。そして首を激しく左右に振り乱しながら、心のままに叫んだ。

「――嫌、絶対に嫌！　あんな酷い人のお嫁さんになるなんて死んでもごめんですッ！」

「え……？　い、いや、真琴ちゃん……？　ちょ、落ち着きや――」

さっきまでしくしく泣いていた私の豹変振(ひょうへんぶ)りに、さしもの玲二さんも困惑している。それでもお構いなしに、私は続けた。

「あんな騙し討ちして家に入り込むなんて。あまつさえ、高旗さんやあやかし達を人質に取って。最低です！　人でなし！　ろくでなし！　久遠家の人ってみんなこうなんですか!?」

「……もしかしてそれって俺もディスってる？」

「玲二さん、どうにかしてください。私、お金払います。美作さんの依頼料の倍払います！　貯金はないけど……借金してでも払いますから、寝返ってください！」

「ぶッ――」

しばらく呆気に取られていた玲二さんは、唐突に吹き出した。

「はは……あっははは！　自分、結構えげつないこと言うやんか！」

玲二さんはしばらく笑った後、目尻の涙を拭って言う。

「――ええで、乗った」

「えっ……ほ、本当ですか？」

「ああ。ただし依頼料はいらん。すでにもらっとるからな」

へっ？　と素っ頓狂な声を上げる私に、玲二さんは意地の悪い笑みを浮かべてみせる。

「実は美作に依頼される前に、すでにオレには依頼人がおったんや。ほれ、見てみぃ」

玲二さんはコートのポケットから四つ折りになった紙を取り出した。広げられた紙には印刷された文字がびっしりと並んでいる。一番上の大きい見だしには『契約書』と書いてあった。甲が乙になんとかかんとか……という文面が続き、最後には玲二さんと、そして――。

「英千尋……。ち、千尋さんの署名？」

「せや。美作のことを忠告した時、オレは千尋サンの依頼を受けたんや。美作のことを探るように、それから――何かあったときはアンタを守るように、ってな」

玲二さんは契約書を折りたたみ、再びコートにしまいこんだ。

「まったく過保護なこっちゃ。ま、あの用心深さが今回は功を奏したんやろうけどな」

「じゃあ……じゃあ！」

全身に生気が漲っていくのを感じる。玲二さんは軽く嘆息した。

「アンタが腑抜けてたらオレも手ェ出さんつもりでいたけどな。あんだけ気持ちええ啖呵切られたらしゃあない。――付き合うたるわ、お姫さん」

時刻は昼の一時を回っていた。ともすれば時計を読み違えたかと勘違いするような、夜の静寂が窓の外に広がっている。私と玲二さんは顔を突き合わせて、早速作戦会議を始めた。

「問題は二つや。まず一つ、援軍をどう引き入れるか」

「援軍……。千尋さんのことですか？」

「せや。屋敷の結界に異常が発生したことは、千尋サンもとっくに気づいとる。今頃、大慌てでとって返してる最中やろ。せやけど屋敷を覆っていた結界の内側に、美作が新たな結界を作ってしもうた。美作が言うてた通り、外側から結界を破るのは至難の業や」

「でも内側から破るのは容易い……。なら、私たちが千尋さんを招き入れる必要があるということですよね」

「ご名答。だがここでもう一つの問題が立ち塞がる」

玲二さんは指を二つ立てた。

「美作は今、荒神の封印を解いてる。『夜刀神』――まさかあんなところに一柱いたとはな」

「それは……そんなに恐ろしい神様なんですか？」

私が肩を震わせるのに、玲二さんは淡々と説明した。

「夜刀神は古代の伝承に記されとる蛇神や。かつて開墾地を襲った夜刀神の群を豪族が討ち、杭を立てて祀った。偶然、逃げおおせた一匹が封じられとったんやろ。ちなみに奈良時代初期の話や。基本的には神様も妖魔も、長く生きとれば生きとるほど強なる」

つまり、千年以上生きている神様。途方もない話に、私はくらりと目眩を覚える。

「そんな神様を、美作さんは従えることができるんですね……」

「それはどうやろうな……。まぁ、千年封印されとって、その寝起きを突くんやから、勝算はあるかもしれん。オレは絶対やらへんけどな。それに――」

　玲二さんはらしくなく口ごもり、目を眇めて視線を逸らした。私は首を傾げる。

「どうしたんですか？」

「いや……。アンタにはちぃと酷な話かもしれんと思っただけや」

　玲二さんに気遣われるとは思わなかった。私は目を丸くした後、ぐっと全体に力を入れた。

「言ってください。今はなんでも情報が欲しいです」

　じっと玲二さんの横顔を凝視する。玲二さんは根負けして口を開いた。

「アンタの言う通り、夜刀神は並の退魔士に扱いきれるもんやない。美作に勝算があるのは、封印を解いた恩があること。そして……『貢ぎ物』があることや」

「貢ぎ物……？」

「有り体に言えば『生贄』や。よくあるやろ、荒ぶる神を静めるのに人を食わすんや」

　私は――ひゅっと自分の喉が鳴る音を聞いた。もしかして自分のことかと、一瞬思った。けれど美作さんが私との結婚を画策しているのなら、生贄にするとは考えにくい。もう一人の『人間』といえば――。

「まさか、美作さんは……高旗さんを夜刀神への生贄にするつもりですか……!?」

「ま、せやろな。千年も眠ってて腹も空いとるやろうし、奴さんも喜んで食べるんちゃうか」

　あまりの恐ろしい発想に、私は二の句が継げなかった。そんな一瞬の沈黙も今は惜しいとばかりに、玲二さんは言葉を続ける。

「盤面をひっくり返すためには、オレらが千尋さんを結界内に引き入れる必要がある。けどその前に、美作が夜刀神の封印を解いて、式神にしてしまえば勝ち目はない」

玲二さんは目をすっと眇めた。私の眼前にはまた二本の指が立てられる。

「選択肢は二つや。プランA——千尋サンの到着を待たずに、オレがアンタを連れてここから逃げ出すこと。千尋サンと外で合流して、英家にでも逃げ込めばええ。ほぼアンタの安全が担保できるシンプルな作戦やな」

「で、でも。そんなことしたらっ……！」

お屋敷はどうなるの。高旗さんは？　あやかし達は？　私の必死の表情に、しかし玲二さんは皆まで言うなとばかりに手の平をかざした。

「残酷かもしれへんけどな、オレのお勧めは断然こっちや。出奔したとはいえ、千尋サンは英家直系の血を引いとる。それに力尽くで屋敷を占拠した久遠美作を、英家かて黙って見過ごすわけにいかんやろ。勝ち目はおおいにある」

「けど……その間に、高旗さんやあやかし達がどうなるか、分かりません……」

私が英家に逃げ込んで。それから英家が屋敷を取り戻すまでに、どれだけかかるか分からない。少なくとも、今日明日の話ではないだろう。その間に美作さんは高旗さんを生贄にし、夜刀神の封印を解く。あやかし達が無事だったとしても、現状と同じく人質に取られる可能性はある。英家は退魔士の大家であり、あやかしは本来退治すべき対象だ。どれほど彼らの無事を担保してくれるだろうか。

奥歯を噛み締め、到底納得できないという表情の私に、玲二さんは重苦しく告げる。

「妖魔――あやかしはともかくとしてや。アンタが高旗を助ける義理はないんちゃうか」

「え……？」

私はしばし言葉を失う。以前の玲二さんならともかく、今の玲二さんが――遠原さんを自分の過失で死なせてしまった、彼が――人命を軽んじるとは思わなかったからだ。

玲二さんは苦虫を噛みつぶしたような表情で続ける。

「考えてもみ。話を聞く限り、高旗が桜の枝――龍穴の封印を解くための『触媒』を手に入れたんは、ここに初めて来た日のことやろ？　つまり高旗はここに来る以前から美作と通じとったちゅうことや」

確かにその通りだった。桜の枝を欲しい、と言った高旗さんはすでに美作さんに操られていた。それに私は目撃している。高旗さんと美作さんが鎌倉駅で会い、話をしているところを。

「それと――思い出したんや。オレが線香上げに来た時、高旗とすれ違うたやろ」

記憶を辿る。そういえば玲二さんは高旗さんを見て『どこかで会ったことあるか？』と尋ねていた。高旗さんの方は覚えがないようだったけれど……。

「あれは三ヶ月前、九月の頃や。オレが久遠家に最後の挨拶に行ったとき、見慣れん奴と離れですれ違った。美作に連れられて、何や話し込んどったわ。また三男坊の悪巧みかいな、思うて気にしとらんかったけど、あの相手は——間違いない、高旗やった」

「じゃあ、高旗さんはその時からすでに……？」

「美作のスパイやったっちゅうことやな。久遠家で会うた後、術を掛けられたんと違うか」

私は唇を震わせて、反論した。

「で、でもおかしいです。高旗さんはここに来た日、雲外鏡に本心を暴かれてます。美作さんと通じて千尋さんを騙す気でいたら、それも見透かされていたはずです」

「阿呆。本人が気づかんうちに術を掛けられとんのや。術が発動して、操られとる時間は本人の記憶に残らん」

「だからって、高旗さんがそんなことする理由が……！」

「ええか、お姫さん。本質を見ぃや。オレかて動機なんぞ分からんが——事実は一つ、高旗遵平は美作と自らの意思で接触した後、この屋敷に潜り込んだんや」

私は押し黙る。脳裏に過るのは——鏡に映った高旗さんの虚像が、本心を語る様子だ。

本が好き。仕事が好き。——千尋さんの作品が好きだと、そう言っていた。

でも、怖い——と怯えていた。

高旗さんには母親が突然失踪してしまった過去がある。置いていかれ、裏切られた、と。だからきっと人に心を傾けるのが怖いのだろう。千尋さんにも入れ込まない、と言っていた。

裏切られるのが怖い、だから信じたりしない——と。

「あれは……」

高旗さんの深い哀しみと慟哭がまざまざと甦る。雲外鏡が暴き出した本心、それが語っていた以上のことは私には分からない。思いを馳せても、想像の範囲を出ない。

「玲二さん、私は……」

我知らず、私は思ったことをそのまま口にしていた。

「きっと……私の見て来た高旗さんは、彼のほんの一部なんだと思います。出会ってまだ一ヶ月とちょっと、ですから。出版社の編集者さんで、私と同じ見鬼の才だけがある人。一言で言ってしまえば、それだけです」

「せやろな。だから――」

「でも」

私は強い口調で、玲二さんの言葉を遮った。

「でも……高旗さんは、千尋さんの作品が好きなんです。ちょっと面倒くさい感じの、でも大ファンなんですよ」

目の前が霞み、潤む。私は千尋さんからもらった水晶を、胸に引き寄せて強く抱きしめた。

「それから上京して間もなくて、気を抜くと秋田の方言が出ちゃって。あと、すぐ狭霧さんと喧嘩を始めちゃってハラハラさせられます。けど、私に付き合って鎌倉で喫茶店のホットケーキをご馳走してくれる優しいところもあったりして。それにすごく面倒見がいいんです。迷子のあやかしに自分の連絡先を渡したり。いつの間にかさとりちゃんと仲良しになってたり、木霊さんと樹子さんの仲を取り持ったり。木霊さんが暴走したときなんか、命がけで止めてくれて。だから、だからっ……！」

決して涙を零すまいと思った。今はその時じゃない。私はぐっと目の奥に力を入れる。

「私、ちゃんと高旗さんともう一度話がしたい。本人の口からちゃんと真実を聞きたいです」

玲二さんは真剣な顔をして言った。

「それが二つ目の選択肢――アンタの依頼、っちゅうわけやな」

「はい、そうです」

間髪を容れずに頷く。すると玲二さんは深く長い溜息を吐いた。

「ったく、ほんまに……とんだ甘ちゃんやな。簡単に頼んでくれよってからに」

「すみません。玲二さんには危ないことをさせてしまうと思うのですが……」

「ハッ、オレをナメとったらあかんで。ボンボンの美作なんぞに遅れは取らへん」

玲二さんは準備体操のつもりか、ぐるぐると両腕を回し始める。

「覚悟決まってんねやったら、早速行くで。心の用意はええか？」

「――はいっ」

私は勢いよく立ち上がり、玲二さんに向かって大きく頷いた。

屋敷の中は足元も覚束ないほど暗かった。部屋を出た私と玲二さんは、二階の廊下を進み、一階への階段を降りる。暗がりに目が慣れてきた頃、玄関から庭へ出た。

見慣れたはずの庭は——様変わりしていた。

「えっ……これは、桜？」

庭の木が全て桜にすり替わっている。しかも季節外れの満開だ。中天に座す満月に照らされた夜桜は妖しく、散りゆく花弁は怖いほどに美しい。強い風が吹き、桜吹雪が乱れ舞う。小さな公園ほどもある表庭はおろか、夫婦とあやかしたちが住んでも尚広いお屋敷、二百坪は下らない敷地の全てが——花の色に霞んでしまうほどだ。

玲二さんは鋭い視線で庭を見回した。

「久遠のお家芸——『桜花楼』っちゅう結界やな。久遠本家のご神木、千年桜にちなんだ術や。美作が桜の枝を盗んだのも、自分の力と相性がええからやろ」

なんでもその千年桜とは一年中咲き狂っている妖木なのだという。久遠家の家紋も桜なのだとか。それを聞くとますますこの光景に畏れをなしてしまう。

ううん、怖がってなんかいられない。私は弱気の虫を追い払うべく、首を横に振った。

玲二さんはそんな私の様子を見て、ふっと口元に笑みを刷いた。

「——さ、こっからは命がけの『隠れ鬼』や。行くで」

小走りに庭を横切る玲二さんの背中を追う。私は改めて作戦を確認した。

「千尋さんが到着するまで、なんとか美作さんを引きつけるんですよね」

「ああ。アンタが部屋を出たことはすでに美作に伝わっとる。ついでにオレが裏切ったことも な。アイツは必ず式神を差し向けてくる。こっちの捜索に力を割かなあかん分、夜刀神の封印を解くのに手間取るはずや。オレらは追っ手をやり過ごしながら、千尋サンが来たと同時に結界に穴を空ける」

庭の中には桜に変わっていない低木がいくつかあった。その茂みに身を隠し、私たちは周囲を見張る。

「今、結界を破るわけにはいかないんですか？」

「あんな……。ただ逃げるだけならそれでも良かったんやで。けど結界を破るのかてそれなりに力を使うねん。張り直されたらまた破らなあかん。美作はある程度龍穴から霊力の供給がある。対してオレはへばって終いや。自分、よくもの考えて言いや」

ぺらぺらと捲し立てられて、私は閉口した。もう……一言えば百返ってくるんだから。

「……素人ですみませんでした」

「なんやねん、そのふてくされた顔は。ちょっとは千尋サンの前におる時みたいに――」

文句を言い募っていた玲二さんが不自然に言葉を切る。私はハッとして隣を振り返った。

玲二さんは唇に人差し指を立て、静かにするよう仕草で伝えてくる。

目線だけを庭に向けると、いつの間にか巨大な亀が桜の下を跋扈していた。その体躯は一番大きな庭石の倍はある。亀が一歩、また一歩と足を進める度に、地面からどしんどしんと細かな振動が伝わってきた。

「……もちっと頭低ぅせえ。上にもおる」

玲二さんがしゃがみ込んだのに、私もそろそろとならう。わずかに顔を上げると、夜空を赤い怪鳥が舞っていた。深紅の羽の一本一本が火を纏っている。頭上から怪鳥の甲高い鳴き声が降ってくる。その長い尾が流れ星のように宵闇を赤く照らした。

　間違いない、最初に見た美作さんの式神たちだ。

　私たちを捜している——そう思うと、自然と呼吸が浅くなる。

　私と玲二さんは息を殺していた。こんなに地面が近いのに、湿った土の匂いよりも桜の香りが濃い。結界に閉じ込められている私に、逃げ場なんてないいんじゃないかと弱気になる。

「下手に動きなや。水晶に反応があるまで待つんや」

「反応……？」

「それ、千尋サンからもろたんやろ。なら、結界越しでも霊力が繋がっとるはずや。千尋さんが屋敷付近に到着したら、水晶になんらかのアクションがあるはず——。ッ！」

　そこで玲二さんは突然、弾かれたように立ち上がった。低木の傍、私の向こうを見ている。

　驚いて振り向くと、そこには——。

「——見つけました」

　無表情でそう告げる、高旗さんが立っていた。私は思わず駆け寄ろうとする。

「高旗さん……！」

「ちゃう、目の焦点が合ってへん。あいつは今、ただの美作の傀儡や」

　私の肩を掴み、制止する玲二さん。高旗さんは生気のない瞳をこちらへ向け、抑揚のない声で喋り始めた。

「よくもやってくれましたね、玲二。野に下った退魔士風情が、私を欺くとは」

「ハッ、金積めば誰でも思い通りになると思わんことやな、美作坊ちゃん」

台詞こそ強気だが、玲二さんの口調には余裕がない。さもありなん、美作さんの式神たちが地上と上空から、私たちをじわじわと包囲しつつある。私は縋るように手の中の水晶を見た。水晶はまだなんの反応も示していない。

玲二さんが私にだけ聞こえる声で言った。

「……一点突破すんで。正面の傀儡をどうにかする」

「高旗さんを、ですか？　でも手荒な真似は――」

「ったく、注文の多い依頼人やのう」

ぼやき終わったその瞬間に、玲二さんはコートのポケットから呪符を取り出した。玲二さんが何事かを呟き、空中に向かって投げつけると、紙片は大きな虎に変化した。

白い虎が地を蹴って、高旗さんへ突撃していく。美作さんの式神たちよりも小柄だが、その分身のこなしが軽い。その虎の陰に隠れるようにして、私は玲二さんに腕を引っ張られながら走った。

「甘い」

高旗さん――いや、高旗さんの意識を乗っ取っている美作さんがこちらに手を差し向けた。式神が一斉に私たちを睨む。まずい、式神たちに指示を与えようとしている――。

そこへ――なぁん！　といつになく鋭い猫の声が割り入った。

突如として視界を横切ったのは、猫又のたまちゃんだった。鋭いネコパンチで高旗さんの手をぱしっと叩き落とす。

「たまちゃん！」

「チッ――」

その隙を突き、虎の後ろから躍り出た玲二さんが高旗さんの背後を取る。

「――ジャク・ウン・バン・コク」

呪文を唱えると同時に、高旗さんの首筋へ文字がびっしりと書かれた呪符を貼り付ける。

呪符の効果だろうか、高旗さんの全身から力が抜け、膝から頽（くずお）れる。

「……っらぁ！」

玲二さんは高旗さんの両脇に腕を差し入れ、素早くその体を支えると、虎の背に軽々と放り投げた。

見開かれた私の視界に、玲二さんの右腕が映る。皮膚は赤黒く変色し、筋肉は岩のように盛りあがっている。コートや中の服は右袖が熱に焼かれ、腕がむきだしになっている状態だ。

油断なく残りの式神を睨む双眸も、右目だけが血の如く赤い。

そう。玲二さんもまた、千尋さんと同様、半人半妖――鬼の血を引いている。玲二さんは鬼の力で高旗さんを投げ飛ばしたのだ。

「ぼけっとすんな、行くで！」

「は、はい！」

ぐったりと虎の背にひっかかっている状態の高旗さんを右腕で押さえながら、玲二さんは再び私の手を引いて走り出す。足元にはたまちゃんが姿勢を低くして、併走している。背後で怪鳥がけたたましい声を上げた。

私とたまちゃん、玲二さんは走る虎についていく。屋敷を大きく回って、裏庭へ。縁側から屋敷の中へと入り込んだ。

いつも裏庭で干した洗濯物を畳んだりしている部屋だ。仏間でもある。玲二さんも先日、遠原さんにお線香を上げに来た時に踏み入れている。その時の記憶を辿るように、部屋の襖を開けて、玲二さんは言い放つ。

「鬼門（きもん）はどっちや!?」

「き、鬼門？」

「艮（うしとら）……やなかった、北東や北東！」

そんな急に方角を聞かれても。ええと、海側が南だから……。

「多分、こっちですっ」

玲二さんは廊下を道なりに進むと、ちょうど北東に一番近い場所で立ち止まった。

「あぁ、ここやな」

何もない壁を見ながら、小さく呪文を呟く。

すると――。

「えっ、襖？」

壁に突然、襖が現れた。玲二さんが躊躇いもなく襖を開けて入るのに、私も恐る恐るついていく。

不思議な空間だった。四畳もない狭い部屋だが、敷かれた畳も新しく、綺麗に掃除されている。窓はなく、電気を点けなければ暗くて何も見えなかった。

「ここは……？」

突然現れた部屋は三方を壁に囲まれていて、収納スペースもなかった。代わりに神棚が置いており、隅に盛り塩がある。敷地に満ち満ちていた、噎せ返るほどの桜の香りが薄い。どことなく安心感があった。

「しばらくここに立てこもるで」

式神の虎がゆっくり伏せると、高旗さんの体がするりと畳に落ちた。

なぁん……とたまちゃんは心配そうに彼の頬を舐める。それでも高旗さんは目を覚まさない。そのまま床に寝かせておくのは忍びなかったので、私は高旗さんの頭を揃えた膝に乗せた。高旗さんは眉根を寄せ、固く目を閉ざしていた。

「行ってこい」

主人の命令に従い、虎が襖をすり抜けて部屋を出て行く。それから玲二さんは唯一の入り口である襖に、ベタベタと呪符を貼り付け始めた。

「こんな目くらましがいつまでもつか分からんけどな」

一仕事終えると、玲二さんはどっかとその場で胡座をかいた。私は水晶を確認する。すると透き通った輝きがかすかに強くなっていた。

「玲二さん、これ……」

「なんや、反応あったか」

玲二さんが身を乗り出して、私の手元を覗き込んだその時――ぺらりと音がした。玲二さんがさっき高旗さんの後ろ首に貼り付けた呪符が畳の上に落ちている。

「えっ、あ……」

まずいのでは、と危惧する。あれはきっと封印のようなものなのだろう。またさっきみたいに、高旗さんが操られた状態で目覚めてしまったら……！

「ん……。ここ、は――」

しかし、それは杞憂だった。薄く目を開いた高旗さんの声は本人のもので、寝ぼけ眼だけれど目には生気が戻っている。玲二さんが平静な口調で言った。

「部屋を封じたのと水晶の力で、一時的に美作との接続が切れたみたいやな」

「本当ですか？　良かった、高旗さん……！」

喜ぶ私を見上げ、高旗さんは大きく目を見開いた。

「真琴、さん……？　って、なんか頭の下、柔らか――うわ、膝枕!?」

「あっ、急に起きちゃ……あいた！」

ごつん、とあごに衝撃が走り、目から火が出た。高旗さんも上半身を起こしながら、痛みに低く呻いている。たまちゃんがうにゃあ……と同情するように鳴いた。

「何してんねん、自分ら」

玲二さんの呆れた突っ込みが入る。激突した頭を押さえていた高旗さんは、しばらくしてようやく周囲へ視線を巡らせる。

「ここ、どこすか……。あれ、俺、確か本社で英先生と会う予定で――」

意識や記憶が混濁して、うまく状況が飲み込めていないらしい。私は高旗さんにいきさつを説明する。千尋さんと行き違いになったと言って、高旗さんが美作さんと一緒に屋敷へ来たこと。美作さんはそうして結界の中に入り込み、新たな結界を張って、屋敷を乗っ取ってしまったこと。傀儡のことなど、度々、玲二さんの補足も含めて。

「久遠、美作……」

その名前を口にした高旗さんの口調は苦々しかった。私は気遣わしげに尋ねる。

「高旗さんと美作さんはどういうご関係なんですか？」

高旗さんはしばし黙り込んでいた。しかし観念したのか、重々しく口を開く。

「……俺はある『事件』を調べる最中、久遠家へ辿り着きました。そこであいつと……美作と知り合ったんです」

やっぱりここに来る前から美作さんと通じていたのだ。気が重くなる一方で、高旗さんの話をちゃんと聞かなければと思い直す。これこそ私が玲二さんに危険を冒してもらってまで望んだ『依頼』なのだから。

「美作はあやかしや退魔士のことを俺に教えました。そして編集者という立場を利用して

『事件』に関わっていたとされる、小説家に近づくよう助言したんです」

「それが……千尋さんですか？」

高旗さんは小さく頷く。話の中で気になる言葉があった。

「そのある『事件』って……？」

途端に、高旗さんは表情を険しく歪めた。拳が硬く握られている。私が辛抱強く待っていると、高旗さんは私を横目で睨み付けた。

「以前、この屋敷の主だった——遠原幸壱が亡くなった事件です」

心臓が直接掴まれたように、ぎゅっと縮んだ。

まさか、遠原さんの名前が出てくるだなんて。

「高旗さんは、遠原さんをご存知なんですか……？」

私から視線を逸らし、高旗さんは昏い目でじっと床の畳を見つめていた。

「……遠原幸壱は、俺の従兄(いとこ)です」

「えっ——」

思わず声を上げる。そういえば——高旗さんは秋田出身だ。そして遠原さんが亡くなった時、連絡のついた唯一の親戚が東北の人だと千尋さんは言っていた。まさか——。

「ただの従兄じゃありません。あの人は俺にとって……ただ一人、心許せる人です。兄弟のいない俺にとって実の兄も同然だった。幼い頃から、雪深い裏山で一緒に遊んだもんです」

高旗さんは私をちらりと横目で睨む。

「それが……鎌倉の山中で事故死した？　ありえない……幸壱兄ちゃんは山の厳しさをちゃんと弁えている人だった。それがこんな都会の山中で遭難するなんて！」

黒々とした目の奥に、怒りの炎が灯る。

「遺体もない葬式、当時近所で度々『鬼』が出ると噂されていたこと……。何かがおかしい、と思いました。そこでふと、俺は母方の実家が占いだかまじないだか、妙なことをする一族だという話を思い出したんです」

「たまたま、母方の実家が久遠家やった。そこで美作に出会ったたっちゅうわけか……」

話に入ってきた玲二さんに、高旗さんは懐疑的な視線を送った。

「っていうか、アンタ、誰です？」

「……ああ、オレは久遠玲二。美作の親戚で——例の、遠原さんを死に追いやった輩や」

「は——？」

高旗さんがかっと目を見開く。私は慌てて両者の間に割って入った。

「ま、待って。玲二さん、話をややこしくしないでくださいっ」

「ややこしいも何もほんまのことやろ」

そこから玲二さんは立て板に水の如く、高旗さんが求めてやまなかった遠原さんの死の真実を語った。自分の追っていた鬼女——小林鈴を遠原さんが屋敷に匿ったこと。その鬼女を追い詰めたことで遠原さんは彼女を助けるため、自らの命を差し出したことを——。

「それって……アンタが幸壱兄ちゃんを殺したも同然じゃねえか！」

っけらかんと答える。

当然のことながら、高旗さんは気色ばみ、玲二さんの襟首に掴みかかった。玲二さんはあ
「だからそう言うてるやろうが」

「てめえ……このッ……！」

高旗さんの手に一層力が込められる。さしもの玲二さんも眉を寄せる。このままじゃ本当に首を絞めかねない、私は急いで止めに入る。

「や、やめてください、高旗さん。確かに不幸なことだったけれど……遠原さんは全て自分で選んで、納得していました」

「そんなのなんで分かるんですか！　死者の言葉を聞いたとでも!?」

「……はい、そうです」

「はあ!?」

完全に頭に血が上っている高旗さんが信じてくれるかどうかは分からない。けれど私は必死になってたまちゃんを指差した。

「実は、遠原さんはそこのたまちゃんに魂を憑依させていて。最後の最後に、私や千尋さん、鈴さんに話をしてくれたんです……！」

今でも鮮明に覚えている。たまちゃんから陽炎のように遠原さんの姿が浮かび上がった時のことを。私に、千尋さんに、鈴さんに――そして悲劇の中の唯一の希望である、お腹の中の命に。遠原さんは感謝の意を示し、そして道を示してくれた。

「遠原さんは私と千尋さんにこう言ってくれました」

――『願わくば二人が思う道をゆけることを』――

その言葉を告げた瞬間、急に高旗さんの顔色が変わった。

「それは……」

玲二さんの首から手を放し、だらりと腕を下げる。

「それは、ああ……そうだ……」

怒りに満ちていた声が、今度は悲しみに震えている。

「間違いなく、兄ちゃんの、幸壱兄ちゃんの……言葉だ――」

もしかしたら、高旗さん自身も遠原さんから言われたことがあるのかもしれない。

しかし高旗さんはすぐに――唇を噛み締め、わなわなと肩を震わせた。その瞳にはまだ仄暗い炎が燻っている。

「その真実を――英先生は隠蔽したんですね。この前の長谷文学館の事件と同じように」

「で、でも、それはあやかしを知らない人達の混乱を避けるためで……」

「――分かってるよ！」

高旗さんの拳が畳の上に叩きつけられる。私はびくりと身を竦ませた。

「だからってなんだ、人が一人死んでるんだぞ！　それなのにあんたらは嘘で覆って、誤魔化して、真実を隠したんだ！」

「高旗さん、それは――」

「知らない方が幸せだって言いたいんだろ？　そりゃこんな悲しい話、誰も聞きたくねえよ。でもな、俺みたいに本当のことを知らなきゃ納得できない人間もいる。何かできたんじゃないかって、助けられたんじゃないかって、ずっとずっと後悔する人間もいるんだよッ……！」

ああ……そうか。

私や千尋さんは知っている。遠原さんの想い、言葉、残したものを――全てではないにしろ、自分が納得できるまで受け取っている。

でも何も知らされなかった高旗さんは、遠原さんが――大切な人が亡くなったまま、時間が止まってしまっているんだ。

「だから、嫌だったんだ」

高旗さんは声に涙を滲ませる。幼い子供のように。

「先生にも。真琴さんにも。もう、誰にも裏切られたくなかったのに……」

鋭利な刃物で刺し貫かれたように――胸が痛かった。

雲外鏡が暴いた本音、その本当の意味を知る。

高旗さんの悲痛な言葉は――裏を返せば、彼は千尋さんと私に少しでも心を預けてくれていたということだ。それなのに……。

ごめんなさい、仕方なかったんです。軽はずみな謝罪が口を突いて出そうになる。けれどそんなのは自己満足だ。私は口を噤み、考え抜く。

遠原さんの遺志を継ぎ、千尋さんと共に家守をする、私にできること――。

私はきつく目を瞑り、涙を堪えた。そして一つ大きな深呼吸をすると、真正面から高旗さんを見据える。

「……高旗さん、もうすぐここに千尋さんがやって来ます」

「だから……なんですか」

「お怒りはごもっともです。けど、お願いします。どうかもう一度、千尋さんに会ってください。千尋さんとお話ししてください」

私は居住まいを正した。三つ指を突き、畳の上に額を着ける。

「千尋さんの――主人の口から、今一度、あなたに真実を語る機会をください」

頭を垂れた私に、高旗さんの苦々しい声が降ってくる。

「主人って……あなたたちは『契約結婚』なんでしょ」

畳の上についた指先が少しだけ震える。その通りだ、私なんかがおこがましい、と思ってしまいそうになる。けれど私はゆっくり顔を上げ、毅然と高旗さんを見つめた。

「それでも――私たちは夫婦です。この家を守るための。千尋さんがいない今、その務めを果たさなければならないのは、妻である私なんです」

「っ……！」

私のまっすぐな視線を受け、高旗さんはわずかにたじろぐ。

「事情を知ればきっと、主人はあなたに真実を話します。お願いします、信じてください。

主人は――あなたを、高旗さんを決して裏切ったりしません」

そうして再び額を畳へ擦りつける私を、高旗さんは――しばし、静かに見下ろしていた。

どんな苦言でも罵倒(ばとう)でも、受け止める覚悟を決めていた。しかし――。

「……顔を上げてください」

思いのほか柔らかい口調でそう言われ、私はゆっくりと顔を上げる。

「真琴さんにそんなことされたら……俺、どうしていいか分からなくなります」

「高旗さん――」

そこには怒りや哀しみ、戸惑いを内包して複雑な色をしている、高旗さんのなんともいえない表情があった。

「……分かりましたよ。高旗さんはぎこちなく続ける。ここは俺の負けです」

「それじゃ……！」

「美作のことは俺に責任がありますから、放ってはおけません。それに俺だって、屋敷がなくなって欲しいわけじゃない。たまやさとりちゃん、じいちゃん、樹子ばあちゃん……みんなの居場所を奪っちまったら寝覚めが悪いし」

あやかしたちのことも心配してくれる高旗さんはやはり優しい。私が思わず目を潤ませていると、高旗さんはびしっと人差し指を立てた。

「あくまでも英先生の口から直接真実を聞くためです。ちなみに先生が少しでも誤魔化そうとしたら、容赦なくブン殴りますからね」

「分かりました、私も歯を食いしばりますっ」

「いや、さすがに真琴さんはぶたないですけど」

焦る高旗さんを、玲二さんがじとっとした目で見る。

「ちゅーか、自分、始めっから千尋サンに直で聞いたら良かったやん。それでこないな騒動になっとったら世話ないわ」

「そ、それは……英先生が関わってるかも分からなかったし……。っていうか、アンタが兄ちゃんに酷いことしたんだろ、責任取れよ！」

「せやから、こうして協力したってるやろ――、ッ！」

そこまで言って、玲二さんは苦痛に表情を歪めた。歯を食いしばってこめかみを押さえる玲二さんに、私も高旗さんも口を噤む。

「くそっ……こっちの式神がやられた。しばらくは出せへん。屋敷をしらみつぶしに捜されたら、ここが見つかるのも時間の問題や」

そんな……。愕然としていると、ふと手の平が熱くなっているのに気づく。拳を開くと、中の水晶が何かを訴えるように明滅していた。

「あっ、玲二さん、水晶が……！」

「来た、反応や。千尋サンが近くにおる」

玲二さんはすっくと立ち上がり、襖に向かって腕を真一文字に振った。封じの呪符が全て剥がれ、玲二さんの手元に束となって返ってくる。

「結界に穴空けに行くで。兄ちゃんの方はこれ持っとき。美作の術に少しは抵抗できるやろ」

と言って、玲二さんは呪符の束を高旗さんに押しつける。高旗さんは戸惑いながらもそれを背広のポケットに入れた。

玲二さんが襖を開けると、冷たい廊下の空気と共に濃厚な桜の香りがなだれ込んでくる。怯みそうになるのを必死に堪えている。隣にいる高旗さんがごくりと固唾を呑む気配がした。

――真実を知ることは恐ろしい。それが思い入れのある人からの言葉であるなら、尚更。

「高旗さん、一緒に来てください」

だからこそ――私は、彼に手を伸ばす。

「千尋さんに会いに行きましょう」

「真琴さん……」

高旗さんは少しの間、困惑していた。しかしすぐに表情を引き締め、私の手を取る。

「――はい」

小部屋から裏庭へ、先ほど入ってきた縁側から出る。美作さんの式神がいるかとひやひやしたけれど、裏庭は静寂そのものだった。

「庭の北東の端へ向かうで。すぐそこやろ」

「はい……。そこに行けば結界が破れるんですか？」

「ああ。北東は鬼門言うてな。家の中に悪いもんが入ってくる場所や言われとる。せやからああいう風に清めた小部屋を鬼門封じに使ったりするんや。それを逆手に取れば、美作にとって『悪い者』――つまり千尋サンを招き入れやすい」

裏庭の茂みに入り、低木に隠れながら進んでいく。

「ただ、そんなことは呪術に関わるモンなら百も承知や。おそらくは――」

先頭を行く玲二さんが手を挙げて、私と高旗さんに待ったを掛ける。

目指す裏庭の端には――すでに巨大な亀が、まるで番をするように陣取っていた。

「な、なんすかあれ。特撮の怪獣……？」

初めてちゃんと意識がある時に式神を見たのだろう、高旗さんの声が引き攣っている。玲二さんはやれやれといった様子で肩を落とした。

「やっぱ式神で抑えられとるわなぁ。――な、水晶の様子はどや？」

玲二さんが肩越しに私を振り返る。私は手の中で光を増していく水晶を確認した。

「かなり反応が強まっていると思います。さっきからかなり熱くなってきていて……」

そこまで言った私の耳朶を、低い声が掠めた。

――『さん……まこ、と……さん』――

私は「えっ」と小さく声を上げる。高旗さんが怪訝そうに眉を寄せた。

「どうしたんですか？」

「今、千尋さんの声が聞こえたような……」

願望が聞かせた幻聴かとも思ったが、さらに、

――『まこと、さん……真琴、さん……！』――

私はハッとして水晶を包む自分の手を見た。耳からじゃない。水晶から声が伝わってくる。

「千尋さんが……呼んでます。私のことを……！」

「声も通じるっちゅうことは、かなり近いな。結界が破れるのを待っとるんかもしれん」

そう言うと玲二さんは袖の破れたコートを脱ぎ捨て、覚悟の眼差しで式神を睨む。

「オレが時間を稼ぐ。アンタらはその隙に結界を破るんや」

私と高旗さんはぎょっとして互いに顔を見合わせた。

「玲二さん、結界を破るってどうすれば……？」

「水晶を結界の壁にぶつけるだけや。結界はドーム状で、頂点に近いほど壁が薄い。上空から侵入してくる奴はそうおらんからな。穴空けたれば、あとは千尋サンがなんとかするやろ」

「ていうか、アンタ、あんな馬鹿でかい亀と戦う気なんですか？」

「囮（おとり）になって引きつけるだけや。他に質問は？」

玲二さんは言いながらも、右腕を変化させていく。人の腕が鬼の赤黒い肌に変じていく速さはしかし、先ほどよりも遅い気がした。消耗しているのだ、玲二さんも。

「玲二さん……大丈夫ですか？」

よく見ると、玲二さんの前髪が汗でべったりと額に張り付いている。だが彼は不敵な笑み

を崩さない。

「言うたやろ、美作のボンボンには負けへんわ。それより——準備ええか、行くで！」

玲二さんは茂みから転がり出ると、私たちが隠れているところとちょうど対角線にある屋敷の側面を目指した。半人半妖の力——鬼の右腕を解放し、式神の注意を引きつける。大亀は意外にも素早い動作で首を巡らせると、玲二さんを目で追っていく。

玲二さんはそのまま表庭に向かって走った。式神を鬼門から引き離すつもりだ。思惑通り、大亀は玲二さんを追いかける。

一方、玲二さんと式神の様子を見守っていた私に、高旗さんが声をかける。

「それ、上に投げりゃいいんですよね。俺がやってもいいんですか？」

「多分、大丈夫だと思います。ちょっと熱いですけど……」

私は高旗さんに水晶を手渡す。水晶はなんら変わりなく高旗さんの手に移った。

私を守ってくれていた水晶が手を離れるのは少し心許(こころもと)ない。

けど、心配ない。もうすぐ本物の千尋さんに会える。必ず——会える。

「任しといてください、学生時代はソフトボールやってたんで。真琴さんはここに」

「いえ、私も行きます……！」

立ち上がる私を見て、高旗さんは目を丸くした。

「いや、危ないっすよ。隠れてた方が——」

「危ないのは高旗さんも一緒です。それに私にならきっと、美作さんは危害を加えませんから。盾ぐらいにはなれるかも」

「ええー……。結構、豪胆……」

「こう見えても、このお屋敷を預かる者なので。しゅ、主人のちゅま、なのでっ」

あ、あぁ、肝心なところを噛んだ。頬を赤らめる私に、高旗さんは小さく苦笑した。

「分かりました。じゃ、いざという時は恥も外聞もなく真琴さんの背中に隠れますから」

「はい、私が必ずお守りします！」

高旗さんが低木の陰から出るのに、私も続く。鬼門――裏庭の端には季節外れの桜が咲いている。私は星に彩られた夜空を見上げた。小さな鳥の影が一瞬、月の前を横切ったように思えたが、定かではない。

高旗さんが投擲体勢に入った、その時だった。

遠く、かすかな鳴き声が聞こえた。脳裏にもう一つの式神――怪鳥の姿がよぎる。そして次の瞬間には周囲が熱波に包まれた。

「――危ないッ！」

私は無防備な高旗さんの背中に体当たりした。わっ、と声を上げる高旗さんと共に地面へ倒れ込む。同時に頭上を炎の塊が掠めていく。痛む体をなんとか起こすと、目の前には大きな怪鳥が燃えさかる両の翼を広げ、私たちの行く手――鬼門の方向を遮っていた。

「――困りますね、お二方」

怪鳥から人の声が響く。それは――美作さんのものだった。

「貴方たちのような凡愚は、大人しく私の傀儡として踊っていればいいものを」

「久遠美作……ッ！」

高旗さんは地に片膝をつきながらも、怒りに言葉を詰まらせていた。私は一足早く立ち上がり、高旗さんと怪鳥の式神との間に身を滑り込ませる。

「美作さん、もうこんなことはやめてください！」

「おや、これは異な事を仰る。やめるつもりがあるのなら、初めからこんなことはしません」

高旗さんを守るように両腕を広げる私を、美作さんは嘲笑した。私は怪鳥の放つ炎の熱に、後じさりそうになる足を必死に留める。

「や……やめてくださるなら、私、あなたの下へ行きます」

怪鳥の羽ばたきが、ふと止まる。私はちらりと高旗さんに目配せした。私もまた囮になるつもりだった。高旗さんはその意図を読み取り、わずかに目を見開く。

「それは私に輿入れしてくださるという意味ですか？」

「……はい。皆さんとこのお屋敷を守れるのなら、私はどうなってもいいです。だから式神を退いてくれませんか」

一瞬でもこの怪鳥が退いてくれさえすれば、水晶で結界を破ることができる。

怪鳥の赤い双眸がぎらぎらと輝いている。私は目を逸らすまいと見つめ返した。

「そうですか。でしたら私と貴女は婚約者、ということになりますね」

「あ……は、はい」

「では、誓いの口づけでも交わしましょうか？」

「え……？」

狼狽した私の目の前に、一瞬にして美作さんの姿が現れた。向こう側が透けて見えるのに、術で作り出した幻影だろうと思い当たる。その刹那、美作さんの両腕が私に向かって伸びてきて、強引に抱き寄せられた。

「——っ！」

まるで物を扱うかのように乱暴だった。腕に込められた力が強く、背中がじわじわと痛む。

「真琴さん！」

高旗さんが悲鳴に近い声で私を呼ぶ。助けてと言いたいのを堪え、私は叫び返した。

「わ、私のことはもう放っておいてください……！」

恐怖と痛みで涙が浮かぶ。あごが掴まれ、無理矢理上を向かされる。

そこには美作さんに——残忍な笑みがあった。

「——愚かな女だ。一度裏切った者を私が許すとでも？」

怪鳥が天に向かって、けたたましい鳴き声を上げた。翼から炎が吹き出て、左右から高旗さんを取り囲んでいく。

「やめて！」

美作さんに捕まり、私は身じろぎ一つできない。やっとのことで肩越しに振り返った視界には、今まさに炎に包まれようとしている高旗さんが映る。

——美作さんには看破されていた。私の浅はかな演技など。

もう駄目だ、と胸中を絶望が支配する。反射的に目を瞑った、その時。

「ええええーい！」

甲高い少女の声が聞こえた。はっとして目を開けると、なんと高旗さんがふわりと空中に浮かんでいた。

「えっ、わ、さとりちゃん!?」

「うー、たかはた、おもいー」

夜空に白いワンピースの裾が翻る。見るとさとりちゃんが高旗さんを後ろから抱えて、宙に持ち上げているではないか。

「ま、まま、真琴どのを放しなされ。でないと、たたたた、タダじゃすみませんぞっ」

さらに私の足元でわふわふっと犬が吼えた。白い老犬——木霊さんは果敢にも美作さんの幻影に飛びかかっていく。

「ちっ——」

美作さんが身を引く。木霊さんは四つの足を震わせながらも、必死に踏ん張っていた。

「矮小な妖魔風情が」

冷たく言い放ち、美作さんは怪鳥を木霊さんに差し向ける。私はさあっと血の気が引いた。

木霊さんは桜の樹に宿る精霊だ。水が木に力を与えるなら、火は木を燃やし尽くしてしまうのではないか。

怪鳥の翼から吹き出た炎が、木霊さんめがけて一直線に進む。木霊さんは足が竦んで動けず、ただ少女のような悲鳴を上げた。

「きゃあ！」

「木霊さんっ」

間一髪、木霊さんが炎から逃れる。駆けつけた樹子さんが木霊さんの体を掬い上げたのだ。

「木霊さん、樹子さん……！」

変わらず身動きが取れない私のそばで、今度はきらりと強い光が放たれた。

それは——月光を反射した鏡だった。

「——鏡をごらんよ」

雲外鏡が澄んだ瞳で美作さんを見上げている。

ここにいるのは美作さんの幻影だ。にも拘わらず、鏡は彼の虚像を映している。

『——く、は……ぼく、は……』

「……ッ!?」

美作さんの虚像が苦しそうに喘いでいる。意外な光景に私は目を見開いた。

そして——当の美作さんもまた、食い入るように鏡を凝視している。

『いら、な……ですか——かあ、さま……』

「や、めろ……！」

絞り出すように言う美作さんに、しかし雲外鏡は鏡を向け続ける。

「鏡をごらんよ。大丈夫、これはあなた自身だよ」

「――黙れッ！」

獣の咆哮（ほうこう）じみた声を上げ、美作さんは腕に力を籠（こ）めた。背中が潰れるような痛みに、私はうっと小さく呻く。

「黙れ黙れ黙れ……この穢（けが）らわしい妖魔めッ！」

主の激情に応じるように、怪鳥が雲外鏡めがけて急降下してくる。美作さんの幻影も雲外鏡を捕らえようと、私を放して両腕を伸ばした。

「あ……」

雲外鏡は大きな目を丸くし、呆然と立ち尽くしている。一瞬のことで誰も動けなかった。背筋だけがすうっと冷たくなるのに、声を上げることすらできない。

刹那――なぁお！　と鋭い鳴き声が響いた。たまちゃんが雲外鏡に突進して、美作さんの魔の手から救う。私は転ぶようにたまちゃんと雲外鏡に駆け寄り、庇うように抱きしめる。

「もうやめてください、あやかし達を傷つけないで……！」

「うるさい！　妖魔どもめ、調伏（ちょうぶく）してやる！」

美作さんの怒声と共に、炎が迫る。

私は決して諦めるものかと意を決した。

私が守るんだ。みんなを。このお屋敷を。

契約というだけじゃない。

それが、私と千尋さんの――一番大切な『約束』だから……！

「――おっ、らあああああ！」

突如として、上空から雄叫(おたけ)びが聞こえた。顔を上げると、さとりちゃんに抱えられた高旗さんが、思い切り腕を振りかぶっていた。

――バリンッ、と鋭い音が響く。

美作さんの式神が鬼門を離れた隙を突いた、鋭い一撃だった。あの小さな水晶が空間にヒビを入れる。美作さんも式神も凍り付いたように動きを止めた。

綻(ほころ)びはわずかだった。

だがその間隙から、一陣の風が吹く。見ると流星にも似た光が、尾を引いて地面に突っ込んでくるではないか。

「くっ――」

美作さんの幻影が霧の如く掻き消える。私と雲外鏡を襲わんとしていた怪鳥は地に着くことなく急上昇し、そのまま夜空へ姿を消す。

流星は裏庭に激突し、もうもうと土煙を上げた。

「な、何が……」

呆然とするしかない私の目の前で、土煙が風にさらわれていく。

そこには――。

「カ、カラス――？」

なんと一匹のカラスがいて、嘴（くちばし）を地面に突き刺しているのだった。

「……っ、――！」

必死に羽や足をバタつかせている。どうやら深々と刺さってしまって抜けないようだ。

えっ、あ……どうしよう。助けてあげるべき？　もがいているカラスを見守っていると、努力が功を奏してようやく嘴が抜けた。

カラスは黒い目で私を見上げた。

私もぽかんとカラスを見つめていた。

カラスはきょろきょろと左右に首を巡らせ、しかしどこか観念したように目を瞑る。

すると唐突に、カラスの全身が目映（まばゆ）いばかりの光に包まれた。

「きゃっ……」

あまりの眩しさに目を瞑る。そして光が収まり、恐る恐る目を開けると――そこには着物に羽織姿の千尋さんが立っていた。

「ち、千尋さん！」

目頭が熱くなる。強張っていた体から力が全部抜けそうになる。私は今すぐにでも立ち上がって、駆け寄りたい衝動を抑える。

そんな私をしかし――濃紫の袖がふわりと包み込んだ。気がつけば千尋さんの両腕が伸びてきて、私の両肩をつかんだ。

「――真琴さん……！」

万感の想いを込めた呼び声が、優しく耳朶を打つ。千尋さんは私の身を引き寄せ、鼻先が触れ合うほど近くで目をのぞきこむ。その黒い瞳に私を閉じ込め、存在をしかと確かめるように。

「良かった。良かった、無事で」

「ち、千尋、さん……」

「俺のせいです。真琴さん、貴女に何かあったら、俺は――」

あたたかくて優しいぬくもりが、私の体を包む。いつの間にか自分の頰をぽろぽろと大粒の涙が伝っていることに気付いた。千尋さんのぬくもりから、私を見つめる瞳から、彼の感情が全て伝わってくる。

ちり、と焦げるような熱を感じる。

頭の裏側に生じた熱は、私自身のものだった。

私はびくり、と肩を震わせた。その熱に触れてはいけない気がした。

ああ、だって。私、私は――。

「……っ」

すると千尋さんは私が戸惑っていると思ったのか、すぐさま身を離した。そして気まずそうに咳払いをする。

「すみません、その……急に、こんなことを。あまりにも心配で」

千尋さんは純粋に私の身を案じてくれているのだ。私は何故か必死に自分へそう言い聞かせつつ、とっさに話題を変える。

「あ、あの。さっきのカラスが千尋さんだったんですよね……？」

「……ええ。結界の綻びが狭いことを見越して、一時的に変化していました」

私はその場面を思い出す。盛大に嘴が地面に突き刺さっていたように見えたけれど。

「お、お口……大丈夫ですか？」

「あれはその一種の幻影ですので実際の人体の部位には対応していませんので」

口早にそう言った千尋さんは左手の甲を密かにさすっていた。どうやらそこが痛むらしい。

「改めて……申し訳ありませんでした、危ない目に遭わせてしまって。完全に俺の失態です」

頭を下げる千尋さんに、私はゆるゆると首を横に振った。

「そんな。私の方こそ自ら結界を開いてしまって……ごめんなさい」

千尋さんは切なげな瞳で私を見つめた。そして膝を突き、私の様子をつぶさに確かめる。

長い指が伸びてきて、そっと私の頬に触れようとする。

「怪我はありませんか」

「はい、大したものは。それより私、汚れているので触らない方が……」

といっても、すでに千尋さんの退魔士衣装には砂や土が移ってしまっている。しかし千尋さんはさらに汚れるのを厭わず、私の頬を指で拭ってくれた。

「ありがとうございます。頑張ってくださって。……無事で、いてくれて」

その言葉に――胸の奥が熱くなる。訳の分からない衝動が込み上げてくるのを誤魔化すように、私はへらりと笑ってみせた。

「私……。ちゃんと家守の務めを果たせたでしょうか？」

千尋さんは目を数度瞬かせ、私に触れていた手を素早く引っ込めた。そして私にだけ聞こえるような小さく弱々しい声で「……はい」と返す。その表情には隠しきれない翳りがある。

「千尋さん……？」

気になって呼びかけたところに――どしん、と重々しい音がした。

「痛っ――！　ちょ、降ろすときは優しくって言ったじゃん、さとりちゃん！」

「もうげんかい」

そこには涙目で尻餅をついている高旗さんと、ぶうたれているさとりちゃんがいた。千尋さんはよろよろと立ち上がって、スラックスについた砂を払う高旗さんを見つめた。

「高旗さん……」

高旗さんは一瞬複雑そうに眉根を寄せたが、すぐに微苦笑を浮かべた。

「……お互い、うまく決まりませんね、先生。見てましたよ、カラスの嘴がブッ刺さってたの。ほぼ垂直でしたよね。歯とか折れてないです？」

「だからあれは一種の幻影ですので実際の人体の部位には対応していませんので」

「大丈夫です、さとりちゃんにめっちゃウケてましたから」

「何のどこが大丈夫なんですか？」

こめかみをひくつかせていた千尋さんはしかし、ふうっと大きな溜息をついた。そして弛緩しかけた空気を区切るように言う。

「高旗さん。あなたにはお話ししなければならないことがあります」

「……奇遇ですね、俺も先生に聞きたいことがあるんです」

「承知しました。後ほど――この事態を収拾したら、必ず」

千尋さんの真摯な口調に、高旗さんも真面目な顔で頷いた。私がほっと胸を撫で下ろしていると、表の庭の方から呼び声がした。

「おーおー、オレのこと忘れとんとちゃうやろな、千尋サン？」

屋敷を回って裏庭にやってきたのは、服がところどころ破け、全体的にぼろっとした感じになった玲二さんだった。どうやら美作さんの式神である大亀を引きつけるのに、大層苦労したらしい。千尋さんは申し訳程度に玲二さんを労った。

「お疲れ様です」

「いや、何スンッとしとんねん。こちとら亀に食われそうになったんやぞ」

「だってお金、払ったし……」

「お客様は神様ですってか？　あれは客が言う言葉ちゃうで。店側が使う言葉なんや！」

玲二さんが千尋さんの着物の襟を掴み上げるのに対し、千尋さんはしれっとした表情で明後日を向いている。私は二人をなんとか仲裁しようとする。

「あ、あの、玲二さんが戦っていた式神はどこへ……？」

「ああ、美作が引っ込めたんとちゃうか？　奴さん、いよいよ追い詰められよったわ」

千尋さんから手を放し、にやりと笑う玲二さん。千尋さんもまた着物の襟を正しながら、真剣な眼差しで納屋の方を見据える。

「それはすなわち、もうすぐ龍穴の封印が解かれようとしている――ということです」

荒ぶる神――『夜刀神』が目覚めるかもしれない、と思うとぶるりと肩が震える。千尋さんは私の肩に優しく手を置いてから、ちらりと目だけで玲二さんを見やる。

「玲二さん。真琴さんと高旗さんを屋敷の外へ。できるだけ遠くに避難させてください」

「え……!?」

「ちょ、先生？」

思いも寄らぬ言葉に、私と高旗さんはほぼ同時に声を上げる。玲二さんはひょいと肩を竦めるのみで何も言わない。千尋さんは主に私をじっと見つめた。

「ここから先は危険です。俺が片をつけてきます」

「まさか千尋さんお一人で……ですか？」

「ええ。それが最善です」

眼鏡の弦を指で押し上げ、千尋さんは当たり前のように言う。

……確かに私は見鬼の才があるだけの只人で、退魔士ではない。

このまま美作さんのところに行ったって、役に立たないどころか足手まといになることは目に見えている。

　でも、それでも――。

「……千尋さん、私も連れて行ってもらえませんか？」

「真琴さん……？」

「何ができるか分かりません。足を引っぱってしまうかもしれません。それでも……この目で結末を確かめたいんです」

　私は懇願するように深々と頭を下げた。そこへ、

「俺も……行かせてください」

　一歩、前に出たのは高旗さんだった。

「この件は俺にも責任がありますから。最後まで見届けたい。そりゃ、英先生と……えっと、玲二さんでしたっけ？　退魔士のお二方には迷惑かけるかもしれませんけど。でも先生に任せて、はい、おしまい……にはできません」

　高旗さんは私の隣に並び立つと、同様に深く頭を下げた。千尋さんが戸惑っている様子が伝わってくる。すると玲二さんが横から口を挟んだ。

「ええんちゃう？　確かにこのまま何も分からへんことには据わりが悪いやろうし。どうせこの件も英家が間に入るんやろ。二人にほんまのこと言えるか定かやないしな」

「それは……」

　遠原さんの死の真相を公にできなかったせいで、高旗さんが哀しみを抱えてしまったこと

を——千尋さんは後ろめたく思っている。それを繰り返すことだけは避けたいだろう。それを分かって玲二さんもああいう言い方をしているに違いなかった。

「……分かりました。ただし二人に危険が迫ったら、強制的にでも敷地の外に出します」

「え。まさかカラスにして放り出すとか……？」

高旗さんがそう言うのに、千尋さんは半眼で黙り込んだ。玲二さんが「あんまこすったんなや」と含み笑いをする。濃紫の羽織の裾をさっと翻し、千尋さんは私に言った。

「行きましょう、真琴さん」

「……はいっ」

裏庭を抜けて納屋に向かう。道中、私は千尋さんに事態の詳細を語る。龍穴には『夜刀神』という荒神が封じられていること。美作さんはその封印を解き、式神にしようとしていることを。千尋さんは深く頷いた。

「龍穴に、龍神もしくは蛇神が封じられている可能性には思い当たっていました。俺の体が少なからず反応していましたから。ただそれがかの『夜刀神』だとは……。あまつさえ、その荒神を式神にしようだなんて輩がいるとは考えも及びませんでしたが」

納屋の床の扉を開け、私たちは龍穴へと続く洞窟に入っていく。

怪火の光に照らされた石階段は淡く輝いていた。私は先頭を行く千尋さん、最後尾にいる玲二さんに挟まれるようにして、地下深くへと通じる階段を踏み締める。

やがて広い空洞に出る。奥には龍穴があり、皓々と神秘的な光を放っていた。

その小さな池のほとりに――美作さんの背があった。

「……おや、遅かったですね、屋敷のご主人。待ちくたびれましたよ」

龍穴に向かって何やら呪文のようなものを唱えていた美作さんは、それを中断し、私たちに向き直る。そこに私と高旗さんの姿を見つけ、美作さんはすっと目を眇めた。

「よもや貴方たちまでいるとは。これは意外です」

そして視線を玲二さんに移し、やれやれと首を横に振る。

「まったく。元は久遠家の人間とはいえ、金で雇った者など信ずるに値しませんね」

「ハッ。お前がもちっと依頼料に色つけとったら、結末も違うたかもな」

などと言い返す玲二さんだったが、なんとなくそれはないんじゃないかと思った。

「ともあれ。私はまんまとあなたにしてやられたわけですか、英千尋さん」

美作さんは皮肉めいた笑みを浮かべながら千尋さんを見つめる。千尋さんもまた応じるように龍穴へにじり寄る。

「――久遠美作。龍穴から、ひいてはこの屋敷から手を引け。もちろん真琴さんと高旗さんからも」

「ふむ、そうですね……」

千尋さんと玲二さん、退魔士の二人が左右から美作さんを挟む。しかし美作さんは少しも動じない。そんな中、高旗さんがぽつりと言った。

「……俺が馬鹿だった。あんたを頼って、まんまといいように使われた」

美作さんの整った眉がぴくりと跳ね上がる。それに気づかず、高旗さんは続けた。

「全部、あんたのせいにするつもりはない。幸壱兄ちゃんのことを知りたかったのは確かだから。けど……俺はこんなことがしたかったんじゃない。今、生きている人を傷つけてまで、亡くなった人のことを暴こうとは思わない。兄ちゃんだって……そんなこと望んでない」

じゃり、と洞窟の底を高旗さんの革靴が踏み締める。

「あんたはどうなんだ。人を操って、傷つけて、それでもしたいことってなんだ？」

高旗さんの瞳がまっすぐ美作さんを見つめる。

利那――。

「……くっ、はは、あはははははッ！」

美作さんは洞窟の天井を仰ぎ、高らかに哄笑した。

そして正面に戻した顔は――凄惨（せいさん）で加虐的（かぎゃくてき）な笑みに彩られていた。

「――つくづくおめでたい奴だ、何も知らない愚か者め」

美作さんが高旗さんに向かって手を突き出した。瞬間、高旗さんの胸ポケットに青い炎が燃え上がる。

「高旗さん！」

私は悲鳴を上げるが、炎はすぐに収まった。服には延焼していない。ほっと胸を撫で下ろしたのも束の間、高旗さんはぎくしゃくとした動きで、私を後ろから押さえ込んだ。

「きゃあ！」

「なっ、違――か、体が勝手に……！」

驚きの声を聞いて、それが高旗さんの意思ではないと察する。高旗さんは私を連れて、走り出した。玲二さんが慌てて、横を通り過ぎようとする私たちに手を伸ばす。

「しまった、護符が焼かれたか……！」

玲二さんの手はすんでのところで届かなかった。高旗さんはそのまま美作さんの下へ辿り着く。私は足元に打ち捨てられ、美作さんは高旗さんを捕らえた。美作さんの手によって二人はくるりと位置を入れ替え、高旗さんの方が龍穴に背を向ける形になる。

「甘い……甘っちょろいんだよ、お前はッ！」

打って変わって荒々しい口調で、美作さんが高旗さんを罵る。高旗さんの首には美作さんの右手の指が深々と食い込んでいた。苦悶の声が聞こえてくる。

「ぐ、あ……」

「彼を放せ！」

千尋さんが懐に手を入れた。呪符で術を行使するつもりだろう。しかし美作さんの空いた手が私へ向けられる。

「これが見えないのか。お前の妻を一生人前に出られない体にしてやってもいいんだぞ？」

加虐に満ちた声色に、ぞくっと背筋が凍る。千尋さんが二の足を踏んでいるのを確認すると、美作さんは再び高旗さんに向き直った。

「封印は解かれ、夜刀神はまもなく目覚める。……お前という餌を喰って、な」

玲二さんが言っていた『生贄』……。本当に高旗さんを荒神に捧げるつもりなのだろうか。

制止しようにも、体が竦んで動けない。美作さんの独壇場は続く。

「馬鹿な男だ。どうしようもない。本当に……あの女そっくりだな」

「あの、女……？」

「そうだ、お前の母親だよ」

高旗さんの目が大きく見開かれる。美作さんは嬲るような口調で語った。

「あれもまた久遠家の人間だ。そも、その情報を伝って俺のところに辿り着いたのを忘れてはいるまい？　馬鹿な女だ。当主に手をつけられて子供を産んだのだから、大人しく飼い慣らされていればいいものを。外界に逃げ出し、あげく新しい家庭を築いていたとは」

「そ、んな……それじゃ……！」

高旗さんは元より、そばで聞いていた私も一瞬頭が真っ白になった。

先日、玲二さんが語った美作さんの生い立ちを思い出す。――繋がる、全てが。

「ああ、そうだ。お前の母親は突然蒸発したんじゃない、長年捜していた久遠の手の者に連れ戻されたのさ。あいつは当主の恥部だったからな。そのまま死ぬまで座敷牢に閉じ込められた」

龍穴の光が増していく。美作さんが高旗さんを力尽くで龍穴へと押し込もうとするたびに。

「今際の際に、あいつは言った。――愛する家族に会いたい。夫に、息子に会いたい、と」

封じられている荒神が生贄を前にして、今か今かと舌なめずりしているのが分かる。

「……自分の息子なら、目の前にいるというのに」

美作さんの怒りとも哀しみともつかない、複雑な横顔を見た瞬間、私の脳裏にある光景が浮かぶ。それは先ほど雲外鏡が美作さんに向けて映し出した、あの幼子の様子だ。

座敷牢の中、格子の向こう――日に日に衰えていく実の母親を見つめる美作さんの姿が。

ついに……「愛している」という言葉をもらえなかった、子供の姿が。

頬を伝う涙が――やがて、嫉妬と憎しみの炎に変わる。

「――あの世でせいぜい慰め合うがいい、己の暗愚と蒙昧を」

高旗さんが力なくがくりと膝をついた。美作さんが飽きた玩具を捨てるように、高旗さんの喉から手を放す。高旗さんの体がゆっくりと龍穴に吸い込まれようとしていく――。

「高旗さん！」

弾けるように私は叫んだ。ぐん、と腕が伸びる感覚がして、すんでの所で高旗さんの手を取った。私はありったけの力を込めて、高旗さんの体を引き戻そうとする。けど成人男性の体重を支えるのは、この細腕には荷が重い。

「真琴、さん……」

握った手がほんの少し迷うように固まった後、私を振りほどこうとした。

このままでは二人とも龍穴に身を投じてしまう――高旗さんがそう判断したのだ。

「――嫌ッ！　絶対に駄目！」

声が涙で震える。けれど現実は残酷だった。

決して離したくない、離してはいけないのに。

もう、これ以上――もちそうにない。

「……貴女も贄になりたいというのですね」

頭上から恐ろしいほど冷徹な声が降ってくる。

「よろしい、ならば私が手伝いましょう。高名な九慈川の血ならば、かの荒神も喜びます」

高旗さんを引っ張り上げようとする私に、美作さんの手が伸びてくる。私は自分の身の程を知る。もう美作さんにとって私などどうでもいいんだ。盾にも人質にもなりえない。退魔士の家の中でのし上がる道具にすらも。

「私は私の力で道を切り拓く。――そのための礎（いしずえ）となれ」

力強く体を押され、高旗さんもろとも龍穴の中へと吸い込まれていく。

私は確かに見た。水面に浮かぶ人の体ほどもある、大きな蛇の頭を。その光輝く白い鱗を。血の色にも似た、紅玉の双眸を。

これが――夜刀神。千年封じられ、荒ぶる神。

「……っ！」

私はぎゅっと目を閉じ、奥歯を強く噛み締めた。――その時だった。

「――一方護守（いっぽうごしゅ）、急々如律令！」

見覚えのある長方形の和紙が、視界の端を掠めた。途端、高旗さんの背に光り輝く壁が生まれ、今まさに龍穴の中へ呑み込まれようとしていた私達を受け止める。

「うわ！」

「きゃっ！」

壁に弾かれた高旗さんが倒れ込んできて、私はそれを受け止め損ねた。高旗さんは地面に倒れ、私もまた背面を打ち付けそうになったところを――温かく力強い両腕が支えてくれる。

「千尋さん……」

「真琴さん。お願いですから、無茶をしないでください……！」

眼鏡の奥の瞳は切実に細められている。あまりの申し訳なさになんと言えばいいか考えあぐねていると――。

「――てめえ、美作ッ！」

洞窟内に怒号が響いた。美作さんが話をしている間に、岩の陰――美作さんの死角にまで肉薄していた玲二さんが、彼を力尽くで取り押さえた。美作さんは身を捩ろうとしたが、その背中を押さえつけているのは鬼の右腕だ。敵うはずがない。

「は、なせ……放せ、玲二！　久遠のできそこないが！　この化け物め！」

岩盤の地面を舐めるように倒れながらも、美作さんは罵倒を繰り返す。だが玲二さんはそれに取り合わず、千尋さんの方を振り返った。

「千尋サン、この阿呆はオレが押さえとく。それよりも龍穴がヤバい、なんとかせえ！」

私の肩からそっと手を放した千尋さんは、鋭く足元を睨んだ。

龍穴の池、その水面にさざ波が立つ。恐ろしい蛇神――夜刀神の頭がずずっと持ち上がってくる。玲二さんや美作さんが言っていた通り、空腹なのだろうか。苛立ちに紅玉の瞳をすっと細めた。その仕草を見るだけで、恐怖に全身が総毛立つ。

千尋さんは座り込んでいる私と高旗さんを背に庇うように『夜刀神』の前へ立ちはだかった。草履の裏が力強く地を踏み締めている。濃い紫色の羽織の裾が流れるように翻る。

「千尋さん……！」

私の呼びかけに応じるかのように、千尋さんは右の袖を捲り上げ、上腕までを露わにした。

その瞬間『夜刀神』の頭が完全に水面から出た。口が裂けんばかりに開き、甲高い咆哮が周囲に響く。鱗の一枚一枚に青白い光が宿った。池の水が夜刀神を中心に渦巻く。その威圧感は凄まじく、激しい落雷に打たれたかのように全身が硬直する。

しかし千尋さんはまったく怯まなかった。大きく息を吸うと夜刀神に右腕を突き出す。

「――はあああああ！」

刹那、千尋さんの周囲に突風が巻き起こった。右腕の肌には、白い鱗が浮かんでいる。

私はその光景に見覚えがあった。

かつて玲二さんと対峙したとき、千尋さんが見せた力――その半身に流れるという白蟒蛇（しろやまかがち）の力だった。

あの時、完全に白蟒蛇へ変化した千尋さんは、雷を呼び、雨を降らせてみせた。突如として分厚い雲に覆われた空を――彷徨うように飛ぶ千尋さんの姿が脳裏に甦る。

夜刀神は地響きのような唸りを上げ、未だ龍穴の中にある身をくねらせている。池の水が噴出したと思ったら、途端、大きな雨粒が降ってくる。私はとっさに顔を腕で庇いながら、薄目を開けて千尋さんと夜刀神を見る。

夜刀神はその半身までもが封印から逃れ、頭上でゆらめいている。私たちを——千尋さんを睥睨し、矮小な人間を押し潰さんと地面に身を投げ出した。

「きゃあっ——！」

私は思わず悲鳴を上げていた。反射的に目を瞑った瞬間、大地が裂けたのではないかと思うほど空間そのものが酷く揺れる。

——しかしいくら待っても死を思わせるような痛みはない。

「え……？」

意を決して瞼を開けると、千尋さんは右腕一本だけで夜刀神を食い止めていた。

「くっ——」

歯を食いしばり、額には大粒の汗を滲ませている。白い鱗が千尋さんの右半身の肌に現れては消え、現れては消える。直感的に千尋さんは自身の力を制御しているのだと思った。

あの巨大な龍の姿を解放すれば、洞窟は間違いなく崩落する。

千尋さんは白蟒蛇の血を抑え込みながら夜刀神と相対しているのだ。

両者の力は拮抗（きっこう）していた。千尋さんの手の平と夜刀神の体躯——その接している部分からは絶えず光の奔流（ほんりゅう）が生まれている。必死の形相で夜刀神の猛攻に耐える千尋さんを、私は見守ることしかできない。

「……俺が、守る……！」

金属同士が擦れるような音が鳴り響く中、千尋さんの小さな呟きが――確かに聞こえた。

「遠原から託されたこの家を。遠原が慈しんだあやかしたちを。――真琴さんを」

千尋さんの手の平から一筋の血が流れ落ちる。

「たとえ、何があっても。この先、どんなことがあっても。絶対に守る」

強い決意が、千尋さんに力を与える。

「そう――『約束』したんだッ……！」

千尋さんが叫ぶと同時に、顔の右半分の肌が完全に鱗に覆われる。右の瞳は海のように深い藍色になり、その奥には強い意志の光が煌(きら)めく。

やがて夜刀神が苦悶の声を上げ始めた。巨体がどんどん龍穴に押し戻されていく。とぐろを巻いていた体が半分ほど池に沈んだ頃合いを見計らったかのように、千尋さんは天井を仰いだ。

「――今です、狭霧さん！」

「合点承知(がってんしょうち)！」

見慣れた突風が洞窟内に巻き起こる。はっと顔を上げると、そこにはいつのまにか天狗の羽を生やした狭霧さんが浮かんでいた。私は驚きの声を上げる。

「狭霧さん、一体どこから……!?」

「いやだな、私は天狗だよ。風穴さえ開いていれば、どこへでも入り込めるのさ！」

そういえばカラスになった千尋さんが突撃してくる直前、鋭い風が吹いたのを思い出した。あれは――狭霧さんだったのか。

天井すれすれを飛んでいた狭霧さんは、荒ぶる神の頭上まで一気に急降下する。

「冬眠中、騒がしくして悪かったね、ヘビくん。今、寝かしつけてあげるよ！」

狭霧さんはその手に美作さんに抜かれたはずの杭を持っていた。彼女がそれを高くかかげると、杭が独りでに浮き、狭霧さんの下に集結した。

「オン・アロマヤ・テング・スマンキ・ソワカ――オン・ヒラヒラ・ケン・ヒラケンノウ・ソワカ！」

複雑な呪文とともに、狭霧さんは杭を地面に向かって投げつけた。杭はそれぞれが意思を持っているかのように円形になり、龍穴を囲むように突き刺さる。

それと同時に、千尋さんが一気に夜刀神を龍穴へ押し込んだ。夜刀神は最後の抵抗とばかりにもがくが、池を囲んだ杭が光を帯びた瞬間、水中へ引きずり込まれる。

尾を引くよう声を上げ――夜刀神の姿は完全に龍穴へ沈んだ。

水面にはもう、波紋一つ浮かんではいなかった。

――しん、と一瞬だけ。

嵐が過ぎ去った後の静寂が洞窟に流れる。

「よっ、と」

狭霧さんが地面に降り立った足音で我に返った私は、慌てて千尋さんを見やった。

白蟒蛇の力はすでに鳴りを潜めている。いつものように眼鏡の弦を押し上げながら、千尋さんは狭霧さんにぼやいた。

「天狗が天狗真言を唱えますか」

「いいだろう？　秋葉権現（あきばごんげん）だって同じ天狗のよしみだ、何を置いても聞いてくれるさ」

二人の交わす軽口が、私を徐々に日常へと戻してくれる。ようやく手足に血が通うのを感じ、私はのろのろと顔を上げた。

全てが終わった後――。玲二さんに押さえつけられるまでもなく、美作さんは茫然自失といった体で虚空を見つめていた。私と同じくへたりこんでいた高旗さんが痛む体を庇いながら、ゆっくりと立ち上がる。彼は美作さんに歩み寄った。

「……これを」

虚ろな眼差しをしている美作さんに、高旗さんは名刺を差し出す。

「俺の連絡先です。連絡はいつもアンタから一方的だったんで、教えてませんでしたよね」

美作さんは訳が分からないという風に黙り込んでいる。高旗さんは悲しげに目を伏せた。

「……俺だって、紙一重（かみひとえ）です」

「なんだと……？」

「アンタと同じで一人きりだったら……こうなってたかもしれない。俺に何ができるか分かりませんが、気が向いたら連絡してください」

美作さんは刹那、鬼のような形相になった。高旗さんから名刺をひったくり、力を込めて破ろうとする。しかし、できなかった。そんな力ももう残っていなかったのか、しようとしても叶わなかったのか――それは分からない。

やがて――美作さんは地面に突っ伏し、激しく慟哭した。それはさながら、迷子の子供が親を呼ぶような――悲痛な叫びだった。

千尋さんは事の次第をあらかじめ英の本家に連絡していたらしい。憔悴した美作さんと共に洞窟から納屋に出ると、そこには数名の着物姿の男性が立っていた。おそらくは英家の人達だろう。千尋さんは後を任せるように、美作さんを彼らに引き渡す。美作さんはそのまま連行されていった。

美作さんによる結界が完全に破れ、頭上には澄んだ冬の青空が広がっていた。木枯らしが私たちの間を抜けていく。風の行方を追うように、高旗さんが無言でじっと空を見つめていた。もしかしたらその瞳には、半分血を分けた兄――そして、あり得たかもしれない自分の姿が写っていたのかもしれないが、真実は分からない。

私、千尋さん、高旗さん、玲二さん、狭霧さん――。五人の間の沈黙を破るように、千尋さんは高旗さんの前に進み出た。

「高旗さん、これを」

千尋さんが差し出したのは、なんの飾り気もない茶封筒だった。高旗さんは眉を顰めて問う。

「これは……？」

「おそらく、あなた宛ての手紙です。……亡き、遠原からの」

「えっ――！」

高旗さんはひったくるように封筒を受け取ると、中から一枚の便せんを取り出した。そして食い入るように文面を読む。何度も何度も読み返しているうちに、高旗さんの瞳にはうっすらと涙の膜が張っていった。千尋さんは俯きがちに言葉を続けた。

「遠原の遺品を整理していた時、何通かの手紙が見つかったのです。大方、手紙を宛てた人に渡せたのですが……。その手紙だけは宛名もなく、個人を特定できる情報がなくて」

そんなものがあったんだ……。私は驚きに目を見張った。

「先日、あなたが『従兄の遠原幸壱のことで話がある』とメールを送ってきた時、宛先があなたではないかと思い当たったんです。ただ確証がないので、実際にお会いして確認しようと思っていたのですが……。すみません、俺がもっと早く聞いていれば」

「……ほんと、ですよ……」

高旗さんの目からついに涙が零れ落ちる。まるで雪解け水のように一つ、また一つと。

「いつも……肝心なところが抜けてんだ、アンタも、兄ちゃんも。さぞ、似た者同士の親友だったんでしょうね……」

「……ええ」

千尋さんは静かに頷いた。そして遠原さんに懐から取り出したハンカチを手渡す。

「今度、良ければ、遠原のことを聞かせてください。俺の知らない、あいつのことを」

高旗さんは手紙をしまい、小さく頷いた。そしてハンカチを受け取り、頬を乱暴に拭うと、最後に思いっきり鼻をチーン！　と擤んだ。

呆気に取られている千尋さんの目の前には、高旗さんの爽やかな微笑がある。

「ええ、いいですよ。その代わり、先生と兄ちゃんの話も聞かせてくれますよね？」

「……いや、その前に俺のハンカチをそこまで使い込まないでくれますか」

「あ、すいません。後で、洗濯してお返しします」

「結構です、いらないです」

高旗さんがくくっと笑う。玲二さんと狭霧さんも同じような反応をしていた。

「意趣返しっちゅうわけか。なかなかやるな、兄ちゃん」

「ま、千尋の詰めの甘さが招いたことでもあるんだし、これで恨みっこなしだな！」

「……え？　おかしいと思うのは俺だけなんですか。味方はいないんですか」

「ち、千尋さん。私は味方です。どんな汚れでも綺麗に洗濯して、新品同様のハンカチにしてみせます。ご安心くださいっ」

「そんなことは決してしなくていいです、真琴さん！」

千尋さんの慌てた声を聞くなり、堪えきれないとばかりに高旗さんがお腹を抱えて笑い出した。その目尻にはまだ光るものがあるけれど、彼の笑顔は――ちょうど今、見上げている青空のように晴れ晴れとしていた。

終章

「……できたっ！」

と、私が声を上げたのは、冬の短い日が傾き始めた午後の三時頃だった。

自室の窓から差し込む茜色の光に、できあがったばかりのマフラーを透かす。ライトブラウンの毛糸で編んだ長めのマフラーだ。一色なのでケーブル編みを混ぜ込んでも、シンプルな印象だ。両端のフリンジが少しだけ愛らしさを添えていた。

太めの毛糸だったので、かぎ針で編んでも一週間かからなかった。私は完成したマフラーを満足げに眺める。想像するのはもちろんこれを身に着けている千尋さんの姿だ。マフラーにもいろんな巻き方があるようだから、色んなパターンを考えていると全然飽きない。

「早く……渡したいな」

ようやく頭上にかざしていたマフラーを下ろし、丁寧に折りたたむ。

実をいうと――千尋さんは先週から家に帰っていなかった。

美作さんによる屋敷の占拠騒動から、ちょうど十日経っていた。その間、千尋さんは東京葛飾(かつしか)にある英本家で事件の後始末にあたっていた。

玲二さんの時とは違い、久遠家直系による実力行使での屋敷の占拠、それも荒神・夜刀神の封印を暴こうとしたことにより、英家と久遠家、両家同士の問題に発展してしまった。現在、御三家会合と呼ばれる、退魔士を輩出している多くの家が参加する会議が行われており、久遠家の処遇について議論しているとのことだ。

千尋さんは事件の当事者として、会合に参加せねばならず、英本家に泊まり込みになっている。一人家に残る私を案じて、千尋さんは毎日電話をしてくれる。会合のことなどは全てその時に千尋さんから聞いたものだ。

私は昨晩の電話を思い出す。

『……長らく留守にしてすみません。やっと明日、帰れることになりました』

「本当ですか？　お疲れ様です！」

私は飛び上がりたいのを堪えて、そう気遣った。日に日に口調がくたびれていく千尋さんを案じたからだ。

『何時になるかは分からないのですが……。詳細が分かり次第、連絡します』

「はい、お待ちしていますね。そうだ、何か食べたいものとかありますか？」

『真琴さんの作ってくださるものなら、なんでもいいです……』

曰く、本家の料理は贅沢なものばかりで、あまり口に合わないのだとか。疲労のせいか胃もたれもしているらしい。たとえば高級料亭で毎日食事しているようなものだろうか。初めのうちは美味しいけど、さすがに何日間ともなると辛いかもしれないなぁ、などと考えていると——千尋さんが溜息交じりに呟いた。

『はぁ……真琴さんの手料理が恋しい……』

私はどきっとしてスマートフォンを取り落としそうになった。その言葉一つで胸の奥から、かあっと熱が生まれて全身に広がる。

「じゃ、じゃあ、何か……消化に良さそうなものを作りますね」

『ありがとうございます……。ではまた』

千尋さんは自分の発言がとんでもない爆弾であることも気づかないまま、通話を切った。

私はスマートフォンのホーム画面をじっと見つめ、しばらく俯く。献立を考えなくちゃいけないのに、頭がぼうっとしてうまく回ってくれない。

嬉しい。——そのはずなのに。

どうしてだろう、私は心臓から生まれる熱に蓋をしたい衝動にかられる。

そこへ、なぁん、と聞き慣れた猫の鳴き声がした。たまちゃんが器用に前足で襖を開けて、私の部屋に入ってくる。金色の瞳がちらりと千尋さんへ贈るマフラーを見やった。私はとっさに引っかかれたらどうしようかと思ったが、賢い猫又たるたまちゃんはそんなことはせず、ちょこんと私の隣に座り込んだ。

どこか——寄り添ってくれている気がするのは、私の願望だろうか。そろそろと手を伸ばしてふわふわの毛を撫でる。たまちゃんは私のことなど意に介さず、ぺろぺろと体を舐めて毛繕いをしているようだった。

そんなつかず離れずなたまちゃんと触れあっているうちに、なんとか落ち着きを取り戻す。刹那、自室にふわりと風が吹き抜けた。気がつくと、

「——こんにちは、真琴くんっ！」

元気のいい声が自室に響く。風と共に現れた狭霧さんは、手にビジネスバッグと脱いだパンプスを持っている、いつもの会社員姿だった。

「こんにちは、狭霧さん。今日はお早いんですね」

「徹夜明けなので早退してきたよ。君のことも気がかりだったしね」

屋敷の結界が破られてからというもの、千尋さんの長い不在もあって、こうして狭霧さんは毎日私の様子を見に来てくれていた。

「いつもありがとうございます。けど、もう大丈夫ですよ。今日のうちには帰ってこられるって、昨晩、千尋さんから電話がありましたから」

「そうなのかい？　私のところにはなんの連絡も……って、お？」

狭霧さんのバッグからバイブレーションが聞こえた。スマートフォンを取り出し、狭霧さんは画面を確認するなり、私にそれを見せてくる。

『言うのを忘れていましたが、今日、家に帰ります』

表示されていたのは千尋さんの簡素なメッセージだった。狭霧さんはニヤリと笑う。

「愛しの新妻どのには、いち早く自分の帰りを伝えたかったようだね」

「そ……その、私は一応、同じ家に暮らす者ですし。それに、そう、お料理のリクエストを

されたんです。それでだと思います」

「ほう、リクエスト。なんて？」

「え、えっと……。私の手料理ならなんでもいいそうです……」

なんだか気恥ずかしかったけれど、聞かれたからには答えなければならない。すると狭霧さんはますます笑みを深めるのだった。

「なら、今日は打ち上げといこうじゃないか。私も手伝うから任せておくれ」

スーツの上着を脱ぎ、ワイシャツの袖を捲る狭霧さんはやる気満々だ。しかし私は知っている。狭霧さんが致命的に料理が苦手でいらっしゃるということを。

「あっ、でも、準備なら私がしますから」

「ふふ、旦那様のご希望通り、手料理を存分に振る舞いたいんだね？　百も承知さ。私はサポート役に徹するとしよう」

お言葉に甘えて、狭霧さんには鎌倉まで買い出しをお願いすることにした。張り切って出かけようとする狭霧さん、そして料理の準備をしようと台所に立つ私に——たまちゃんが
「なぁーん」と引き留めるように鳴いた。

「どうしたの？　って、それ私の携帯だよ……？」

たまちゃんはちょんちょんと前足でスマートフォンを蹴っている。何かを訴えているのが分かった。

「あっ……。もしかして高旗さんのこと？」

たまちゃんの前足が止まった。どうやら正解らしい。

不思議なものだ、もうたまちゃんの中に遠原さんはいないのに——あの騒動の中でもたまちゃんは高旗さんを守ったり、気遣ったりする行動をみせていた。きっと何かあるのだろう、なくなっても尚、残るものが。

部屋を出ようとしていた狭霧さんがこちらを肩越しに振り返った。

「そうだな、高旗くんも呼ぼう。仕事上、連絡先は知っているから任せてくれたまえ」

「はい、お願いします」

部屋を出て行った狭霧さんは早速、高旗さんに電話を掛けたのだろう。「何？　予定がある？　いや、君、そんなくだらない飲み会なんか断って、こちらに来なさい！」などと怒鳴っているのが、廊下の方から響いて聞こえた。


「……なんですか、これは」

それがお屋敷に帰ってきた千尋さんの第一声だった。

時刻は夜の七時を回ったところだ。居間にはお鍋から漂う、昆布出汁の香りが充満している。他にも煮物や出汁巻き卵、サラダなど——食卓いっぱいにおかずが並んでいる。しかし夕飯はすでにところどころ手がつけられていた。卓を挟んで座っている赤ら顔の狭霧さんと高旗さんがいつものように仕事論を熱くかわしている。

「君なぁ、ちょっと小耳に挟んだけど、いくら現代小説とはいえ、あの設定は狙いすぎなんじゃないのかぁ？　千尋の作風に合ってないことこの上なしなんだが〜？」

「はぁあ？　同時代性って言葉知ってます？　今には今の時流があるんです、それをとっかかりにしないことには、いくら売れっ子作家の新作だからってコケる可能性があるんですから！　ねえ、先生!?」

「聞いたか、千尋。この担当編集、君の腕を信じてないぞ。どう思う!?」

「あ、俺のことには気づいていたんですね……」

突然、水を向けられた千尋さんは「こちらにはどうぞお構いなく」とそそくさ二人の視線から逃げるようにして、私の隣に座った。私は温かいほうじ茶を千尋さんに差し出す。

「すみません、千尋さん。打ち上げ……というか、いつの間にか宴会になってしまって」

「いいんです、もう慣れました……」

ぺこりと頭を下げながら、千尋さんは湯呑みを受け取る。私は食卓に身を乗り出して、お鍋の具材をとんすいに入れ始めた。

本日はブリときのこのみぞれ鍋だ。旬のブリをメイン食材に、十字を入れたしいたけ、お鍋には欠かせないえのき茸、丸々として太いぶなしめじを入れている。その他、春菊、白菜、にんじん、白ネギなどなど、お野菜もふんだんに入れた。鍋の上を覆っているのは大量の大根おろしだ。別名・雪見鍋、とも呼ばれるらしい。ふと縁側に視線をやると、まるで鍋の中の光景のようにちらちらと雪が舞っていた。

「お外は寒かったでしょう、どうぞあったまってくださいね」

私は千尋さんにとんすいを手渡す。千尋さんは「いただきます」と手を合わせた後、出汁を一口飲み、次いで肉厚のしいたけを頬張った。

「……美味いです」

様々な感情が込められた一言だった。ほんのり曇った眼鏡の向こうで、千尋さんの目が柔らかく細められる。ほっと表情が緩んで、肩の力が抜けているのがこちらにも伝わって、なんだか無性に嬉しくなる。千尋さんはしいたけを一口味わうなり、しかと頷いた。

「やっぱり真琴さんの手料理が一番ですね」

「へっ……？　あ、ありがとうございます」

電話口で言われるのと、直接伝えられるのとでは、破壊力が全然違うことを思い知らされる。返事も上擦ってしまったし、きっと顔も変な感じになってしまっている。私が戸惑っていることが分かったのだろう、千尋さんはばつが悪そうに俯いた。

「す、すみません。妙なことを言ってしまって。いえ、別に嘘や冗談というわけではなく、真琴さんの料理が美味しいことは本当なんですが……」

「いえ……。その、ちょっと照れくさくて。でも嬉しい……です」

羞恥心(しゅうちしん)を隠すべくぎこちない笑みを浮かべると、ふいに食卓の向こうからひそひそ話が聞こえてきた。

「おい、高旗くん。なんとも甘酸っぱい香りがあちらの方から漂ってこないかい？」

「まったくお熱いことで。なぁ〜にが契約夫婦なんだか」

聞こえよがしなからかいに、私があたふたしているのを見かねてか、千尋さんが苦言を呈す。

「真琴さんを困らせるようなら、二人とも叩き出しますよ」

「はぁ〜い」

高旗さんが生返事をしつつ、ビールグラスを呷る。ちなみに狭霧さんはくつくつと肩を震わせるだけだった。

そこへ、なぁん、と声がして、たまちゃんが居間に入ってくる。いつもなら私にご飯をねだりにくるのだけど、この時ばかりは食卓を迂回して、高旗さんの膝の上に乗った。

「……なんか食うか？」

高旗さんは新しい取り皿ににんじんとブリを置く。たまちゃんはスンスンと鼻で確認した後、にんじんだけを綺麗に食べ、ブリを丸々残した。

「猫のくせに魚嫌いなのかよ。……そんなとこまで幸壱兄ちゃんと一緒だな」

高旗さんが懐かしいような切ないような声音で呟く。

かつて遠原さんの魂が宿っていた、たまちゃん。やはりその中にはまだ遠原さんの心の欠片が残っているのだろうか。たまちゃんはその晩、ずっと高旗さんに寄り添っていた――。

冬の夜の台所は冷えた空気に包まれていた。

シンクに流水音だけが響いている。水は給湯器で加熱されてお湯になっており、ふわりと立つ湯気が湿度を上げてくれる。湯の温かさがゴム手袋から伝わってくる。このお屋敷に来て間もない頃、まだ寒い春先に水を使い、ゴム手袋もしていなかった私を見かねて、千尋さんが揃えてくれたものだ。

最初、千尋さんは最新型の食器洗浄機を買おうとしたのだけど、さすがにそれは遠慮しておいた。古民家の設備では設置できないようだったし、何より私が手洗いじゃないと洗った気にならないタイプだったからだ。ちなみに叔父さんの家ではお湯も手袋も使うことを許されていなかったので、ここに来た頃の私の手はひびとあかぎれだらけだった。今はこうして手を保護しているし、ハンドクリームを欠かさず塗っているので、すっかり綺麗になった。

台所で一人片付けをしていると、廊下の方に繋がる扉が開いた。食器を洗う手を止めて肩越しに振り返ると、千尋さんが空いた鍋や食器を運んで来てくれたところだった。

「あ、すみません。千尋さん、お疲れなのに手を煩わせてしまって……」

「いえ、これぐらいは。ここに置けばいいですか？」

「はい、ありがとうございます」

千尋さんは私の後ろを通り抜けると、洗い終えた食器を布巾で拭き始めた。ここは任せて休んでください、と言おうとしたけれど、肩が触れそうなほど近くにある千尋さんのぬくもりを感じると、その言葉が喉につかえて出てこなかった。

千尋さんが手を動かしながら、呆れたように告げる。

「狭霧さんと高旗さんは酔って寝てます。さすがとしか言いようがありません」

「あ、あはは……」

そこからは二人で手早く洗い物を片付けた。手伝ってくれたお礼を言うと、千尋さんは緩く首を左右に振った。

「こちらこそ、料理を作ってくださってありがとうございます」

「そんな……。だって約束しましたから。お料理作って待ってますって」

私がそう答えると、ほんの一瞬だけ千尋さんの表情が翳った――ように見えた。けれど千尋さんはすぐ「そうですね」と微笑して、濡れた手をタオルで拭いた。

見間違いだったのかな、それともお疲れだからかな……。後者ならなんとか元気になって欲しい。と、そこで、私はあることに思い至った。

「あっ、そうだ、千尋さん。約束と言えば……少し待っていていただけますか？」

「え？　あ、はい……」

千尋さんの返事が来るか否かのところで、私は台所を飛び出した。二階への階段を上がり、自室へ飛び込む。

そうして例のものを持ってきて、千尋さんに差し出した。

「ちょうど今日、完成したんです。約束のマフラー！」

眼鏡の向こうの双眸が見開かれる。私はハッと我に返った。せっかくの贈り物なのに袋にも入れずむき出しだ。いや、それ以前に千尋さんはマフラーのことを覚えているんだろうか？

「あ、あの、この前、千尋さんがマフラーをくださって……。それでその、代わり……にはならないかもしれないんですけど、使っていただけたら、という話を……。というか、すみません、そのまま手渡しだなんて。せめてラッピングでもすれば……！」

私がしどろもどろになっている間、千尋さんはじっとマフラーを見つめていた。そしておずおずと口を開く。

「これ……。俺が、いただいてもいいんですか」

「は、はいっ。こんなものでよろしければ……！」

完成直後は上手くできたと思ったけど、やっぱり立派な既製品には敵わない。急に自信がなくなって、私は忙しなく目を泳がせる。ありがた迷惑だったらどうしよう……。

千尋さんはまるで硝子細工でも扱うかのように、私の作ったマフラーを怖々と受け取った。心臓が早鐘を打つ。気に入ってくれるだろうか――。

「つけてみても？」

「あっ、はい。もちろんです」

千尋さんは畳まれていたマフラーを広げ、さっと首に巻いた。シンプルな一重巻きだったが、千尋さんが今身に着けている紺色のセーターとマフラーのライトブラウンがよく合っていた。千尋さんはマフラーの合わせ目にそっと手を添える。

「……こんなに良い物をありがとうございます」

安堵のあまり目の奥が潤むのを感じる。気を抜いたら、へなへなと座り込むところだった。

ああ、良かった……。千尋さん、気に入ってくれたみたいだ。

千尋さんはマフラーに視線を落としたまま、しみじみと呟く。

「思えば、俺は……真琴さんに色んなものをいただいてばかりですね」

「え？」

意外な言葉に思わず声を上げてしまう。私は慌てて言い募った。

「いいえ、私の方こそ千尋さんに良くしてもらってばかりです。たくさん助けていただいて、行き場のない私を救ってくださって……」

「そういう『契約』なんですから。礼には及びません、当然のことです」

「ち、違います。それは絶対。だって」

私は自分の手を、千尋さんに向けてかざした。

「見てください、あかぎればっかりだった手がこんなに綺麗になったのは千尋さんのおかげです。美味しいものをお腹いっぱい食べられるのも。暖かい新品の冬服が着られるのも。あやかしが集う、ちょっと変わった……でもすごく素敵なこのお屋敷に住まわせていただいてるのも。全部、全部……！」

そこで声が詰まってしまう。ああ、この感謝の気持ちをこれ以上、どうやって表したらいいか分からない。言葉にしろ行動にしろ、何もかもが足りない気がして——。

そんなもどかしい思いをしていると、千尋さんが困ったように言った。

「真琴さんは本当に欲がないんですから。少し……心配になります」

「そ、そんなことありませんよ」

千尋さんを不安にさせまいと、私は矢継ぎ早に要望を告げた。

「私、千尋さんとしたいことが色々あるんです。ホットケーキが美味しいお店を見つけたので一緒に食べに行きたいですし、暖かくなったら江ノ島にも行きたいです。クリスマスパーティもしたいし、お正月はおせちを食べてから、初詣に行きたいです。桜が咲いたらお花見をして、六月にはまたほたるまつりと夏越(なごし)の祓(はらえ)がありますし、夏には、ええと……縁側で一緒にいちごシロップのかき氷を食べたくて、だから……！」

ほぼ息もつかずに言い切ってから、私は空気を求めるべく大きく呼吸した。

「ほら、すごく欲張り、ですよね？」

千尋さんは押し黙った。う、ちょっと言い負かした感じになってしまったけれど、これで心配をかけることはないだろう。そう思って幾分安心していた私に、千尋さんは――絞り出すように言った。

「……秋は……」

「え？」

「秋は、何がしたいですか？」

私はさらに『要望』を聞かれているのだと思い、急いで頭を回転させた。

「や、焼き芋……。落葉を集めて焼き芋したいです」

「冬は？」

「……雪が積もったら雪だるまが作りたいです」

「じゃあ、その、次は――」

千尋さんは最後まで言い終えることなく、少しだけ体を前に傾がせた。千尋さんの額が肩口に当たる。その重みに驚き、私は千尋さんの顔を覗き込もうとする。

「ち、千尋さん？　大丈夫ですか？　もしかして、どこか具合が悪いんじゃ……」

「すみません、見ないでください」

はっきりとそう言われ、私は動きを止める。声がしっかりしているので、体調が悪いというわけではないらしかった。

千尋さんの体が近い。体温が、息遣いが、すぐそこにある。

「千尋さん……？」

「……許してください、真琴さん。どうか」

切実な口調が、私の胸を締め付ける。

「このまま、もう少しだけ――」

申し訳程度に預けられた千尋さんの体の重みの――なんと軽いことか。

もっと寄りかかってくれればいいのに。

けれど、千尋さんは決してそうはしないだろう。

千尋さんと触れている肩から、泣きたくなるようなぬくもりが伝わってくる。

――それなのに。

こんなに近くにいるのに、まるで声も届かないほど遠くにいるような――どうしようもない切なさが、胸に去来する。

「こんな俺を……許して、ください」

千尋さんが今にも消え入りそうな声で、そう繰り返す。

私は手を伸ばすことも、声をかけることもできずに――じっとその場に立ち尽くしていた。

あとがき

はじめまして、または、こんにちは。住本優と申します。

この度は『あやかし屋敷のまやかし夫婦　家守と謎めく花盗人』をお手に取っていただき、ありがとうございます。

こうしてまた真琴と千尋、あやかし達の物語をお届けできたこと、とても嬉しく思います。本作（略して）『あやまや』を応援してくださった皆様のおかげです。焦れったい『まやかし夫婦』の関係性も少しずつ変わりつつあるような……と遠い目で見守る著者です。

今回は新しい登場人物を始め、元よりいた狭霧さんはもちろん、あんなあやかし、あんな人物なんかも活躍の場がありまして、著者としても楽しく書かせていただきました！「あやかし」「契約夫婦」といった親しみやすさは残しつつ、よりパワーアップした物語をお届けできたのではないかと自負しております。

ここからはあとがきの場をお借りして、お礼を述べさせていただきます。

担当編集の尾中様、今回は前回を越えてかなりかなりかなりお世話になりました……！尾中様があたたかく伴走してくださらなかったら、この本を書き上げることは叶わなかったかもしれない……と言っても過言ではありません。本当にありがとうございました。

前巻に引き続き、装画を担当してくださったajimita先生。ラフ、そして完成イラストを拝見した時、あまりの美しさにうっとり（長期間）でありました……。前巻はいわゆる「ジャケ買い」のお声が非常によくありまして、『あやまや』はとても幸せものです！

そして本作に関わってくださった全ての皆様、何よりこの本を読んでくださった読者の皆様に御礼申し上げたいと思います。ファンレターもたくさんお寄せいただき、ありがとうございます。全部全部、私の人生における宝物です。

それでは最後になりましたが、重ね重ね、この本に目を留めてくださったこと、ありがとうございます。また皆様に読んで頂けるような作品を書き、再びお目にかかりたい所存です。

ここまで読んで頂き、ありがとうございました。失礼致します。

二〇二四年　三月吉日　住本優

ことのは文庫

あやかし屋敷のまやかし夫婦
家守と謎めく花盗人

2024年3月25日 初版発行

著者 住本優
発行人 子安喜美子
編集 尾中麻由果
印刷所 株式会社広済堂ネクスト
発行 株式会社マイクロマガジン社
URL：https://micromagazine.co.jp/
〒104-0041
東京都中央区新富1-3-7 ヨドコウビル
TEL.03-3206-1641 FAX.03-3551-1208（販売部）
TEL.03-3551-9563 FAX.03-3551-9565（編集部）

本書は、書き下ろしです。
定価はカバーに印刷されています。

ISBN978-4-86716-545-4 C0193
乱丁、落丁本はお取り替えいたします。